Le privilège des jonquilles

Pascal Sevran

Le privilège des jonquilles

JOURNAL VII

Albin Michel

« Le mépris est un sentiment paisible, différent de la haine, jalousie, rancune, qui ont toujours quelque violence ; le mépris est proche de la pitié. »

JACQUES CHARDONNE

Paris, 16 novembre 2004

Il y a rue Rambuteau une brasserie du genre d'avant-guerre qui s'appelle affreusement « Le Bouledogue ». On y dîne servi par des garçons en tablier blanc.

C'est la cantine des bobos du Marais, un endroit plaisant malgré eux, où l'on sent bien d'entrée que les hétérosexuels ne font pas la loi. Philippe avait retenu une table près du zinc où Christophe Girard, un adjoint vert de Bertrand D., nous attendait à 20 heures pile. Il dîne tôt. Ce n'est pas le seul de nos points communs, nous allions avoir enfin l'occasion de le vérifier. Philippe avait prévu de nous réconcilier, ce ne fut pas difficile. J'ai un bon fond. Et puis on n'est jamais fâché très longtemps à Paris où rien n'a d'importance. Christophe m'a offert une rose congelée, de celles que vendent à la sauvette des Pakistanais sans papiers ; celui qui se glissa jusqu'à nous hier aurait mérité les siens.

Christophe Girard appartient à un parti de zozos démagogues, il défend une culture et une architecture qui me font horreur, mais en privé il ne dit pas autant de bêtises qu'il en profère, parfois, sur les podiums à propos des femmes et des perroquets qui chantent en play-back. C'est une spécialité verte cela, de dire des âneries. Christophe a la gaieté un peu lyrique, mais c'est un homme avec qui on peut dîner en ville. Comme il habite, à deux pas du Bouledogue, un hôtel particulier qui par bonheur ne doit rien à Jean Nouvel ni à ses copains bétonneurs, nous sommes allés nous recueillir devant le fauteuil de François Mitterrand ; il l'avait acquis aux enchères pour le léguer après sa mort à l'enfant qu'aura « forcément » un jour Mazarine. Inouï !

Tant de bonté émeut, venant d'un écolo dont les collègues ne cessent d'insulter la mémoire du président défunt.

Quoi qu'il arrive, Christophe Girard n'est pas un homme perdu, j'ai vu son fiancé, pas un fiancé pour faire joli dans le décor, un vrai fiancé, bien plus émouvant que le fauteuil de François Mitterrand, un garçon vivant. Un Stéphane. Un genre comme ça, une façon d'être unique, de vous regarder. Philippe m'avait prévenu :

– Si Olivier est là, te connaissant, tu vas tomber à la renverse.

Je sais me tenir, heureusement, mais maintenant que j'ai vu le vrai fiancé, je ne pourrai plus dire du mal de Christophe Girard.

Paris, 22 novembre

L'infernale beauté de Tarik Ramadan. On le voit à la télévision répondre sans baisser les yeux à qui lui demande des comptes, et calmement à qui lui prête de mauvaises intentions.

Tarik Ramadan mènera les foules en djellaba là où il veut. Il est irrésistible et ni les femmes ni les hommes ne lui résistent, c'est un chef. Est-il dangereux ? Sa beauté est infernale, de cela nous sommes sûrs.

Morterolles, 28 novembre

Julien s'amuse comme un petit fou à envoyer des textos polissons au Baron qui lui répond aussi sec car, au contraire de moi, le Baron a un téléphone portable et il sait s'en servir. Ces deux-là s'entendent comme des rugbymen à la troisième mi-temps. Des histoires de filles, Julien se les raconte un peu et le Baron frétille. Il se rattrape avec Julien de ne pas avoir connu Stéphane. Leur complicité et le sourire haut perché de la Baronne, des instants si doux, la nuit dernière, à Aixe où les dimanches finissent si bien.

Paris, 6 décembre

– J'aurais préféré mourir comme Françoise Giroud, en descendant les marches de l'Opéra-Comique.

Ma mère va aussi bien que possible à son âge, mais elle ne remarchera plus. Depuis hier, dans un centre de rééducation en Normandie, elle tente de manœuvrer un fauteuil roulant. Je viens de lui téléphoner, elle m'a dit cela qui m'a serré le cœur : « J'aurais préféré mourir comme Françoise Giroud. » Ma mère a raison, c'est après une dernière fête qu'il faut mourir, vite, mine de rien.

– Ne plus déranger personne, mon garçon, c'est tout ce que je demande maintenant.

Paris, 7 décembre

Bal au ministère, rue de Castiglione. Le nouveau ministre du Budget, et toujours porte-parole du gouvernement, donnait une fête en l'honneur de Stefi, une jolie finaliste de mes émissions. Il s'est mis au piano électrique et nous avons chanté *La Bohème.*

Jean-François Copé a dit tout le bien qu'il pensait d'elle et de moi. On ne fait pas plus sympathique que ce ministre-là qui vous sourit si franchement qu'on se demande comment il a pu diriger le cabinet d'Alain Juppé !

Il y avait un buffet bien garni et des garçons empressés à nous servir. Mes jeunes chanteurs n'en sont pas revenus de faire « la teuf avec un ministre ».

Paris, 8 décembre

Je me demandais pourquoi tout le monde ou presque, à Paris, déteste Angelo Rinaldi.

Je le sais maintenant : c'est un sale petit bonhomme, vraiment. Je ne voulais pas l'admettre, j'opposais à ses détracteurs la fulgurance de ses jugements littéraires, l'élégance de son style (c'est un bon journaliste), je défendais, en réalité, un vieux clown poudré sous prétexte qu'il est visiblement malheureux, mal aimé. On pourrait même être plus précis si l'on ne craignait pas d'être indiscret. Je raconterai un jour, si cela intéresse quelqu'un, ce qui justifie mon dégoût tardif du personnage. Qu'il aille acheter ses rouleaux de papier toilette dans le même Monoprix que Serge T. ne lui donne aucun droit de me juger, de me mentir. On ne peut pas faire confiance à un homme qui dort avec son chat.

– Jusqu'où mène la haine de soi, me dit Philippe qui, au contraire de moi, l'a toujours détesté.

Oui, Rinaldi a la réputation qu'il mérite. C'est un nabot, même avec des talonnettes.

Paris, 9 décembre

Julien a dormi avec moi la nuit dernière, dans mon lit. J'ai cédé. Il me l'a demandé avec tant d'insistance, de câlineries, que j'ai cédé, comme on cède à un enfant gâté.

– Je ne bougerai pas, je me ferai tout petit, m'a-t-il dit en entrant dans ma chambre.

Je devrais avoir honte de me faire prier à mon âge pour accepter, de guerre lasse, qu'un très jeune homme dorme dans mon lit. Il n'a pas lâché ma main, c'est son souffle sur mon cou qui m'a réveillé. J'aurai bientôt à regretter tant de manières quand l'heure sera passée. Il est tard déjà. Julien a dix-neuf ans ce matin.

Paris, 10 décembre

Il n'y a pas d'amitié désintéressée, nous n'aimons pas pour rien les hommes et les femmes que nous aimons. Nous en voulons à leur intelligence ou à leurs beaux yeux, c'est leurs bras autour de notre cou que nous espérons les jours de chagrin. Leur gloire nous épate. Ils nous embrassent pour les mêmes raisons. Nous avons des amis pour faire de la musique ou de la planche à voile, pour jouer au bridge ou militer à Lutte ouvrière. Nous les aimons parce qu'ils sont drôles et fidèles, pauvres, riches et fragiles. Il n'y aurait aucune raison sans cela qu'ils soient nos amis. Oui, l'amitié, ce lien mystérieux et provisoire, se fonde sur l'intérêt d'un moment, nous avons besoin de plaire, de nous rendre indispensable, de savoir que quelqu'un pense à nous, de penser à quelqu'un. Nous adorons consoler plus malheureux que nous, cela seulement nous console d'être si triste certains soirs.

Pour inspirer l'amitié, il faut être intéressant, d'une manière ou d'une autre. Sinon, se résoudre à la solitude.

Paris, 11 décembre

J'ai retrouvé une photo du fameux livreur de pizzas de *Lentement, place de l'église*. On le voit adossé à la vitrine d'une quincaillerie de Ménilmontant. Il fera bientôt nuit, nous sommes en février 2002, des ombres gâchent la photo que Serge T. a prise à la sauvette. Je venais de signer mes livres chez une marchande de journaux blond platine, il était là, sur le trottoir, parmi quelques badauds qui voulaient m'apercevoir. Son sourire ne pouvait pas échapper à Serge T. qui l'attrapa au vol à ma demande. Il fallait faire vite, que le garçon ne remarque pas notre manège. Je pensais bien ne jamais le revoir. La vie serait trop simple si tous les sourires prometteurs nous étaient rendus. Du roman, de la chanson guimauve que ces coups de foudre dans un ascenseur ou sur un quai de gare. Je suis un homme pessimiste qui ne se fait aucune illusion sur les livreurs de pizzas. Celui-là, qui s'appelle Mathieu, m'avait dit, comme pour justifier son insistance à me regarder : « Ma mère vous adore. » Ce n'est pas a priori le genre de déclaration qui laisse espérer une suite affriolante. Je n'y reviens pas, mais elle le fut. Il y a sans doute belle lurette que Mathieu ne livre plus de pizzas, c'est un divertissement provisoire, comme la jeunesse.

Paris, 12 décembre

Dîner chez les Berri où nous avons nos habitudes, Philippe et moi. Claude a toujours l'air vraiment content de nous accueillir à sa table. J'ai dû aller en cuisine chercher le plateau de fromages car la bonne n'a pas que ça à faire de nous servir, c'est une personne souriante qui téléphone longuement à la Martinique aux heures des repas. Nathalie, née aussi Rothschild, considère que le personnel a le droit de se divertir. Des gens charmants, les Berri. Chez eux on cite des acteurs célébrissimes dont je n'ai jamais entendu le nom ni même vu la photo. Je ne suis pas allé au cinéma depuis vingt ans. Le désordre du monde suffit à mon bonheur. On parle aussi d'amour, de sexe, des uns et des autres, de nos amis, des gens de Paris, de qui couche avec qui, ce sport indémodable. Claude a dit :

– Je m'emmerde dans les dîners d'hétéros, ça manque d'humour.

Il a quand même été déçu par le film porno que diffusait Pink TV la nuit dernière, qui manquait « un peu de piquant ».

Claude retrouve son sourire d'enfant quand il se souvient du plaisir qu'il prenait à se faire sucer par son cousin.

– Quel âge avais-tu ? lui demande Nathalie.

– Oh, dans les quatorze ans, ça me plaisait bien.

Claude est un galopin d'une époque où les enfants s'amusaient gentiment. Philippe et moi, qui n'avons pas eu de cousin aussi bienveillant, sommes un peu jaloux de lui.

Paris, 13 décembre

Il y avait chez Christine Clerc du feu dans la cheminée et, sur la table basse, un joli bouquet rond de roses blanches piqué d'anémones rouges que Pierre Mauroy lui avait fait porter le matin même. Elle en était encore émue, mais pas tellement étonnée.

– C'est un vrai gentleman.

Au fond, seuls les hommes comptent, leurs idées ne nous intéressent pas du tout. Moi qui n'attends pas le bonheur d'un bulletin de vote, j'aime assez l'idée qu'un ancien premier ministre socialiste envoie des fleurs à une journaliste du *Figaro*. La gauche, la droite, c'est de la rigolade. Dès que nous avons tourné le dos, ils s'entendent comme larrons en foire et c'est très bien ainsi. Qu'ils ne soient pas sectaires devrait plutôt nous réjouir. Quand elle prend ses grands airs avec Juppé et Jospin, la politique nous ennuie profondément. Avec Christine, que ce théâtre enchante autant que moi, nous nous régalons. Sans attendre le dessert, elle a couru noter sur son calepin le mot terrible de Cambadélis à propos de Jospin, justement : « Quand on fait semblant de partir comme de Gaulle, on ne revient pas comme Bibi Fricotin. »

Ce trait assassin pourrait faire la carrière du fameux : « On ne tire pas sur une ambulance » de Françoise Giroud, qui nous manque tant.

– Ce Jospin, qui trouvait Chirac trop vieux, il y a six ans, pour oser se présenter à l'élection présidentielle, quel âge aura-t-il exactement en 2007 ?

Je savais que ma question ferait son effet au moment de la tarte aux prunes et du calva. Madeleine, l'amie corse, et François, le musicien si distingué, qui sont plutôt du genre *Télérama* que *National Hebdo*, ont ri avec nous.

Paris, 14 décembre

Les jardins de Notre-Dame sont interdits aux chiens. J'ai découvert cela en me promenant cet après-midi. Je n'en reviens pas d'une si bonne initiative, mais pourquoi sont-ils autorisés sur les berges de la Seine ?

On me rapporte que la libraire de la rue Rambuteau n'aime pas ma littérature, qu'elle me tient pour un joueur d'accordéon. Ça fait hurler de rire Nathalie et Philippe. Et moi, je me délecte d'être méprisé par une marchande de livres qui a dit à Serge T. que Jouhandeau ne valait pas grand-chose non plus. Ce « non plus » vaut de l'or pour moi.

Paris, 15 décembre

C'était en décembre, il y a trois ans, à la sortie des artistes d'un dancing du bois de Vincennes. Le garçon malicieux qui avait surgi de la petite foule de mes spectateurs voulait me dire qu'il m'aimait, ce qu'il fit le soir même ici, allongé sur le canapé, sa main dans la mienne.

– Vous me plaisez mais..., ajouta-t-il navré, je suis actuellement hétérosexuel.

J'avais apprécié l'adverbe bien placé qui me laissait quelques espoirs. Je sais attendre quand il faut. De l'eau a coulé sous le pont Notre-Dame, le jeune homme est revenu me voir la nuit dernière, toujours aussi enthousiaste, un peu moins hétérosexuel peut-être.

Au milieu du salon éclairé d'or ou dans la pénombre, au rythme du passage des bateaux-mouches, Aurélien est enfin tombé du côté où il penchait, c'est-à-dire à mes genoux. Il ne m'étonne pas que son ardente simplicité plaise aux filles.

À Julien qui m'a demandé ce que j'avais fait hier soir, j'ai dit la vérité. J'ai un peu enjolivé les choses pour l'exciter.

Paris, 17 décembre

Dans un très beau salon de l'Hôtel de Ville que, par chance, il n'a pas encore transformé en pouponnière, Bertrand D. nous a remis à Renaud et à moi-même la médaille de vermeil de Paris.

Le fils de Jean Tiberi assistait à l'émouvante cérémonie. Je l'ai prié de saluer ses parents de ma part.

Morterolles, 21 décembre

Je m'habitue dangereusement à la solitude. Elle est peuplée ici tout le jour de jardiniers, de maçons, de peintres ; un monde d'artisans de bonne humeur, des hommes vivants qui tournent autour de la maison, vont et viennent dans les allées du parc en une ronde distrayante. Tandis que je regarde l'hiver tombé pile cette année, de vigoureux charpentiers passent et repassent à la fenêtre de mon bureau pour grimper sur le toit d'où ils s'envoleront avant la nuit.

Je dormirai seul comme tous les autres soirs. Aussi

longtemps que la maladie m'épargnera, cette solitude-là ne me fera pas peur. La femme du Duc n'est pas bien loin, la Baronne m'attend à sa table aussi souvent qu'il me plaira. Si je ne veux pas bouger, Christiane reviendra me préparer un dîner que je prendrai au bar de la cuisine, à la place préférée de Stéphane, près de la machine à café. Nous bavarderons de tout et de rien, du nez du pharmacien, du temps qu'il fait, de celui qu'il fera. Et puis j'irai vers l'église, lentement, emmitouflé d'écharpes et de vestes superposées.

En marchant, je me répéterai ce que je me répète toutes les nuits, tu marches mon garçon, profites-en. Quand je rentrerai, Christiane aura terminé la vaisselle, allumé des bâtons d'encens et ouvert mon lit. Je la surprendrai dans ma chambre, occupée à retaper mon oreiller, à reprendre les plis des doubles rideaux. Je poserai mes mains glacées sur ses joues. Il sera 21 heures 15, 21 heures 30 au plus tard si j'ai traîné en chemin. Tout sera bien. Christiane fermera la porte à clef derrière elle en partant retrouver son mari. Christiane ne dort pas seule. Moi, j'ai cette chance. Elle me promettra une bonne gelée blanche pour demain matin. Christiane aime l'hiver pour me faire plaisir.

Je m'habitue dangereusement à cette solitude-là, peuplée de femmes assez douces et de vigoureux charpentiers.

La vie rêvée, en somme.

Pour les charpentiers, je rêve, en effet.

Morterolles, 30 décembre

France Dimanche publie sur une double page les photos de Stéphane que j'avais confiées à Dominique Préhu, une jeune femme brune à la voix douce. La presse du cœur, oui et alors ? Ça me plaît beaucoup que la presse du cœur s'intéresse à Stéphane, que les lecteurs de *France Dimanche* voient comme il était émouvant le nez dans les étoiles, fripon sous la neige à Chamonix l'hiver 1988, appétissant sur la plage d'Agadir où il courait nu il y a vingt ans. Je croyais que nous étions seuls ce jour-là, mais alors qui a pris la photo ?

Notre mémoire ne tient jamais ses promesses. On oublie tout, finalement. Il faut pour cela manier les souvenirs avec précaution ; si la photo est belle et son souvenir ébloui, nous aurons du mal un jour à nous en consoler.

Morterolles, 31 décembre

Cent cinquante mille morts en Asie du Sud-Est. Nous voyons des images terrifiantes à la télévision, mais nous n'avons aucune idée de l'horreur. Il nous manque le bruit des vagues et les cris des enfants, les hurlements de leurs mères, la couleur et l'odeur de la mort, il nous manque la peur. Nous imaginons l'enfer bien sûr, mais l'enfer est un mot, un truc d'église, de film d'épouvante, rien de très sérieux pour nous qui n'avons jamais vu la guerre que dans le journal. La veille encore, les coups de téléphone arrivaient très bien de là-bas où nous n'aurions pas eu l'idée d'aller mourir, nous qui, par chance, détestons les plages et les cocotiers. Marco m'a téléphoné ; il était midi à Morterolles, Noël passait sous une pluie tiède.

– Tout va bien, c'est le paradis, je me retrouve. Je termine ton journal à l'instant. Tu as raison, notre amitié s'aggrave, il faudra nous voir plus souvent l'année prochaine...

Sait-on jamais ce qu'on fera l'année prochaine, demain nous paraît déjà incertain. Marco a éteint son téléphone portable en attendant l'année prochaine, peut-être même a-t-il remis un peu de crème bronzante sur ses joues de bébé.

C'était il y a huit jours et huit nuits. Avant la fin du monde. Il en revient justement de la fin du monde, ou de l'enfer comme on voudra, du paradis la seconde d'avant. Marco pourra dire : « J'y étais », mais il ne dira rien, pas sur ce ton-là ; on ne se vante pas d'avoir vu ce qui n'est pas racontable.

19 heures. Le téléphone a sonné, c'était lui, que je n'attendais pas si vite. Je me demandais où il passerait la soirée, avec qui. J'hésitais à mettre une chemise blanche pour aller dîner chez la Baronne. Philippe et Jean-Noël étaient déjà prêts... Marco m'a dit doucement : « Je te raconterai. » Je n'étais pas pressé de le faire parler, entendre sa voix suffisait bien. Il m'a dit : « Je vais essayer de m'en remettre, mais je ne m'en remettrai pas... » Marco ne se plaint pas, il n'a à se plaindre de rien. Il voulait me donner un signe de vie, moi je ne savais pas où le trouver. Il dormira dans une maison de l'Oise, une campagne de France aussi peu spectaculaire que celle d'ici. L'année s'en ira sous une pluie tiède. Marco embrassera quelqu'un à minuit, peut-être avant. Marco est vivant. Nous aussi.

Cent cinquante mille morts répètent les radios, la télévision... autant de disparus et de blessés. Cent cinquante mille morts, on compte sur nos doigts, en vain, et pourquoi pas quinze millions. Les chiffres nous effarent, mais nous n'avons pas peur. Quelqu'un nous embrassera à minuit.

Morterolles, 1er janvier 2005

J'aurais pu écrire cette première page de l'année à Venise. Nathalie avait confié pour nous les clefs de son palais à Jérôme, l'organisateur en chef des fêtes de la bande, des mardis gras et des réveillons. Il adore ça, Jérôme, prendre les choses en main, à Venise ou ailleurs. Et nous le laisserons faire aussi longtemps que cela l'amusera.

– Tu viens, m'avait-il dit. Tu viens, bien sûr.

Je n'avais pas promis. J'avais répondu : « Oui, pourquoi pas » assez nonchalamment pour qu'on ne m'espère pas. Même si l'idée m'a séduit sur l'instant, je savais bien que je n'irais pas. Impossible de m'arracher à Morterolles en cette période où le souvenir des guirlandes et des bougies sur le sapin, allumées par Stéphane, est si fort.

Philippe s'était un peu plus avancé, il bouge plus facilement que moi. Jérôme était persuadé qu'il suivrait le mouvement. Depuis que je les ai présentés, ils s'arrangent bien tous les deux. Que s'est-il passé au juste ? Philippe est là dans le salon, penché sur le manuscrit de son prochain roman, à cette place qu'il a choisie d'emblée la première fois qu'il est venu ici. Il cherche le mot qui lui manque, il retire l'adverbe de trop ; cela reste malgré tout notre occupation préférée. Chercher les mots et les trouver parfois. Je ne suis décidément pas assez romantique, j'aurais pu écrire : « Petit déjeuner sur la terrasse de l'hôtel Danieli à Venise : l'année commence bien. » Au lieu de quoi j'attends que le soir tombe pour emmener Philippe et Jean-Noël au cimetière, avant d'aller dîner dans quelque estaminet pour représentants de commerce. Jean-Noël lit dans le coin du canapé qu'il a choisi lui aussi et qui est le sien désormais. Jean-Noël ne parle pas beaucoup, mais il n'a pas besoin de parler pour que je comprenne qu'il est bien ici où il a pris ses habitudes. Le silence et la lenteur d'un lendemain de fêtes. Les livres que l'on écrit et ceux que nous lisons. Un monde loin du monde.

À nous voir si calmes, tellement retirés en nous, là où personne ne nous rejoint jamais, qui pourrait croire que la nuit dernière, après avoir embrassé la Baronne et son mari sous le gui à Aixe où nous avons finalement réveillonné, nous sommes rentrés sagement pour tomber par chance sur le film pornographique que diffusait Pink TV ? Des jeunes prolétaires roumains s'appliquaient consciencieusement sur les fesses de leurs copains de caserne, d'autres, plus imaginatifs, s'en prenaient à leurs bouches, des ceinturons volaient, des gifles aussi. Des bons gars, hétérosexuels, pleins de bonne volonté. Le scénario était, certes, un peu répétitif, mais nous n'allions pas nous plaindre.

L'année commence bien.

Paris, 4 janvier

Julien boude, je m'en doutais. Plongé dans les pages qu'il m'a inspirées, il boude son histoire, la nôtre. Il ne la reconnaît pas, les mots qu'il m'a dits le dépassent maintenant, les gestes de l'amour le gênent. Il téléphone à Vincent, qui sait tout pourtant, comme un garnement pris les doigts dans un pot de confiture, il nie. Ce n'est pas lui le Julien du livre, je l'ai inventé. Au Baron il envoie des textos : « Ce n'est pas moi, ce n'est pas vrai. » Et le Baron, qui l'a vu et entendu me dire tant de jolies choses, comprend son émotion.

– Il veut t'entendre, appelle-le, me conseille-t-il, attendri qu'il fut par Julien l'été dernier.

20 heures. Je sors d'une clinique de la rue de Turin où l'on vient de me passer un scanner des sinus qui pourrait peut-être expliquer un mal de dents chronique et inexplicable. Vincent est embêté. Julien insiste, il veut que je le rappelle. Il veut me dire qu'il n'est pas content, que « j'abuse », il adore ce mot-là.

Je ne le rappellerai pas, pas si vite. Qu'il se calme d'abord. Si je comprends que le miroir où il se voit courir tout nu le bouleverse, j'attends de lui un mot tendre, une larme et non pas une demande d'explications. Ce qui compte avant tout pour moi, ce soir, ce n'est pas la bouderie détestable de Julien, mais bien les mots rassurants du docteur Z : « Vous n'avez rien, absolument rien, aucune lésion ni pathologie douteuse dans cette zone. »

Je ne me lasse pas depuis bientôt deux ans de m'entendre répéter par tous les radiologues, les stomatologues, les parodontistes et leurs confrères, que « non décidément, monsieur, vous n'avez rien ».

Une fois de plus n'est pas de trop. J'ai mal en permanence, on ne sait pas comment me soigner, mais je n'ai rien. Alors les états d'âme de Julien ce soir ne sont pas de nature à gâcher mon soulagement. Le savoir vraiment malheureux me ferait courir vers lui, mais il ne me fera pas marcher sous la menace de ses caprices d'enfant gâté. Je vais dîner avec Vincent.

Si la vie n'était pas si méchante parfois, Stéphane aurait eu quarante-deux ans aujourd'hui. Ce ne sont pas les tourments de Julien qui m'empêchent de dormir, j'ai trop à faire avec les miens.

Paris, 5 janvier

J'avais noté ceci qui m'avait frappé en voyant passer Amélie Nothomb : « Une reine en deuil, la bouche en sang », et j'étais content de moi, vraiment. Ça m'arrive d'être content de moi quand je crois avoir trouvé le mot juste, la couleur exacte de la bouche d'une femme qui passe.

Et madame Octavie, qui lit mes livres avant tout le monde puisque c'est son métier de surveiller les points virgules, madame Octavie (qui est si aimable, me dit Pierre S.) a jugé mon trait condescendant. Et quand bien même !

« Une reine en deuil, la bouche en sang », Amélie Nothomb, qui sait lire, est, elle, enchantée. Elle a fait photocopier ce passage de mon journal qu'elle montre fièrement à toutes les filles de chez Albin Michel, et il y a beaucoup de filles chez Albin Michel, un genre de harem.

Paris, 6 janvier

Les moins de seize ans. Ce brûlot, paru il y a trente ans quand il était encore possible de dire la vérité, d'écrire sans trembler les choses de l'amour et du sexe, je ne l'avais pas lu. On vient de le rééditer, je l'ai lu la nuit dernière. Si je n'ai pas de goût pour les moins de seize ans, le style de Matzneff met en appétit.

Emmanuel trouve que je me dénigre trop dans les miroirs, que j'évoque trop souvent la mort dans ce journal. Stéphane, lui aussi, me reprochait, il y a longtemps déjà, l'inquiétude qui m'habite. Je suis désolé, c'est vrai, de n'être pas immortel. Que dirait-on si je me réjouissais chaque matin, contre l'évidence, d'être si jeune, si beau ? Je ne me mens pas. Il suffit bien que j'avoue quelques libertinages sans rougir.

Paris, 7 janvier

Une belle lettre de Hugo Marsan, un homme si doux, tellement ému, une lettre qui se termine ainsi : « Je t'embrasse (j'oublie toujours que nous nous vouvoyons... mais c'est sans importance, au fond de mon cœur je vous tutoie). »

Ce mélange de tendresse et de déférence m'intimide. J'inspire maintenant de ces sentiments mêlés. L'âge sans doute. Si l'émotion, les remarques de mes lecteurs m'intéressent, il y a peu de gens à Paris dont je guette l'approbation ou le froncement de sourcils ; Hugo est de ceux-là.

Paris, 9 janvier

Je ne voulais pas ajouter une ligne aux milliers de celles déjà parues dans tous les journaux de la planète, pas une larme, un commentaire à ceux que la vague asiatique inspire aux grands reporters, aux présidents et aux curés. Ils sont dans leurs rôles, les bonnes âmes à leur affaire. La littérature n'a pas à s'occuper de ça. Les journalistes le font pour nous, certains mieux que nous ne saurions le faire. Il faut se méfier de la météo quand on écrit des livres. Les tempêtes n'ont plus d'importance quand elles sont passées, la canicule ne distrait plus que les chansonniers, seuls comptent Stéphane et le souvenir de ses baisers sur mon cou. Combien de tremblements de terre depuis que j'ai commencé ce journal de *La Vie sans lui* ? La guerre même, faut-il écrire qu'elle nous horrifie ? Est-il vraiment nécessaire de noter chaque matin pour s'en désoler la tragédie du monde ?

Non, bien sûr. La couleur du ciel n'a d'intérêt que sur le cimetière de Saint-Pardoux. Ce que nous voulons savoir, c'est l'heure à laquelle sera dite la prochaine messe à Morterolles, nous voudrions être certains que les cloches de l'église résonneront bientôt.

C'est le ronron des jours, le battement de nos cœurs que nous guettons quand la peur nous prend. De cette peur-là seulement, de la mienne, les hommes et les femmes qui me lisent me parlent. Je comprends bien ce qui les inquiète. Quand ce journal paraîtra, il sera trop tard, les plages de Thaïlande seront encombrées de touristes hébétés de bonheur, la mort parfumée à l'ambre solaire.

Marco revient de là-bas. Il se demande ce qu'il

revient faire ici sur terre, à Paris, au bord de la Seine, à la télévision où il fréquente tant de zigomars. Il m'a raconté doucement ce qui n'est pas racontable. Debout, il me l'a raconté debout. Je n'avais pas plus que lui envie de m'asseoir, on ne peut pas entendre cela assis tranquillement sur un canapé profond. Nous tournions dans le salon, Marco et moi, il ne pleurait pas. Marco ne pleure pas comme ça. Il a vu la grandeur et la bassesse de l'âme humaine se confondre dans le même mouvement.

– Tu as raison, m'avait-il dit au téléphone la veille de l'épouvante, notre amitié s'aggrave, il faudra nous voir plus souvent l'année prochaine.

On ne peut rien prévoir jamais, on peut sans doute s'attendre au pire, le mieux étant de patienter.

Entre-temps il y a l'amour, quand même.

Paris, 10 janvier

Les gens de l'Île-de-France qui n'ont pas de salles de bains, d'ordinateurs, ni de baies vitrées donnant sur le ciel, auront été ravis d'apprendre en regardant les actualités de France 3 que la nouvelle prison de Meaux est ultra-moderne, parfaitement équipée pour le sport, les loisirs en tout genre, et qu'elle offrira à ses prochains locataires le confort auquel ils ont droit.

Vu Jeanne Moreau hier chez Marco. Une pouilleuse, des cheveux partout, ébouriffée comme il n'est plus possible de l'être après trente ans. La Moreau que nous vénérons, défaite et vaincue par les ans, nous l'aimerions autant qu'avant si elle appelait un coiffeur à son secours. Il y a urgence. Ce ne sont pas ses rides si émouvantes qui la font ressembler à

Mathusalem, mais ses cheveux de romanichelle, sa blondeur de Prisunic.

Paris, 11 janvier

« Comme on se trompe sur vous quand on ne vous a pas lu. » La jeune mère de famille qui m'écrit ceci résume en une phrase ce que je m'entends dire chaque fois que je croise un lecteur. Mes confrères les plus sceptiques me le disent aussi, mais ils ne l'écrivent pas. L'idée que l'on se fait de moi m'effare toujours, elle scandalisait Stéphane qui m'en tenait pour responsable, et il n'avait pas tort. On a la réputation qu'on mérite. La littérature m'a rendu meilleur, plus émouvant au regard de beaucoup que la télévision avait aveuglés. Si je chante avec plaisir, si mes colères sont de théâtre, oui, je suis d'abord l'homme de mes livres.

Il faudra me cacher désormais lorsque j'irai visiter le harem d'Albin Michel, me faufiler dans les couloirs, m'enfermer illico dans les toilettes si d'aventure la Reine Amélie passait par là.

– Le mystère doit planer entre lui et moi, le mystère demeure, dit-elle en agitant ses longs bras comme le fantôme de l'Opéra que les ballerines guettent avec stupeur et tremblements.

La Reine Amélie est facétieuse, nous jouerons à cache-cache si elle le veut.

Paris, 12 janvier

Jean-Marc Morandini, un homme pressé qui écoute pourtant les réponses aux questions qu'il pose, s'étonnait devant les caméras de Match TV de la couleur automnale de mes livres. « On dirait que le temps qui passe, l'âge qui vient, vous occupent beaucoup, vous semblez obsédé par la mort. »

Obsédé non, contrarié sûrement. Devoir expliquer à des gens prévenants que l'idée de tomber malade et, sauf miracle, de mourir ne me transporte pas de joie, me laisse perplexe. Suis-je donc le seul ?

J'avais dix, douze ans, j'étais déjà amoureux d'elle, on la voyait à la télévision que Jacques Cailleaux, « Le trois étoiles du luminaire », venait d'installer à la maison. Elle était si belle, si bien coiffée, une allure inclassable, entre Jacqueline François et Gloria Lasso, que je ferai chanter à mon tour vingt-cinq ans plus tard. Un souvenir de ces soirs-là de mon enfance. On ne disait pas la « maman d'Antoine » – Antoine n'était pas né –, on disait Jacqueline Joubert et mon cœur s'emballait. Le sien a cessé de battre hier dimanche, à Courbevoie.

Les enfants du rock sont fatigués.

Paris, 16 janvier

Dîner chez les Berri, une douce habitude des samedis soir du côté de Saint-Germain-des-Prés. Claude est partout depuis quinze jours, à la radio, à la télévision, dans les journaux. Nous saurons un peu après minuit si son nouveau film est un succès. Il attend le verdict du public sans inquiétude. Notre complicité, ma passion pour sa femme étonnent beaucoup les gens du cinéma.

– Comme vous vous ressemblez, dit Nathalie.

À Stéphane Bern qui lui faisait remarquer que je ne comprenais rien à ses tableaux, Claude a répondu qu'il ne comprenait rien aux miens.

Oui, l'humour de Claude, sa tendresse.

Cécile était là hier, elle est toujours là, Cécile, rousse et pâle. Elle m'a rapporté avec empressement les « amitiés sincères » de son grand ami Angelo Rinaldi ; elle est si émouvante, Cécile, que j'ai retenu mon écœurement. La duplicité du petit bonhomme ne devait pas nous couper l'appétit. Nous avons mangé de la galette, Cécile m'a fait son roi, cela seulement compte. Le désir des femmes qui m'aiment me venge du regard des méchants. Mireille Dumas m'a pris la main, je la suivrai où elle voudra...

Pourquoi irais-je quémander ? Depuis que Nathalie Rheims m'a dit : « Présente-toi au fauteuil de papa, mon ange », je ne suis plus candidat à l'Académie française puisqu'elle m'a élu. Quand j'ai l'âme vague, j'entends Nathalie me répéter à l'oreille : « Présente-toi au fauteuil de papa, mon ange. »

Paris, 17 janvier

Un freluquet à mes basques cette semaine dans *Madame Figaro*, du nom d'Anthony P., s'esquinte sur commande à démolir, croit-il, ma vie, mon œuvre, et ce journal qui fait s'étrangler de jalousie les pisse-copies de son espèce. Ce qui donne ceci que je veux graver sur ces pages pour la postérité :

« Chaque journée sous sa plume devient comme

par enchantement une véritable plaie. Il enlaidit les belles choses, ses dîners, ses conversations sont d'une tristesse à pleurer. Chez lui tout est plat, il n'y a pas la moindre lueur de bonté, pas la moindre oreille, pas la moindre étincelle, pas le moindre trait poétique. Affligeant, hémorragique. »

« Hémorragique ! » Je n'y aurais pas pensé tout seul. J'ai coupé quelques considérations scatologiques qui parfument ce papier hygiénique. On ne dira jamais assez l'importance des écrits d'Anthony P., sa hauteur de vues, le sens de la nuance qui caractérise sa prose magistrale ; c'est une gloire inimaginable pour moi qui devais jusqu'alors me contenter de « critiques veules », c'est-à-dire d'hommes, amis à lui, qu'il prend pour des demeurés à ma botte : Stéphane Hoffmann, Yann Moix, Christian Authier, Nicolas d'Estienne d'Orves, Jérôme Béglé, auxquels on pourrait ajouter, si l'on voulait faire le malin, quelques tâcherons des lettres françaises : Blondin, Dutourd, Fraigneau, Guimard, Berl, Déon qui furent en leur temps de « veules critiques ».

Mais j'ai tort de sourire des renvois gastriques de ce monsieur P. Son influence est considérable : depuis la parution de son article, mes ventes quotidiennes ont triplé.

Paris, 18 janvier

22 heures.

– La France que nous aimons est en train de disparaître, me dit Paucard en remontant le quai d'Orléans après avoir dîné chez René, un bougnat chic du boulevard Saint-Germain.

– Nous disparaîtrons avant elle, lui dis-je.

Lequel de nous deux est le plus pessimiste ?

Paris, 19 janvier

L'anniversaire de maman. Je devrais écrire : l'anniversaire de ma mère. J'ai passé l'âge d'écrire et de dire « maman » en parlant d'elle. Renaud Camus me le reprocherait et il aurait raison. Je l'appelle maman, bien sûr, lorsque je prends de ses nouvelles auprès de mes sœurs : Comment va maman ? Mais je ne m'imagine pas m'exprimer ainsi que le font les benêts. Maman, le mot pourtant m'a échappé ce matin de ses quatre-vingt-six ans qu'elle ne fêtera pas. On l'opérera du genou gauche le 7 février prochain et peut-être qu'elle remarchera, à petits pas, mais qu'elle remarchera.

Je chante à Saumur ce soir, Aïda et Vincent m'attendent. Faire le beau encore et l'être un peu.

Paris, 25 janvier

La femme du Duc m'informe :

– Il y a des gens qui aiment bien votre dernier livre et d'autres, bien sûr, qui trouvent que vous exagérez avec ce Julien. Vous comprenez, me dit-elle, Stéphane par ici, il est sacré.

Oui, je comprends bien. Si je devais pour autant m'émouvoir de la rumeur de Morterolles, je n'écrirais plus une ligne sur les gens de là-bas et des alentours qui ne méritent sans doute pas tant d'attentions. Que Stéphane leur paraisse intouchable m'emplit de fierté évidemment, que je doive entendre pour cela leur leçon de morale exciterait plutôt mon goût de la provocation. Je ne me priverai d'aucun Julien et je les raconterai sans précaution, je n'ai plus de temps à perdre.

Paris, 26 janvier

Ça va trop vite à la télévision, je crains toujours d'impatienter mes interlocuteurs, après coup j'enrage de n'avoir pas dit ce que je voulais dire. Hier, dans l'émission de Guillaume Durand, j'aurais dû répondre à Jorge Semprun, qui me reprochait de défendre Chardonne, que l'histoire ne s'écrit pas en rose bonbon.

Vous devriez savoir, monsieur, que François Mitterrand nous recommandait *Le Bonheur de Barbezieux* sans craindre les remontrances des secrétaires de section du parti socialiste, sans demander la permission à qui que ce soit, et sûrement pas à vous. Oui, ce barbon dont la suffisance nous dégoûte, j'aurais dû l'envoyer paître.

Paris, 27 janvier

Je n'aurais donc rien compris à ce que m'expliquait Bertrand en novembre dernier à Morterolles à propos de sa non-candidature à la prochaine élection présidentielle. Sa décision n'est peut-être pas irrévocable. Il s'est montré plus clair à table, rue d'Assas, dans un restaurant très mode où il nous traitait Philippe, les Berri et moi. Plus clair, c'est sans doute trop dire, mais son agacement de se voir exclu désormais du petit jeu des pronostics en dit plus long qu'il n'en a dit. Je lui fis remarquer que c'était bien fait pour lui, qu'à force de répéter que ça ne l'intéressait pas, qu'il avait d'autres bonheurs en vue, il ne devait pas s'étonner d'avoir découragé ses plus ardents supporters.

– Tu as raison, ça va changer.

Il y avait de la nuance dans l'air. Philippe m'a fait un clin d'œil, il en est sûr maintenant, Bertrand ira. C'est possible. Ce dont je suis certain, en revanche, c'est qu'il ne fera pas de la figuration.

Claude, qui n'a jamais voté de sa vie, lui a promis que pour lui, et pour lui seulement, il se déplacerait. Dans l'euphorie d'un bon dîner, tous nos amis seront un soir présidents de la République.

Paris, 28 janvier

Minuit. Philippe est à Florence, seul. Il aura trente-huit ans demain. Il est parti là-bas où il y a plus d'églises que de bordels, vérifier autour de la gare si les garçons sont aussi dociles qu'il le prétend dans ses romans. Non, bien sûr. Il vient de m'appeler pour me confirmer qu'il devra se contenter de reluquer le cul du David de Michel-Ange.

– Indépassable dans le genre mais introuvable en vrai, me dit-il, même si quelques spécimens valent le voyage.

Philippe part, c'est plus fort que lui, un matin il part. Au contraire de moi, il se débrouille seul partout ; au contraire de moi, il est souvent seul. On ne peut pas indéfiniment coucher avec nos lecteurs, il nous faut aussi des Julien qui nous jurent que nous sommes beaux quand nous ne le sommes plus vraiment. Je veux dire quand nous avons peur, à Florence ou à Morterolles.

Paris, 29 janvier

Hier chez elle.

Lily, qui aura quatre-vingt-huit ans le même jour que Danielle Darrieux, le premier mai prochain, ne passe jamais à table sans prendre l'« apéro ». Elle n'a d'ailleurs pas tellement faim, mais un peu soif quand même.

J'étais mineur quand elle me traînait dans des bordels en Suisse à l'heure de l'« apéro », et qu'elle avait déjà soif. En souvenir de nos souvenirs, j'aime l'entendre me raconter tout cela que je connais par cœur mais qui s'enfuit déjà.

Jean-Noël, que les femmes d'un autre âge fascinent au-delà du raisonnable, rêvait d'être invité rue de Buzenval à la table de Lily, chanteuse des rues et sous-maîtresse de nos nostalgies au temps du Maréchal. J'ai eu vingt ans dans le deux-pièces-cuisine sans salle de bains où elle « loge » depuis soixante ans. Un logement, on disait cela. On prenait l'apéro, il y avait des mercières. Au mur de la salle à manger, ce tableau d'un peintre du dimanche où volent à la guinguette des bords de Marne les jupes des filles ; il ne vaut rien que mon regard d'adolescent posé sur lui. Il sera mon héritage. Lily me l'a promis.

– J'ai fait mes papiers, il est pour toi.

Jean-Noël veut filmer pour France 3 cette figure du XXe arrondissement quand Paris avait meilleure mine.

Près d'une chanteuse d'autrefois, veuve de préférence, il y a toujours un jeune homme un peu trop blond. Celui-là s'appelle Michaël, il joue mon rôle maintenant. Dans des boîtes à chaussures, il y a des photos de nous, il y en a aussi sous le lit et, sur la cheminée de faux marbre, des roses en plastique et le Mont-Saint-Michel sous la neige. Michaël fera le tri un jour de nos photos qu'il faudra brûler, de tout cela qui ne sert à rien après nous.

– Moi, je veux qu'on me brûle, a dit Lily. Je m'en fous si on m'annonce que je vais mourir demain, et ben, au lieu de pleurer, je prendrai une bonne cuite...

Lily qui se promet une cuite, et beaucoup d'autres encore, Lily si ardente qu'elle vivra cent ans, si je pouvais avoir le millième de son optimisme, deux doigts de porto suffiraient à m'apaiser.

Je n'ai jamais aimé l'apéro.

Les Gets, 5 février

23 heures 30. Le père, le vrai père, de Lulu est mort dans ses bras la nuit dernière. Nous venions de parler de lui à table en mangeant une fondue savoyarde dans ce refuge où nous l'emmenions autrefois. Nous nous demandions ce qu'il faisait, notre Lulu, si loin de nous maintenant qu'il est grand. Il embrassait son père une dernière fois. Je viens d'entendre sa petite voix de bébé sur mon répondeur à Paris, sa voix pleine de larmes, alors qu'il riait dans notre souvenir il y a quelques minutes encore.

Paris, 10 février

Cette péronnelle joliment prénommée Clémentine, adjointe au maire de Paris (il l'adore. Elle n'a pas fini de lui casser les pieds), qui se précipite pour pérorer dès qu'une caméra de télévision s'allume, cette péronnelle donc, je l'ai vue naître. Enfin, j'aurais pu.

J'ai fait Mai 68 avec son père, qui ne l'avait sans

doute pas encore imaginée. Ce souvenir d'ancien combattant est un peu exagéré puisqu'en réalité nous étions sur les bancs du Petit Conservatoire de Mireille, ce qui était plus sérieux que d'aller gigoter devant la Sorbonne.

Yvan Dautun écrivait des chansons cocasses qu'il interprétait en s'accompagnant à la guitare dans les cabarets de la Contrescarpe. Il m'avait emmené en voiture le 14 juillet 1970 au casino de Cabourg où nous allions chanter. C'était le jour de la mort de Luis Mariano.

Morterolles, 11 février

Une lettre de femme, une lettre parmi des milliers d'autres et qui les résume toutes à la fois. Une lettre de femme encore. Ce « encore » n'est pas de lassitude mais de gratitude, d'étonnement. Toute ma vie des femmes auront monté la garde autour de moi. Les hommes ne m'écrivent pas. Me lisent-ils ? Les hommes ne lisent pas beaucoup. Mes lecteurs sont des jeunes hommes entre seize et trente ans ; ils se cherchent en Stéphane, ils se retrouvent en Julien. Leurs grands frères et leurs pères n'ont pas de ces émerveillements. J'écris pour les femmes et leurs fils. Ils me le rendent bien. C'est elle ce matin, une femme encore, une mère, une veuve qui pense à moi et me cherche et me devine :

« "Inconsolable et gai." Je n'arrive pas à comprendre ce mystère. Comment, six ans après la mort de Stéphane, concilier son souvenir et les aventures avec les garçons ? Je vous envie de réaliser cette contradiction. Mon mari est mort depuis quatre ans et je ne pourrais envisager de “refaire ma vie”, je ne peux même pas m’imaginer dans les bras d’un autre homme, fût-ce un amant de passage. Vous êtes un homme heureux, d’être à la fois “inconsolable et gai”...

« J’ai été heureuse de lire dans le tome VI de votre journal que le temps n’arrangeait rien, contrairement à ce qu’affirme la fameuse sagesse populaire. “Un seul être vous manque et tout est dépeuplé.” Il faudrait ajouter : “à tout jamais”. L’absence est aussi douloureuse maintenant qu’elle l’était le premier jour.

« Vous êtes décidément un être de contraste : vous avez des amis de droite et de gauche. Vous encouragez Jack Lang à se présenter aux prochaines élections présidentielles, vous êtes l’ami de Bertrand Delanoë (ces deux-là, qui ne les aimerait pas ?) et vous appréciez Nicolas Sarkozy ; vous avez des positions de droite concernant l’Europe et la démocratie. Là encore, j’admire votre éclectisme.

« J’ai lu avec délectation les six tomes de votre journal. Vous m’avez émue, troublée parfois ; vous m’avez aussi fait rire. J’ai passé avec vous des moments délicieux. J’ai apprécié votre style, à mille coudées au-dessus du laisser-aller de bien des auteurs contemporains. Je regarde aussi votre émission sur France 2 le dimanche à midi. Quand je vous vois, joyeux et dynamique, au milieu de vos musiciens, de vos danseurs, de vos garçons et de vos filles qui participent à “Entrée d’artistes”, je me dis qu’il s’agit là d’un autre Pascal Sevran, le double de l’écrivain sérieux, parfois austère, mélancolique. Vous restez un mystère pour moi.

« Vous m’avez donné envie de voir Morterolles, dans la Haute-Vienne, mais j’ai peur que la réalité me déçoive. Je préfère imaginer Morterolles et le cimetière de Saint-Pardoux à travers vos livres. Puisque je n'irai jamais là-bas, déposez une rose pour moi sur la tombe de Stéphane.

« Vous évoquez à plusieurs reprises Philippe Besson dans *Il pleut, embrasse-moi.* Vous dites qu'il est allé à Charleville à la librairie Rimbaud signer son livre *Les Jours fragiles.* Conseillez-lui d'aller voir la maison où Rimbaud a vécu quelques années. Elle se trouve non loin du Musée Rimbaud (l'ancien moulin) et elle est ouverte au public depuis octobre 2004. C'est de là que Rimbaud est parti pour Paris puis pour Charleroi. C'est impressionnant de mettre ses pas dans les pas de Rimbaud. C'est une expérience unique.

« J'aimerais avoir des nouvelles de Julien. Il est attendrissant, ce lycéen qui n'y connaît pas grand-chose en littérature. Il vous aime, c'est sûr, et il a besoin de quelqu'un qui le guide, qui le soutienne. Comme j'ai ri en lisant que certains étudiants en lettres, aujourd'hui, croient que Proust est un fabricant de pantoufles !

« Je vous souhaite de vivre encore de nombreuses années "couvert de garçons" pour nous faire le récit de vos aventures, pour évoquer les couleurs de l'automne et de l'hiver à Morterolles (puisque vous n'aimez ni le printemps ni l'été), vos promenades solitaires le soir, vos soirées parisiennes si gaies avec vos amis de droite et de gauche, vos humeurs du moment. Vos lecteurs forment une grande famille qui vous aime. »

« J'ai peur que Morterolles me déçoive, je préfère l'imaginer. » Marie T. a raison, mieux vaut imaginer Morterolles que d'y venir voir. Il n'y a rien à voir ici, que le portail bleu de l'église fermée indéfiniment.

Morterolles, 15 février

Les lycéens sont dans les rues à brailler contre un projet de réforme du bac, ce bout de papier qui leur servira de bonnet d'âne. Les lycéens ne sont pas contents, c'est même leur principale occupation, n'être jamais contents de rien. Ça leur passera.

On se demande encore comment des hommes, apparemment normaux, acceptent d'être ministre de l'Éducation nationale en sachant que, de toute manière, ils devront capituler.

En France, depuis Mai 68, les morveux font la loi. Ces défilés de têtes à claques, carnaval oblige, de toutes les générations, seul Jack Lang a réussi à les transformer en Techno Parade.

Morterolles, 19 février

Il neige un peu, c'est déjà beaucoup pour moi qui n'osais pas espérer ce don du ciel à mon réveil. Serge T. pleure en lisant la lettre que Nathalie m'a fait porter par son chauffeur, une longue lettre dessinée de lettres rondes, presque enfantines. Nathalie, qui a lu *Il pleut, embrasse-moi*, m'écrit des choses si douces que la tête me tourne. Et puis ceci, que Serge T. m'invite à noter ici : « Julien, l'enfant, le feu follet qui brille et danse sur les ruines de tes chagrins, de ton chagrin, comme il est beau. »

L'indulgence des femmes pour moi, leur complicité. Aucune de celles qui m'entourent ne m'a reproché Julien. Les femmes qui m'aiment ne sont pas jalouses.

Morterolles, 20 février

La Baronne a marié son fils hier à 17 heures. Civilement. Sous la pluie.

Une formalité expédiée en moins de dix minutes par un maire pressé, dans un patelin au sud de Limoges dont j'ai oublié le nom. Serge T. m'accompagnait, j'étais le témoin du marié. Je ne pouvais pas refuser cela à Jean qui avait l'air d'y tenir au point de me laisser choisir le jour et l'heure de la cérémonie. Ce mariage qui, comme tous les mariages, pouvait attendre, aura été précipité pour satisfaire sa belle-mère, une forte femme en boubou orange qui vit à Djibouti où elle est née, comme sa fille devenue limousine pour l'amour de Jean. Un genre de roman en noir et blanc. La mariée était belle, les mains peintes au henné, le marié souriant, il sourit toujours. C'est un bon garçon solide comme son père, un peu distrait aussi. On a dû lui faire remarquer qu'il avait oublié d'échanger les alliances avec sa femme. Serge T. a pris la photo de l'instant béni. La Baronne aurait préféré une messe.

Paris, 21 février

Le théâtre de Dieu qui me plaît tant quand la pièce est bien jouée, c'est-à-dire en latin, Mauriac l'évoque en tremblant de désir au début de ses écrits intimes que m'a offerts Serge T. et que je reprends chaque nuit dans le silence de ma chambre. Les aubes blanches des enfants de chœur et le rouge des cardinaux, l'or et l'encens, l'ombre fraîche des confessionnaux, tout cela, qui n'est plus, m'emporte. D'autres désirs aussi taraudent Mauriac, qui fut un jeune homme, nous l'avions oublié. Il se souvient du temps où il fréquentait les endroits à la mode, des cathédrales flamboyantes, d'un palace des Champs-Élysées où règnent aujourd'hui les coffres-forts du Crédit commercial de France. « Les divans y étaient profonds. Au bar, s'abreuvaient de ces cocottes empanachées comme on n'en voit plus, avec leurs protubérances offertes et balancées, et cet œil commercial qui, par bonheur pour ma vertu, me glaçait le sang. »

Paris, 22 février

J'ai dû une fois encore monter sur mes grands chevaux hier à la télévision pour défendre la mémoire et l'honneur de François Mitterrand, face à un Philippe Tesson malicieux jouant à la perfection le rôle de celui à qui on ne la fait pas. À la droite d'Arlette Chabot, je me suis trouvé grimaçant mais bon, et flatté d'être en si bonne compagnie. J'ai dû préciser que si François Mitterrand avait bien, de son propre aveu, rencontré une dizaine de fois René Bousquet, il ne l'avait pas nommé préfet de police de Paris, ni ministre. J'agace, je sens bien que j'agace quand je répète ceci qui est imparable : le préfet de police du général de Gaulle s'appelait Maurice Papon et le ministre du Budget de Valéry Giscard d'Estaing, Maurice Papon. Le même. Alors oui, ça suffit, je veux bien qu'on ne le leur reproche pas, mais je ne laisserai pas calomnier François Mitterrand pour sa fidélité tandis que l'on devrait féliciter ses prédécesseurs pour leur discernement.

Marie-Noëlle Lienemann, que j'appelais avec gourmandise madame le Ministre, n'a cessé de m'approuver durant tout le débat et moi de l'applaudir.

– Je trouve, me dit-elle à l'oreille, que Jospin ne manque pas d'air quand il accuse Mitterrand de n'avoir pas eu un parcours très clair, et jure dans le même temps que ce n'était pas lui mais son frère qui fricotait avec les trotskistes.

Nous n'aimons pas les faux jetons, elle et moi, les donneurs de leçons de morale ne nous intimident pas.

Et puis j'ai apprécié que Jacques Attali révèle qu'à la table où il déjeuna lui-même, il y a trente ans, avec René Bousquet, sans savoir qui était cet homme si « impressionnant », il y avait Henri Frenay, le néo-nazi bien connu. Oui, j'ai apprécié que Jacques Attali se reprenne et qu'il reconnaisse enfin que François Mitterrand avait raison : l'histoire ne s'écrit pas après coup, quand les dés sont jetés et que la Résistance ne se joue plus qu'aux Folies-Bergère.

J'ai oublié, Morlino me le rappelle ce matin, de révéler que Mireille et Emmanuel Berl, antisémites notoires, nous parlaient de Bousquet avec reconnaissance, pour ne pas dire affection. Cela ne l'innocente pas, mais devrait inviter les juges de François Mitterrand à la modération, sinon à l'indulgence.

Seul de la Mitterrandie historique, André Rousselet, que je n'ai pourtant jamais rencontré parmi le cercle des intimes du président, seul cet homme-là qui ne me doit rien, c'est le moins qu'on puisse dire, vient de me téléphoner pour me remercier d'avoir dit ce que j'ai dit. Pas un mot gentil de Danielle, rien, plus un signe d'elle depuis qu'elle m'a rendu du bout des doigts un chèque de cinq cent mille francs, le même que j'avais eu le mauvais goût de signer à sa demande pour faire sortir son fils de prison.

« Plus je connais Danielle Mitterrand, plus j'aime Anne Pingeot. » Cette confidence douloureuse d'André Rousselet, qu'il ne m'a pas interdit de rapporter, je la rapporte, quoi qu'il m'en coûte, parce que je suis peiné que Danielle ne me pardonne pas d'être un garçon trop sentimental.

Je n'irai pas voir *Le Promeneur du Champ-de-Mars*, je n'aime pas qu'on me raconte d'histoires, on n'en finira jamais d'en raconter sur François Mitterrand ; celle de Georges-Marc Benamou n'est pas méchante, comme moi, il l'aimait.

Paris, 23 février

Dîner avec Mathieu, un très grand garçon qui m'appelle Jean-Claude parce qu'il a lu mes livres. Il s'est placé dès notre première rencontre (à sa demande) dans le cercle de mes proches. J'ai compris ce qu'il voulait : m'appeler Jean-Claude. Mathieu, qui vient de triompher en finale de la Star Academy, ne m'a pas paru trop perturbé par tant de bousculade et de vivats. Il ne se fait guère d'illusions sur la suite du programme, il se prépare à déchanter.

– On parle de télé-réalité, m'a-t-il dit, c'est plutôt de la télé-irréalité, la réalité c'est maintenant.

Mathieu a insisté pour payer l'addition. Il a l'orgueil bien placé. La prochaine fois, ce sera moi.

Paris, 24 février

Bientôt minuit. Je ne sais pas écrire si tard. Je n'écris jamais la nuit, je griffonne parfois à tâtons des mots pour mémoire. J'ai éteint le salon. Je suis seul. Les lumières de la ville sur la rive gauche de la Seine éclairent mon théâtre intime. L'Italien au coin de la rue de Bièvre ne tardera pas à tirer son rideau, la rue de Bièvre m'obsède. Tant de dimanches... Mon dernier regard avant d'aller dormir est pour elle. La dernière péniche passe au feu rouge du quai de Montebello. Je reste le front collé à la vitre où se découpent dans le même élan le Panthéon, Notre-Dame et la tour Eiffel. Le ciel est si bas qu'il avale la tour Montparnasse. Tout est bien. Je peux éteindre aussi la télévision branchée sur Pink où se démènent des garçons tout nus, ni très appétissants ni très imaginatifs. Une autre nuit peut-être.

Julien ne m'appelle plus. Je ne suis pas triste. Je guette à ma fenêtre d'improbables flocons de neige, comme un mendiant des pièces de monnaie.

Bruxelles, 25 février

Il neige sur la Grand-Place scintillante comme un sapin de Noël. Bruxelles décidément ne me réserve que des bonnes surprises. Allan, qui m'accompagne, est ébloui. Je voulais l'éblouir.

Tous les journalistes sans exception m'auront posé la question : « Comment va Julien ? » Leur curiosité gourmande ne me gêne pas, elle me flatte au contraire. Les journalistes belges veulent en savoir plus que les autres, c'est pour cela que j'aime tant venir ici les rencontrer. À l'un d'eux, visiblement émoustillé par le sujet, j'ai montré la photo de Julien, histoire de lui mettre l'eau à la bouche. Julien sur la terrasse chez la Baronne l'été dernier. À damner un saint. Je ne me fais pas prier pour montrer les photos de Julien. Je veux qu'on sache qu'il existe et qu'il est beau comme un orage. La suite ?

J'ai répété sans me lasser à tous les journalistes belges que la suite était inimaginable, que ma vie était inimaginable et Julien imprévisible. Allan, assis près de moi au bar de l'hôtel Amigo, écoutait. Allan, brûlant de fièvre et d'impatience, fera peut-être courir les foules un jour. Demain ou dans dix ans.

– Tu ne t'ennuies pas ?

– Non, je bois vos paroles...

Venant d'un jeune homme qui n'a pas la repartie facile, on peut croire en sa sincérité. Allan ne m'a posé aucune question sur Julien. Nous sommes allés regarder les vitrines.

Paris, 26 février

Le ministre des Finances, un sympathique Savoyard aux yeux bleus, démissionne parce que *Le Canard enchaîné*, qui s'occupe de ce qui ne le regarde pas, a révélé à tous les envieux qu'il allait s'installer dans un appartement de six cents mètres carrés. La belle affaire ! Les journalistes (et j'en rencontre beaucoup ces jours-ci) me demandent si je suis choqué. Les bras m'en tombent. Choqué ? Le dépit des aigris m'enchante, au contraire. Avec Benoît Duteurtre et Alain Finkielkraut, elle m'écœure cette France de la médiocrité. Ce qui me choque, en revanche, ce sont les huit enfants du ministre. Je ne leur veux aucun mal, aux chers bambins, ils sont là maintenant, mais vraiment leur papa n'a pas été raisonnable. Il donne un très mauvais exemple aux couples inconséquents qui logent dans trente mètres carrés et se distraient à faire des bébés qu'ils auront beaucoup de mal à élever. Ce ne sont pas des jouets, les bébés. Un peu de retenue, monsieur le ministre, vous aurait évité tous ces ennuis qui nous ennuient pour vous, nous qui n'avons rien fait de mal.

C'est secrétaire d'État à la famille qu'il eût fallu nommer Hervé Gaymard.

Paris, 27 février

Les lettres qu'un jeune lecteur – il n'a pas trente ans – m'envoie trois ou quatre fois par semaine mériteraient toutes d'être publiées. Ce garçon a un ton, une façon peu banale de raconter les choses de sa vie, de m'interroger sur la mienne, de me suivre, fasciné, et vaguement jaloux de Julien. Il m'a dit s'appeler Florian, mais qui est-il ? De quoi vit-il ? Avec qui ? Seul, des amants de passage, un Nico qui le frappe les nuits fauves. Il n'attend rien de moi, ni même de réponse à ses lettres, il veut se confier, m'émouvoir, m'exciter. Il m'intrigue, c'est déjà bien. Il écrit mon nom à la main, pas mon prénom. « Monsieur Sevran », toutes ses lettres commencent ainsi, après il s'abandonne. Ses lettres ne sont pas signées, jamais terminées, des points de suspension... La suite sera tragique forcément. Florian n'invente pas, il n'a pas besoin d'inventer.

« L'écriture, parfois, c'est quand le suicide paraît insuffisant. L'écriture peut être une mort plus profonde que le suicide. Les jours derniers étaient en épouvante. Je devrais savoir une fois pour toutes que le jour qui se lève, ce n'est pas fait pour tout le monde. Il y a des gens, c'est comme ça, c'est leur survie, qui ne peuvent sortir et vivre que la nuit. Ne plus voir le jour qui s'est levé, attendre la nuit. Ça allait moyen ce soir, et puis il y a eu cette lueur, la double lueur de la nuit et du week-end. Le week-end, c'est aussi une forme de nuit. La nuit, c'est une mort apprivoisée.

« Après La Closerie des Lilas l'autre soir, Nico a voulu qu'on parte sur-le-champ, en pleine nuit, à Deauville. On l'a fait. Son manoir, là-bas. Dans la même chambre, chacun son lit, Nico ne désire plus mon ventre depuis longtemps. Il dormait nu, sans couverture, son visage était dur dans le sommeil, visage d'homme qui s'est beaucoup battu avec des vies rudes.

« [...] Nico ne m'a pas appelé depuis notre dîner de la Saint-Valentin. Je n'ai pas téléphoné, je ne sais pas mendier. Il m'insultait, on est rentrés en trombe chez lui car il attendait une livraison importante, sa dose de cocaïne. Je l'ai déposé devant chez lui et je me suis enfui. Une semaine, il ne m'a pas recontacté. Je n'ai pas mal qu'il ne m'aime pas, j'ai mal qu'il ne soit pas là pour m'amuser.

« Ma mère va faire opérer sa hanche arthrosique. Je ne lui ai pas dit que j'allais me faire opérer aussi. L'agression. Le miroir, à la maison, est voilé depuis ce premier jour de l'été. Le chirurgien est bon, paraît-il. Je regarde les mains des chirurgiens. Les doigts fins sont trompeurs, ils ne sont pas toujours précis. Ce chirurgien a des grosses mains hydropiques, des grosses mains de mécanicien, et elles tremblent un peu. C'est lui qui va m'opérer, malgré ses doigts trop gros, malgré son tremblement, c'est lui que je retiens, pas un autre médecin.

« Je suis joueur et je crois que je m'en fous.

« À vous écrire, monsieur. Car Nico me manque. »

Dublin, 1er mars

Il y a des palmiers à Dublin. Partout. J'avais choisi l'Irlande justement parce que j'étais certain qu'il n'y aurait pas de palmiers. De ce côté-là de l'Europe, le seul qui me fasse envie, on pouvait espérer un peu de neige, un ciel tourmenté, enfin quelque chose dans l'air d'un peu cinglant qui ravigote. Rien, un ciel grec.

Philippe, qui a fait des études, m'avait pourtant assuré qu'il n'y aurait pas de palmiers à Dublin, il en était certain. Il m'avait affirmé également, sur ce ton modéré que nous lui connaissons, que « l'Irlande est le pays le plus homophobe du système solaire ». Nous n'aurons pas eu le temps de vérifier cela qui n'aurait pas gâché notre voyage. Les palmiers auront suffi à m'agacer et à faire s'esclaffer Philippe qui n'aime rien tant que de m'entendre bougonner.

Je bougonne d'avance parce que le monde ne va jamais exactement comme je voudrais qu'il aille. Nous n'avons pas la preuve que les garçons qui s'aiment ici doivent se cacher, les fumeurs, en revanche, sont interdits de séjour. Partout. Le premier qui allume une cigarette risque trois mille euros d'amende ou un mois de prison ferme. Au choix. J'ai vu le moment où le serveur de ce restaurant désert, où nous avions si bien dîné, allait appeler la police quand il m'a surpris. Nous sommes donc sortis prendre l'air dans les petites rues du centre-ville aux pubs rouge et vert, mes couleurs, et j'ai fumé une cigarette sur le trottoir derrière des poubelles.

Faut-il préciser que pas une rue, pas un lycée ne porte le nom d'Oscar Wilde ? Personne ici ne sait de qui nous parlons, nous pauvres Français. Ici on joue au rugby et on boit de la Guinness, on peut pisser partout après les matches, mais pas fumer. Cela ne dérange pas Philippe qui ne fume pas, ni Jean-Christophe, mon neveu, tout heureux d'être avec moi à la place de Julien qui m'a fait faux bond au dernier moment. Sans explication alors que ce projet l'enthousiasmait hier encore. Je ne cherche plus à comprendre Julien, ni personne. Les incompris méritent de le rester. Et puis Jean-Christophe, lui, ne s'est pas fait prier pour me suivre. Je file ma route sans me soucier de qui traîne les pieds.

J'ai acheté une veste dont je n'ai pas besoin et un pull-over trop grand, mais je ne regrette pas cette balade irlandaise de trente-six heures, juste le temps qu'il faut. Après on s'ennuie partout. J'ai le projet d'aller dormir une nuit à Moscou, Édimbourg, Reykjavik, Prague, Budapest. Une nuit suffira.

On a toujours tort de sortir de sa chambre. Il n'y a rien à voir nulle part que nos chagrins et des palmiers autour.

Paris, 2 mars

Sur mon répondeur sa voix pâle : « C'est moi, bisous. » Julien ne m'aime plus, il ne m'aime plus en tremblant. Il n'y a pas si longtemps, il hurlait en riant : « C'est ton lascar qui t'aime, où es-tu ? Rappelle-moi vite. » C'était : « Tu es l'homme de ma vie, tes yeux sont plus bleus que le ciel... » De ces bêtises d'adolescent.

Si j'ai savouré ces mots-là, je n'en ai rien cru. Julien ne mentait pas, il m'aimait follement. De ce miracle, je ne fus jamais dupe. Je n'avais pas de projet avec Julien, on ne fait pas de projet à mon âge avec un jeune homme. On l'embrasse et c'est déjà bien.

Paris, 3 mars

La tour Montparnasse, ce « symbole éclatant de l'architecture des années soixante-dix », est bourrée d'amiante. On voyait bien que cette tour est une insulte au ciel de Paris, on sait maintenant qu'elle est cancérigène. Le « désamiantage » pourrait durer cinq ans. Une opération délicate et très coûteuse, dit-on. Si elle pouvait ruiner les propriétaires, nous en serions ravis, nous qui ne leur pardonnons pas tant de vulgarité et les milliards qui vont avec.

Qu'on la rase, cette saloperie qui nous fait honte. La laideur aussi est une maladie contagieuse.

Paris, 4 mars

Le voisin du cinquième violait ses filles depuis des années, un autre torturait des chats...

Quand ils apprennent ces affreuses nouvelles, il faut voir leurs têtes aux gens du village ou du quartier, jamais ils n'auraient pu penser à « des choses pareilles, d'autant que le monsieur du cinquième présentait bien ».

Nous aussi nous serions effarés si nous savions ce que font nos voisins. Eux-mêmes peuvent-ils seulement imaginer que nous dormons seul le plus souvent ?

Paris, 5 mars

Jérémy n'a pas les yeux verts, il me l'a fait remarquer en souriant comme un ange.

– Mais si vous y tenez vraiment, je porterai des lentilles.

Tant de bonne volonté pour se conformer à mes désirs ne pouvait que m'étourdir. Je suis, il est vrai, assez facilement étourdi quand un jeune homme plutôt bien de sa personne éprouve l'envie de passer la soirée seul avec moi. Celui-là est ceinture noire de karaté, mais il sera chanteur, il n'en doute pas, et sur la scène de l'Olympia avant longtemps. J'avais décidé qu'il avait les yeux verts. J'ai toujours décrété la couleur des yeux des garçons plaisants.

Jérémy a les yeux marron. Il a eu dix-huit ans en juillet dernier et le même jour son bac lettres. Naturellement, il n'a pas lu un livre et, à l'idée même que je puisse l'interroger sur ses goûts littéraires, je l'ai vu pâlir. Ce qu'il voulait, lui, c'est m'entendre lui parler de chansons, de Charles Aznavour, de Dalida surtout. Moi qui croyais tenir enfin un amoureux des mots, je brûlais de savoir ce qu'il lisait dans sa chambre. Dans sa chambre, Jérémy ne lit pas, il télécharge des musiques. Sartre, Camus, Aragon, jamais il n'a entendu prononcer ces noms-là au lycée, aucun professeur ne lui a donné des conseils de lecture. Rimbaud ? Oui, un jeune poète qui vendait des armes... Victor Hugo n'était pas au programme. Montherlant ? Qui ?

Jérémy ne fait pas d'humour, ce n'est pas un idiot, mais il se moque absolument de la littérature, il veut être star. Cela va devenir ma spécialité, les bacheliers qui n'ont pas lu un livre et ne s'en trouvent pas gênés. Quant à la politique, Jérémy n'y comprend rien ; il ne sait même pas la différence entre la gauche et la droite.

– Ni mes profs ni mes parents ne me l'ont expliqué, me dit-il, mais bon, c'est pas grave, ça doit être pareil...

Quitte à exaspérer, je me demande ce qu'on leur apprend exactement aux bacheliers. Philippe, qui en fréquente beaucoup, constate lui aussi qu'ils ne savent rien. « On se demande pour qui on écrit encore des livres », me dit-il souvent.

Avant de me quitter vers minuit, regardant par ma fenêtre, Jérémy s'est extasié devant le Panthéon

– C'est quand même mieux que Le Corbusier !

– Tu connais Le Corbusier ?

– Oui, l'école nous a emmenés à Marseille visiter la Cité radieuse comme un chef-d'œuvre de l'architecture moderne, j'ai dû faire une dissertation sur Le Corbusier... Quelle horreur !

Ce cri du cœur m'a rassuré, Jérémy a bon goût, ses

professeurs auront au moins réussi à le dégoûter de Le Corbusier.

Paris, 7 mars

Nathalie a bien connu Édouard, le fringant banquier assassiné à Genève, le beau-frère de sa meilleure amie. On ne se demande jamais ce que font les banquiers la nuit à Genève, une ville convenable où, nous l'aurions parié, il ne se passe rien d'extraordinaire.

Nous le savons maintenant, ils s'amusent et leurs jeux ne sont pas innocents. Si la photo est bonne, on imagine que le banquier plaisait beaucoup. À quels démons aura-t-il cédé, ceux du pouvoir ou du sexe ? Qui l'aura fait ramper dans l'étrange accoutrement où on l'a trouvé ? Tous les scénarios sont possibles, on ne se privera pas d'en inventer mais, à lire la presse, on comprend que la main de la mafia serait préférable, et de loin, à celle de quelque gigolo excité.

Nous ne savons rien de nos proches, on se croit l'intime d'un riche banquier assoiffé de pouvoir, prêt à renier père et mère pour quelques millions de dollars, et l'on apprend en lisant le journal que cet homme-là est aussi triste que nous et s'abandonne, la nuit venue, à de misérables turpitudes. Tout ça dans un immeuble blindé comme ses coffres-forts, au-dessus d'un commissariat de police. C'est presque trop. Nous aurons le livre, le film et le DVD bientôt.

Drucker m'a reçu chez lui hier après-midi, je veux dire à la télévision où il est chez lui. Il m'a reçu comme il sait recevoir, avec l'attention tendue d'un homme qui respecte ses invités. Une façon de faire très démodée qui plaît beaucoup. Et ça étonne les goujats.

Paris, 8 mars

Sartre aurait eu cent ans cette année, le 21 juin prochain, date anniversaire de Lulu et accessoirement le premier jour de l'été. Hommage lui sera rendu. Les thuriféraires sont prêts. Nous aussi. Qu'il se soit constamment trompé en politique, qu'il ait proféré des bêtises, et des mensonges, ne gêne personne. Sa pensée aura dominé le siècle puisqu'il fut longtemps entendu qu'il valait mieux avoir tort avec Sartre que raison avec Aron. L'Histoire a corrigé.

Au contraire de Céline, Chardonne ou Jouhandeau, Sartre à qui l'on pardonne tout peut bien avoir regardé et salué le bon Joseph Staline comme le héros par excellence de la liberté des peuples, défendu des salauds, il a quand même écrit : *La Nausée* et *Les Mots.* Ce n'est pas rien et pour cela, en effet, on peut lui pardonner beaucoup.

Paris, 9 mars

Benoît n'avait pas très faim. Il venait de déjeuner avec Milan Kundera et dînait avec moi ce soir rue du Cloître-Notre-Dame dans un bistrot d'antan parfaitement accordé à nos nostalgies. Nous partageons les mêmes.

Les femmes de music-hall qui bouleversent Benoît n'ont pas moins de quatre-vingts ans, et il se réjouit de rencontrer la pianiste d'Yvette Guilbert qui fêtera ses cent deux ans la semaine prochaine. Entre la forêt vosgienne et la côte normande où il coule des jours solitaires à écrire des livres ironiques, Benoît passe à Paris, à deux ponts de chez moi, sur le quai d'en face. J'ai lu tous les livres de Benoît avant que nous ne devenions amis, qu'il aime les miens et me le dise.

– J'avais ton dernier journal sur mon bureau, ouvert sur un passage parmi ceux que je préfère : Morterolles, son église, la couleur des volets de la salle des fêtes... et j'écrivais en pensant à ce monde-là qui meurt... Y a-t-il encore des vaches à Morterolles ?

Benoît s'inquiète en souriant. Je lui envie ce sourire d'adolescent qui lui vaut tant de succès. Les chanteuses d'autrefois se l'arrachent.

– Suzy Delair adorait ton Stéphane, me dit-il. Elle m'en parle souvent.

Avec qui d'autre que lui pourrais-je indéfiniment me désoler de la disparition des vaches ?

Benoît n'est pas progressiste, c'est son charme. Tous les militantismes l'insupportent. Si les garçons ne le laissent pas indifférent, il ajoute ceci :

– Savoir que c'est possible suffit bien.

Benoît m'a raccompagné quai d'Orléans, je parlais à la télévision avec Mireille Dumas. Nous avons bu du cognac, il a voulu voir la photo de Julien.

Le plus souvent, savoir que c'est possible suffit bien, en effet. Après quoi, il faut s'occuper à écrire des livres pour nous consoler.

Paris, 10 mars

Claude est à l'Hôpital américain où nous l'avons fait transporter d'urgence la nuit dernière. Au milieu du repas, alors que la seconde précédente il s'inquiétait de savoir comment j'allais, il n'a plus réussi à terminer ses phrases. J'étais assis à sa droite, il souriait, il souriait de lui, gêné de « nous gâcher la soirée ».

– J'appelle le docteur, a dit Nathalie.

Claude a dit non. Si nous l'avions écouté, ce matin il serait mort, hémiplégique ou aveugle. Nous, Philippe, Jérôme, Nicolas L., François Dupeyron et son épouse, sommes retournés au salon où, moins d'une heure auparavant, nous buvions du champagne en nous demandant qui pourrait incarner la mère de Rimbaud dans le film tiré du roman de Philippe que Claude va produire. Marie-Christine Barrault ? Trop ronde... Jeanne Moreau ? Trop âgée... Miou Miou. Claude penche pour Miou Miou. « Une grande actrice », répétait-il à table juste avant de perdre la parole.

Nathalie, qui ne l'a pas quitté, vient de m'appeler :

– Infarctus cérébral. On en saura plus dans quelques jours. S'il n'y a pas de dégâts « collatéraux », il s'en sortira... je te rappelle, mon ange.

Paris, 11 mars

Entracte. Ma cavalcade s'achève, il est temps. Depuis le début de l'année, j'ai mené sans souffler une vie parisienne et publique intenable et, pourtant, j'ai tenu.

J'irai ce soir à l'Olympia voir débuter sur cette scène mythique Allan Vermeer. J'en rêvais à son âge, j'ai dû patienter longtemps. Ce garçon est trop gâté. À trop lui répéter qu'il est unique, il l'a cru. Je vais devoir me fâcher pour qu'il se tienne tranquille.

Demain, Morterolles où je vais me tenir tranquille, enfin.

Morterolles, 14 mars

16 heures. Julien s'ennuie de Morterolles. Il regarde tourner les manèges à La Baule où il y a du soleil et des vagues sur l'océan. J'entends les cris d'enfants sur les manèges. Il ne me dit pas qu'il s'ennuie de Morterolles ni de moi, mais il me demande si je suis allé dire bonjour à mes ânes, si le maçon a bien réparé le petit muret du parc Lucienne-Boyer (il avait failli tomber en sautant dessus), si j'ai bu du thé à la framboise...

– Et la barque, as-tu pensé à la faire vider ?

Je venais justement d'aller vérifier si le jeune jardinier embauché ce matin l'avait fait.

– C'est de la télépathie, me dit-il. Je ne suis pas là, mais c'est comme si je marchais avec toi dans le parc. Tout à l'heure, je pensais à tout ça, à la barque en bois, le pont sur l'étang... et les cloches de l'église, elles résonnent ?

Julien regarde tourner les manèges à La Baule et c'est Morterolles qui lui tourne la tête. La vie serait plus simple si les jeunes gens savaient ce qu'ils veulent, où ils veulent aller exactement et avec qui. Un jour, il sera trop tard, Julien voudra rattraper les souvenirs d'un été de sa jeunesse dans mes bras. Il est déjà trop tard. Julien reviendra-t-il ici ? Je lui céderai s'il insiste, mais il est possible aussi qu'il n'insiste pas.

Des photos de Dublin dans *Le Figaro Magazine* de cette semaine, des photos attrayantes qui donnent envie de repartir. J'ai peut-être été injuste le 1er mars, mieux vaut Dublin qu'Athènes, et puis j'avais omis de noter que là-bas les collégiens vont en uniforme, ce qui vaut acquittement.

Morterolles, 15 mars

Christophe est un garçon mince, une lame. Il a vingt-huit ans, c'est le nouveau jardinier engagé à l'essai pour un mois. Je le regarde faire depuis hier : quelque chose me dit qu'il va se plaire ici, que je n'aurai pas besoin de lui faire un dessin, qu'il saura très bien dessiner les saisons. Il est allé ce matin ramasser les premières fleurs dans le parc, sous les bois. D'instinct, il a eu ce geste doux : il a posé sur le rebord de la fenêtre de la cuisine un bouquet d'or pour moi. Il n'y a jamais eu qu'un jeune homme ici avant lui pour cueillir des fleurs.

Stéphane avait le privilège des jonquilles.

Morterolles, 16 mars

Le drapeau européen flotte sur la façade de la salle des fêtes. Il ne manquait plus que ça ! Non content de se donner à Bessines, la commune voisine, il y a vingt ans pour un plat de châtaignes, voilà que Morterolles pavoise aux couleurs de Bruxelles et d'Ankara, bientôt. Rien n'est plus affligeant que de voir un village de France mourir européen. Nous verrons bien si j'exagère, si au prochain référendum Morterolles, comme je le crains, cède à la « grande idée européenne » dont on nous rebat les oreilles. Une idée folle pour nous qui ne comprenons rien à rien. Pour moi surtout, idiot du village, qui voterai non, naturellement.

Mathias Ledoux est mort. On ouvre un journal et l'on apprend la mort d'un grand garçon, très doux.

Mathias avait cinquante ans. Il fut le jeune premier de Canal + derrière les caméras, alors qu'il aurait crevé l'écran s'il avait voulu se montrer. Le samedi soir autrefois à Montmartre, nous nous croisions à la Divette du Moulin où nous allions dîner avec Stéphane. Mathias était amoureux de Françoise. Ils avaient l'air heureux et nous l'étions aussi. Françoise, ma Françoise, l'âme sœur de Michel D., la plus tendre des femmes que l'on croise à la télévision. Son chagrin, ce matin, se confond avec le mien. Stéphane et Mathias, nos fiancés éternels.

Morterolles, 17 mars

J'avais oublié de noter ceci qui n'est pas mal non plus : la DDE a fait peindre en vert pomme cinq cents mètres de la glissière de sécurité qui borde l'ancienne nationale 20 à la hauteur de l'hôtel de la vallée, à l'endroit même où elle surplombe la Gartempe, si bien chantée par Giraudoux. En vert pomme !

Ils ont cru bien faire, après avoir beaucoup réfléchi à la couleur épousant le mieux le bleu dur des panneaux indicateurs, et l'un d'eux s'est écrié : vert pomme ! Pas le vert de la nature, le vert des arbres et des sapins, celui qu'on appelle anglais ou Empire, non, le vert pomme de ces pommes immangeables que les marchands astiquent pour faire joli.

La maison de Minouche est vendue. Je ne passerai plus par là, qui ne vaut pas un détour, que la nuit venue, en tournant la tête pour ne pas voir la lumière à ses fenêtres mortes. Je ferai tourner la lune au bout de ma canne comme un jongleur les assiettes, le nez au ciel, les étoiles me guideront.

La maison de Minouche est vendue, le Duc est bien fatigué, sa femme tire les volets de sa cuisine plus tôt que d'habitude. Un jour, nous nous souviendrons d'avoir été heureux ici.

« Le drame est survenu dans le cadre d'une relation sexuelle. » La littérature des commissariats de police est indépassable, nous brûlons de savoir ce que cache exactement le « cadre d'une relation sexuelle ».

Une femme aurait avoué avoir assassiné le beau banquier, son amant, la mafia russe n'a donc rien à voir dans cette partie de jambes en l'air. On s'en doutait, mais nous sommes un peu déçu malgré tout. Espérons la suite à la hauteur de nos fantasmes. Qui a emmailloté le banquier de latex ? Ce n'est pas une tenue pour mourir.

Qu'elle parle cette demi-mondaine « assassine ». Dit-on encore demi-mondaine ? Dit-on maintenant assassine ? Oui, qu'elle nous explique un peu comment elle faisait jouir le banquier, de quelles spécialités il raffolait. Ça nous distraira un peu, nous qui savons bien que ce n'est pas l'argent qui mène le monde, mais le sexe. Les hommes ne pensent qu'à ça, et les banquiers, qui n'ont en principe pas de problèmes de fin de mois, plus encore.

Minuit. Julien s'étonne que je ne lui aie pas téléphoné en ce jour d'anniversaire. « Anniversaire de quoi ? » lui dis-je, alors que j'allais m'endormir. « Du premier jour de notre rencontre, t'as déjà oublié ? »

Morterolles, 18 mars

Le silence de Philippe de Strasbourg, aux aguets depuis la parution du sixième volume de ce journal, ressemble à une bouderie. Je viens de l'appeler pour m'en étonner. Sa réponse ne m'a pas surpris.

– Je craignais de vous déranger avec Julien, d'être indiscret, et puis vous ne parlez pas de moi, alors...

Jalousie touchante. Il me semblait pourtant avoir noté notre soirée, au printemps dernier, à la Foire du Trône. Mais Julien, évidemment Julien... J'écris sous la surveillance de quelques-uns, leur vigilance ne me laisse pas indifférent.

Morterolles, 19 mars

Courrier. Petite suite sentimentale.

Une dame des Côtes-d'Armor termine sa lettre ainsi : « Si Julien est toujours aussi gentil, faites-lui une bise pour moi, et vous, très cher, je vous embrasse comme je vous aime. » Et elle signe : Jeanne de... quelque chose.

Oui, Julien est encore gentil, mais il me tient à distance désormais, sans se décider à m'oublier. Je viens de lui conseiller de m'oublier au plus vite.

– Tu me demandes l'impossible, me dit-il. Bon, je te rappelle... Je suis en retard, j'ai une conférence de sciences politiques.

Julien n'est jamais grave très longtemps, il ne veut pas m'oublier mais il court déjà retrouver ses « copines ».

– Farida m'a dit que j'ai un beau cul.

Les filles d'aujourd'hui n'ont décidément pas froid

aux yeux, Julien m'assure qu'il s'en passe de drôles dans les toilettes de la fac. Il me racontera.

Si les dames des Côtes-d'Armor savaient ce que font leurs filles ou leurs petites-filles avec des garçons timides comme Julien dans les toilettes de la fac pendant les conférences de sciences politiques, elles en mourraient de honte, et de jalousie.

Des livres de poèmes au courrier, très volumineux ce matin. Si les poètes et les poétesses de France, de Belgique et du grand-duché du Luxembourg voulaient bien m'épargner leurs états d'âme, cela soulagerait mes poubelles. Je déteste la poésie, le mot même me déplaît. Certes, mieux vaut écrire des poèmes que des lettres anonymes, mais on n'est pas obligé de m'en « faire cadeau ».

Je préfère le vin d'Alsace que Vincent l'Alsacien m'invite à boire en pensant à lui.

Au courrier encore, des fleurs, un bouquet court et rond de roses rouges, de marguerites jaunes, d'une Yvette inconnue qui me demande de le porter à Saint-Pardoux pour Stéphane, « si madame votre mère le veut bien ». Madame ma mère adore les fleurs.

Des factures, de la publicité, des coupures de la presse de province. *Le Télégramme* de Brest. Bref. Quelques mots élogieux de Raphaël Enthoven, et puis ceci d'un François qui ne me lâche pas. Je ne l'ai jamais vu, mais lui sait où me trouver.

« *Lentement, place de l'église, On dirait qu'il va neiger, Il pleut, embrasse-moi,* tout cela mis bout à bout fait un bulletin météorologique déprimant... et, pourtant, je ne peux pas me passer de vous, je n'ai plus froid quand je vous lis. »

Morterolles, 20 mars

Monsieur l'adjoint au maire à la Culture était là. Au grenier de la bibliothèque municipale de Guéret se tenait hier la première assemblée des Amis de Marcel Jouhandeau, association que vient de créer Hugues Bachelot, petit-neveu de l'écrivain. Antoine Gallimard s'était fait excuser. On m'a demandé de prendre la parole, ce que j'ai fait brièvement pour saluer d'abord la présence parmi nous – les amis du diable – du représentant de la municipalité. C'est un homme rond et souriant, probablement socialiste tendance hollandaise, mais il était là, ce qui est bien. J'ai assez dénoncé les mauvaises manières faites à Jouhandeau chez lui pour ne pas me réjouir du modeste hommage qui lui fut rendu à la sauvette, mais avec ferveur.

Nous étions une quarantaine de fidèles entassés sous les combles, à écouter un homme de théâtre déclamer solennellement des pages trop mystiques du maître quand les cloches de l'église, que nous apercevions à travers un vasistas, sonnèrent à toute volée. Une messe. Un rendez-vous d'initiés. Un monde inimaginable, où quelques descendantes de Prudence Hautechaume vont encore, appuyées sur leur canne, du cimetière à l'église et du fauteuil au lit. Pimpantes. Quelques-unes se souviennent du Chaminadour de leur jeunesse et de Jouhandeau père, le boucher. L'adjoint au maire écoutait. Alors qu'il aurait pu prétexter d'autres obligations pour s'éclipser, il est resté. Il m'a même semblé que ces histoires-là l'intéressaient.

Marc ne disait rien. Les bras croisés, il assistait, intimidé, à une réunion de « savants ». Il avait dix-sept ans lorsque Marcel Jouhandeau, qui l'éleva et lui donna son nom, est mort.

– Que vous a-t-il laissé sur le plan philosophique, lui demanda Françoise. Quel livre de votre père vous touche plus particulièrement ?

– Oh moi, vous savez, ma passion, c'est plutôt la mécanique. Les livres, je sais pas trop... Je m'excuse mais... j'suis pas savant.

Françoise ne voulait pas l'embarrasser, juste entendre sa voix, elle n'aurait pas dû. Je lui fis signe.

Marc ne ressemble pas à l'adolescent adorable que les journalistes de *Match* photographièrent dans le jardin de Rueil-Malmaison. C'est un homme aux cheveux gris, presque chétif, tout à la fois inconscient du nom qu'il porte et fier de le porter. Sa simplicité est émouvante. Il pose sur son fils, un garnement de douze ans, le même regard doux que Jouhandeau posait sur lui. Il ne lira jamais les milliers de pages que son père lui consacra. Il ne les lira pas, elles lui font peur, mais il garde à l'oreille les mots qu'il lui a dits.

À l'invitation de Marthe, nièce héritière de la maison de famille, rue Joseph-Ducouret, nous sommes allés, comme en procession, visiter les lieux saints. Marc m'a demandé la permission de me photographier près de son fils.

– Sans ça, me dit-il, ses copains à l'école ne croiront pas qu'il vous a vu en vrai.

On ne saura plus mon nom que quelques bienheureux découvriront Jouhandeau, sa vie, son œuvre. Le temps malmène les vedettes du jour. La nuit tombait place du Marché. Une jeunesse, attablée au café des Sports, se demandait ce que la télévision pouvait bien venir tourner ici où il n'y a rien à voir que les fantômes des apprentis du père Jouhandeau, en tablier taché de sang, et la moustache ironique du docteur Roussillat.

Morterolles, 21 mars

Le Paucard nouveau est arrivé, un genre de vin des rues qui n'a pas la prétention des grands crus, peut-être d'un beaujolais les bonnes années. Son *Roman de Paris* n'est pas un roman. La vie de Paucard n'est pas un roman, c'est une promenade de santé peinarde et polissonne, une série B sentimentale.

Ce fou du cinéma américain a Paris dans le sang et, si on insiste un peu, il se déhanche comme Elvis Presley, son dieu. À quinze ans, au Golf Drouot, il se voyait déjà idole du rock et s'en souvient joliment dans ce livre écrit à la paresseuse, carnet des bonnes adresses du passé, de cinémas, de bougnats disparus, de maisons closes, closes depuis belle lurette. Et ça ne l'enchante pas plus que nous, Paucard, cette ville qui se déglingue. Il signe toutes les pétitions que l'on veut contre les tours, le tramway, les Jeux olympiques. On comprend, à le suivre dans les arrière-cours du XIVe arrondissement, que Bertrand D. n'est pas « son copain ». Paucard dit : « Un bon copain, une jolie p'tite poule. » Il dit « Paname » pour s'assurer, et se rassurer, qu'il habite une autre ville que celle de mesdames de Panafieu et Hidalgo. Paucard est un héritier du siècle dernier. On croise dans son livre des célébrités dont la gloire n'a jamais ému que lui et moi : Rosalie Dubois, Marie Sergent, Vic Laurens, Rita Cadillac... On ne s'ennuie pas avec ce cher Alain, président à vie du « club des ronchons interdit aux femmes, aux plantes vertes et aux chiens ». En le lisant, je poursuis avec lui une conversation commencée il y aura bientôt dix ans, à la table d'un bistrot.

Morterolles, 22 mars

Les hanches qui firent trembler de désir tous les hommes de la planète sont en miettes. Brigitte souffre le martyre, la morphine même est sans effet. À bout de forces, elle se traîne pour soigner ses animaux. Elle ne peut plus reculer maintenant, c'est l'opération ou le fauteuil roulant. Son mari, ses intimes et moi-même, nous tentions discrètement de la convaincre, la douleur aura eu raison de son entêtement.

– Brigitte Bardot infirme, ce n'est pas possible, me dit Bernard qui l'accompagne chez le chirurgien mardi.

Elle ne peut pas nous faire ça en effet. Brigitte nous doit encore quelques mambos.

Morterolles, 23 mars

Ma mère remarche à petits pas dans les couloirs d'un hôpital de Normandie où mes sœurs se relaient à son chevet. Il arrive un âge de la vie où il vaut mieux avoir des filles qu'un garçon. Si ma mère redevient autonome, mes sœurs n'y seront pas pour rien. Je les bénis d'être mes sœurs et de veiller si tendrement sur notre mère. Donc sur moi. Aussi gentil soit-il, un homme n'est qu'un homme égoïste et lâche, il n'a ni la patience ni les gestes qu'il faut. Je m'en veux d'être si loin d'elle, tellement inutile. Ni elle ni mes sœurs pourtant ne me culpabilisent. Ma mère ne se plaint jamais, elle n'abuse pas des privilèges du grand âge ; elle en subit les assauts. Stoïque.

Elle aura beaucoup souffert en silence. Ni l'amour de mon père ni le nôtre ne lui auront manqué, nous en avons tant à lui rendre. Ce qu'elle veut savoir, c'est le temps qu'il fait à Morterolles, si les jonquilles ont refleuri, si je vais bien... Je fais comme elle, je réponds que oui.

15 heures 30. Vincent, qui revient de Saint-Pardoux à l'instant, m'annonce que les travaux sont terminés.

– Tout est impeccable, me dit-il, la pierre est magnifique.

Il veut dire la tombe, mais il ne prononce pas le mot. Vincent est une autruche et, comme Serge T., il se croit éternel.

Morterolles, 24 mars

Jules Verne, dont on célèbre le centième anniversaire de la mort, fut un visionnaire inspiré, un genre de génie, c'est déjà beau ! Certainement pas un écrivain, comme la propagande médiatique voudrait nous le faire croire. Une page de lui peut suffire à dégoûter de la littérature l'enfant le mieux disposé à la lecture. Il y en a si peu – on comprend pourquoi quand on sait que les instituteurs leur imposent d'abord la troïka officielle de l'Éducation nationale : Jules Verne donc, Dumas et Saint-Exupéry. Par chance, je ne suis pas allé à l'école longtemps.

On ne dit plus instituteur mais « professeur des écoles ». Alain Decaux, alors ministre de la Francophonie, s'en étonna.

– Et pourquoi donc ? demanda-t-il à son collègue de l'Éducation.

– Parce qu'ils le veulent, lui répondit-il.

Il suffisait d'oser. Depuis vingt ans, les instituteurs sont des professeurs. On ne l'avait pas remarqué.

Morterolles, 25 mars

On est content d'apprendre que *Mein Kampf*, ce charmant livret d'opérette bavaroise, figure en tête de liste des best-sellers en Turquie. Ce pays follement démocratique, qui ne reconnaît ni Chypre ni le génocide arménien, aura bien mérité la première place en Europe que la géographie lui refuse.

– Laissons de côté la géographie ! s'est écrié un type, excédé, hier soir à la télévision quand on lui présenta une mappemonde, cette boule bleue de notre enfance à l'école communale où nous n'avons appris que des bêtises.

Morterolles, 26 mars

Une lettre de Florian, la cinquième ce mois-ci, bien dans sa manière de me mettre l'eau à la bouche :

« Au "Raidd" ce soir, rue du Temple. Le serveur Armel n'était pas au service. Debout sur le comptoir, il était gogo dancer, avec un slip boxer pour tout vêtement. La musique, c'était des sons métalliques, un genre moderne. Musique répétitive, et Armel avait l'air de s'ennuyer à danser, à la fin. Mais avant, il souriait, il souriait blanc. Beaucoup de monde au "Raidd". Les lumières baissées, des spots aux couleurs douces sur le sculptural Armel. Faut-il dire musclé ou musculeux ? Peut-être musculeux, Armel est mince. Il jouait à baisser son seul habit, chichement, prudemment, sans rien découvrir, et c'était mieux comme ça, de toute façon, il n'est pas douteux qu'Armel est beau partout. Ce bar n'est peut-être pas le lieu pour ce spectacle, les jeunes gens semblent avoir de la classe, des manières et de la tenue. Armel avait-il beaucoup d'yeux sur lui ? Les jeunes gens étaient absorbés pour la plupart dans leurs conversations. Certains soirs, un type est nu sous la douche, dans ce café. Les gens le regardent peu. Ces spectacles nus, c'est comme la télévision, c'est en route et on ne regarde pas forcément.

« La dame de chez Guerlain, quand j'avais acheté le parfum pour Nico, m'avait donné une miniature. La nuit, quand j'ai eu mal de lui, je mettais deux gouttes sur mon poignet. Je dormais mieux, il était là, je me rappelais. C'est long quinze jours, le parfum se désincarne, je ne me rappelle plus très bien. Depuis mon évasion du “Gai moulin”.

« Je pense beaucoup à Stéphane, le vôtre, sans savoir pourquoi. À cause de la description que vous faites de lui, et où je trouve des ressemblances avec Nico. Les yeux verts bien sûr, l'entrain hurlant, la clairvoyance, la façon particulière de jeter du bonheur partout. Les géraniums à la fenêtre, rue Gabrielle, c'est Nico ça aussi. Il y a toujours des lys blancs chez lui. Je ne doute plus, quoi qu'il en dise, que la mort de sa mère, il y a deux ans, l'a détruit durablement. Il se détruit à l'alcool, comme sa mère. Les lys blancs et “L'Heure bleue” de Guerlain, je crois que c'est encore sa mère. Nico est très beau, en vrai et sur les photos. Il mériterait un destin public, j'ignore dans quel domaine, pour que tout le monde l'admire, des filles se tueraient pour lui, beaucoup de garçons aussi, pas moi. Cette nuit, il est peut-être au “Baroc”. Il vit très fort. Il marche à toute allure, toujours. Son regard est de feu et d'urgence. La journaliste du *Figaro* se remet très mal que Nico l'ait quittée, elle apparaît parfois au "Baroc" paraît-il, et elle fait peine à voir. Pour ma part, je me remets bien de la rupture, j'étais le "schpountz" de Nico, le bon couillon, le tarif n'était pas cher pour observer ce gentil diable, pas cher du tout. »

« Je pense à Stéphane et à sa façon particulière de jeter du bonheur partout. » Décidément, le ton de ce jeune homme, sa façon de dire les choses et de les comprendre ne sont pas de n'importe qui. De quoi vit-il ? Pourquoi ? On sait qu'il met deux gouttes de Guerlain à son poignet les nuits de manque, de manque de lui, de ce Nico qui se perd au lit des femmes et les fait souffrir. Les femmes préfèrent les salauds, nous aussi parfois.

Mon cousin Vincent me suit depuis plus de dix ans, disponible, impeccable. Il n'a pour moi que de bons sentiments. Il peut. Après quarante ans passés sur les chantiers de travaux publics, il se trouve à l'aise sur les plateaux de télévision, dans les coulisses des music-halls.

Il y a des danseuses et des vedettes qui lui disent bonjour ; avec mes musiciens ils se racontent des histoires de filles, sa vie est distrayante mais ce n'est pas la sienne. Je m'agace de le voir tourner en rond ici où il y aurait tant à faire. Dans cette maison que je lui ai cédée, il n'a pas planté un clou. Il est le seul maçon de ma connaissance qui a peur de se salir les mains. Il va, il vient, il allume une cigarette et tourne en rond autour de ses ronds de fumée. Vincent a pour sa personne les attentions les plus délicates. Son obsession : prendre une douche, ça l'occupe toute la journée. Il en parle souvent, il nous l'annonce :

– Je vais prendre une douche.

Il en parle après. Quand on lui demande ce qu'il a fait de sa journée, il répond qu'il a pris une douche. Vincent a la propreté maladive, elle est son alibi. Il allume une cigarette qu'il fume goulûment en regardant une dénommée Marlène se taper le parcours du combattant à plat ventre dans la boue, après quoi il prendra une douche.

– Si tu as besoin de moi, appelle. Je laisse mon portable allumé dans la salle de bains.

Il y a des choses que Vincent ne risque pas d'oublier, son téléphone, sa télécommande et ses paquets de cigarettes. L'idée de prendre un râteau, une brouette pour ramasser les feuilles d'automne, un pinceau pour repeindre la grille du jardin ne lui est jamais venue. Vincent sait faire beaucoup de choses dans le bâtiment, mais ça le fatigue.

Je n'attends pas de lui qu'il devienne mon quinzième jardinier, mais j'aimerais qu'il s'occupe de sa maison, qu'il plante des fleurs, qu'il se salisse un peu les mains avant d'aller prendre une douche. Pourvu que ses chemises et ses costumes n'aient pas un faux pli, Vincent est content de lui, il allume une cigarette. Pour le reste, il ne voit rien. La fumée sans doute. Il ne s'est même pas rendu compte que j'avais fait nettoyer sa maison de la cave au grenier.

Morterolles, 27 mars

Pâques. Des foules en larmes place Saint-Pierre à Rome attendent que le pape ressuscite. Il est mort depuis des années déjà, il va donc ressusciter. Les catholiques n'en doutent pas. Ce dimanche peut-être, ce qui leur rappellerait un autre dimanche. Le chagrin des catholiques ne me fait pas sourire, leur naïveté est touchante. Si je ne crois pas en Dieu, j'ai quelques espoirs moi-même que, dans sa grande bonté, il puisse croire en moi.

L'heure d'été ! Un trafic pour qu'il fasse jour encore quand il devrait déjà faire nuit. L'heure d'été. La mauvaise pour moi.

Morterolles, 28 mars

« À Ko Phi Phi, les touristes visitent les ruines. » La photo qui illustre l'article du *Parisien* a été prise hier sur cette île ravagée de Thaïlande où il y a eu mille morts et deux mille cinq cents disparus à Noël dernier. Un jeune couple déambule en sirotant un soda avec une paille plantée dans le couvercle des gobelets en plastique que distribuent les fast-foods. On devine au loin l'enseigne rouge et jaune du plus célèbre. Sur les ruines aussi, le monde bouffe et boit. L'homme porte un tee-shirt bleu, un short rouge et marche pieds nus dans des sandales de plage. La femme va le ventre à l'air, les cheveux défaits. Ils sont en vacances, peut-être en voyage de noces. Ça leur fera de beaux souvenirs à raconter, avec un peu de chance ils auront pu filmer des maisons éventrées, des orphelins faisant l'aumône. De beaux souvenirs.

J'ouvre chaque matin désormais les lourds rideaux verts de la chambre de Stéphane, je laisse le soleil tomber sur son lit. J'ai accroché un tableau champêtre qu'on pourrait trouver atroce, et qui l'est probablement, mais il va bien. Christiane l'adore. Je passe dans sa chambre obligatoirement dix ou vingt fois par jour, puisqu'elle jouxte mon bureau et qu'elle donne accès à notre salle de bains. Longtemps, sa chambre est restée morte, je m'y promène nu maintenant en sortant de ma douche, je choisis mes sous-vêtements, mes chemises et mes pantalons dans son armoire où j'ai rangé mon linge avec le sien.

Je m'habille et je me déshabille dans sa chambre. Je me fais beau pour lui.

Ma sœur Jacqueline est venue passer ces trois jours de Pâques dans la grange qu'elle a fait arranger à quelques kilomètres d'ici, sur la route qui mène à Saint-Pardoux. Elle est allée au cimetière avec Francis, son mari, mon allié.

– Tu as bien fait, me dit-elle. C'est mieux ainsi. Je crois que cela te plaira...

Faut-il croire à sa propre mort ou ne pas y croire vraiment pour se préoccuper avec tant de précision de tout cela qui n'aura plus d'importance bientôt ? Suis-je dérangé ou affreusement normal ?

Morterolles, 29 mars

Vincent l'Alsacien n'est pas alsacien. Il est né à Châteauroux il y a trente-huit ans et c'est sa mère qui l'a « obligé » à lire mon journal. Tout a commencé, je l'ai noté, par deux bouteilles de gewürztraminer, reçues lundi dernier, et un livre ésotérique que j'ai immédiatement jeté à la poubelle. La lettre qui accompagnait ces cadeaux révélait une personnalité. J'ai donc téléphoné à Vincent pour lui dire que je ne croyais pas à l'au-delà ni à la réincarnation, et que les moines tibétains étaient sans doute des braves gens, mais que leurs sornettes me laissaient, au mieux, indifférent. Vincent n'a pas insisté. Ce qui m'intéressait, c'était lui. Il a passé son enfance au pays de George Sand. « J'irai prochainement embrasser mon père qui vit entre Ardentes et La Châtre. Ma sœur habite Neuvy-Pailloux où, quand j'avais seize ans, je faisais de longues promenades avec Hussard, mon cheval », m'écrivait-il. Mais alors pourquoi l'Alsace ?

– J'ai suivi un homme, un jeune papa, marié, deux enfants, un type très bien. Nous nous aimons. Sa femme n'est pas gênante, mais les enfants prennent vraiment trop de place. Je vais revenir à Paris pour concrétiser mon projet de documentaire sur les minorités sexuelles au Népal...

Vincent l'Alsacien a une bonne voix d'homme posé, ses questions sont encore timides :

– Vos livres me donnent tant de réponses que je ne voudrais pas être indiscret, me dit-il. Un jour j'oserai, si vous m'y autorisez.

Vincent m'a posté cinq lettres cette semaine, accompagnées de kouglof, mon gâteau préféré, des confitures artisanales de Christine Ferber (« elles devraient vous plaire, me dit-il, elles sont uniques ») et du munster de premier choix.

Le premier fiancé de Vincent s'est suicidé une nuit du mois d'août 1992. Il sait ce que veut dire la vie sans lui.

Il était presque vingt heures, samedi dernier, lorsque la fleuriste de La Souterraine m'a livré un bouquet de roses rouges : « À vos mots, je n'ai rien à ajouter. »

Je l'ai appelé pour le remercier, lui dire aussi que c'était trop. Les enfants dormaient.

– Je pensais justement à vous, me dit-il. Je me

demandais si vous aviez aimé les confitures ? Que se passe-t-il à Morterolles ?

– Rien, il ne se passe jamais rien à Morterolles, Vincent.

Et Julien ?

Morterolles, 30 mars

Il y a d'abord eu l'affaire des boules de neige qui volèrent place Bonnyaud pour s'écraser sur le nez du jovial François Hollande, toute une histoire, amusante au possible. Il y eut ensuite, dans un autre genre, la première réunion, que j'ai déjà notée, des Amis de Jouhandeau, et voilà qu'on nous annonce cette semaine un festival mondial de hip-hop avec en vedette des rappeurs du Burkina-Faso. Serge T., qui les adore de cette couleur café, ne se tient plus de joie. Nous en étions restés aux garçons bouchers de Chaminadour et voilà qu'on nous promet des rappeurs du Burkina-Faso. Et l'on dit qu'il ne se passe rien dans la Creuse !

Jean-Noël débarque sur la pointe des pieds, en chaussures de ville. La campagne ne l'intéresse pas du tout, les sabots de Serge T. le font sourire, mais il s'ennuyait de nous, de Morterolles où pourtant les minorités sexuelles ne courent pas les rues. Il est venu dîner hier, ce sera bientôt du dernier chic de venir passer une soirée ici et de repartir le lendemain par le train de 14 heures 16 pour Paris-Austerlitz. Moins de trois heures, juste le temps qu'il faut pour lire *Pompes funèbres* de Genet, une fête brune avec des garçons plutôt pâles et pas vraiment rappeurs.

Les grandes manœuvres commencent ce matin, les troupes se déploient en rangs serrés. Je les entends arriver depuis huit heures. Des équipes de jardiniers, peintres, maçons, électriciens, ils sont une trentaine à l'œuvre partout dans la propriété et autour. Le gros chantier de ce printemps, c'est de faire sortir un parc sur les ruines de la maison des morts. J'irai planter en début d'après-midi le sapin qui décorait le salon à Noël.

Morterolles, 31 mars

Le maire de Morterolles tique un peu lorsque je lui demande comme à l'instant au téléphone :

– Comment va monsieur le maire de Morterolles ?

– Le maire de Bessines va bien, me répond-il.

Ce n'est pas faux, il est d'abord depuis vingt ans le maire de cette commune qui vit naître Suzanne Valadon et grandir Jean Giraudoux et mon père. Bessines fut aussi l'une des plus importantes cités d'uranium d'Europe et conserve des stocks de déchets nucléaires « inoffensifs » qui inquiètent les écologistes de la Haute-Vienne qui n'ont pas toujours tort.

Bernard Brouille adore sa commune, il me reproche de ne jamais en parler dans mon journal. Voilà qui est fait. Si Bessines vaut bien une messe, l'église de Morterolles attend toujours que l'on répare sa voûte et que s'envolent de nouveau ses cloches.

La femme du Duc aurait aperçu, il y a quelques semaines, des hommes en costume, venus inspecter les lieux et, croit-elle, prendre des mesures. Bernard B. me l'a confirmé.

– À Noël prochain, tout sera en ordre. C'est à un architecte de La Souterraine très compétent que les Bâtiments de France ont confié les travaux...

Monsieur le maire de Morterolles est optimiste.

Morterolles, 3 avril

Jean-Jacques Brochier était un anarchiste dépenaillé qui vénérait Robbe-Grillet et tenait Chardonne et Camus pour des scribouillards, la course des chevreuils et des biches aux abois l'excitait. C'était un homme pittoresque qui s'occupait aussi de littérature.

Le livre d'entretiens posthumes que publie Albin Michel pue la rive gauche à plein nez et le tabac froid, mais il a le bon goût d'une époque, de l'après-guerre, de ces années-là qui vont de la Libération à Mai 68. L'heure de nos vingt ans à Paucard et moi. « Après on s'en fout », me dit-il souvent. Je vais lui conseiller de lire les entretiens de Jean-Jacques Brochier « qui aimait les femmes et le vin », précisent les journaux qui tiennent ces détails pour des qualités majeures. Oui, Paucard, dont le moins qu'on puisse dire est qu'il ne déteste ni les femmes ni le vin, se délectera de ces lignes que nous aurions pu signer lui et moi. « Un jour, j'ai vu qu'on disait la messe face aux fidèles, habillé n'importe comment, avec une table de cuisine et un bout de tissu blanc dessus. Or, pour moi, la messe était un opéra sublime : des broderies de rêve, une liturgie comme un chant, des ostensoirs en or, l'odeur d'encens. Enfant j'ai servi la messe, et même si j'ai tout balancé depuis, l'odeur de l'encens est restée pour moi un bonheur. Si on croit en Dieu, on lui doit le respect. Qu'on n'aille pas le tutoyer. »

À un homme qui pense cela (que nous avons dit cent fois), on pardonnera la corrida et son goût douteux pour la littérature à l'estomac.

Jean-Paul II est mort la nuit dernière à 21 heures 37. On espère maintenant des funérailles grandioses avec de l'or et de l'encens, des évêques, des archiprêtres, des cardinaux, en rouge et noir avec parfois une touche violette, des prêtres célibataires en robe blanche, des messes en latin interminables, de l'eau bénite sur les lèvres innocentes des enfants de chœur agenouillés. Oui, ce pape adoré des foules de la planète était « très réactionnaire ». On entend ce refrain-là partout, comme un reproche désolé. Réactionnaire ! Mais c'est exactement ce que l'on attend d'un pape qu'il soit réactionnaire, réfractaire à l'air du temps. Et alors ?

Nous qui ne croyons pas en Dieu, faisons une prière, que le successeur de Jean-Paul II ne soit pas progressiste. Surtout pas progressiste, un peu mafioso, cupide ou dispendieux, mais surtout pas progressiste.

Morterolles, 4 avril

Julien se débat avec lui-même. Avec moi. Contre moi. Il ne parvient pas à se défaire de notre histoire si jolie. Il se la raconte à l'envers, la chamboule dans sa tête. Il m'appelle pour me demander si je me rappelle ce que nous faisions, ce qu'il me disait il y a un an le même jour à la même heure. J'ai oublié la couleur de nos chemises et les chansons qu'il me chantait. Pas lui. Julien veut savoir si je mange encore de la glace au cassis, dont nous barbouillions nos baisers, et avec qui ?

– La première fois que je t'ai vu au studio, tu portais le même foulard que dans l'émission de Mireille Dumas, et le pull bordeaux, tu viens de l'acheter ?

Julien ne me dit pas si j'étais beau, il ne s'inquiète plus de savoir si je l'aime. Il n'est pas venu à Dublin, il ne viendra pas à Montréal l'hiver prochain. Il ira se perdre ailleurs, il est grand maintenant. L'heure est venue pour lui de « tuer le père », comme disent les messieurs-dames de la psychanalyse qui s'en vont répétant ce que nous savions déjà. Je ne suis pas malheureux, ce ne serait pas convenable à mon âge de pleurnicher pour un gamin. L'ordre des choses est respecté, les folles passions sont faites pour passer.

Julien est venu quand je ne l'attendais pas, il s'en va le cœur gros, mais il s'en va. Le miracle est qu'il soit venu.

Toutes les cloches de toutes les églises du monde sonnent le glas pour la mort du pape. Toutes, sauf celles de Morterolles qui attendent la subvention du Conseil général.

Morterolles, 5 avril

Il y a de la mousse sur le court de tennis où personne n'a couru depuis quinze ans. Stéphane détestait ce sport autant que moi, mais ça faisait joli dans le décor, un terrain de compétition, à l'heure où nous attendions des amis qui ne sont pas revenus. Il n'y a rien à attendre des gens qui ne tiennent pas en place, et certainement pas qu'ils reviennent. Nous ferons sans eux.

L'image de Fidel Castro en grand deuil dans la cathédrale de La Havane, priant à la mémoire du pape, devrait bouleverser le monde. Nous tirer des larmes. Elle est bien la preuve que les dictateurs sont des hommes profondément humains, trop sensibles souvent.

Morterolles, 6 avril

Une lettre de Philippe. Je ne l'ouvrirai pas ce matin. Elle est noire. Il m'a prévenu. Après cinq jours de silence, sans l'entendre rire, je n'ai pas le courage d'affronter les mots de son chagrin qui est le mien aussi. Philippe pleure moins fort qu'il ne rit, il écrit, il m'écrit. Je sais qu'il va mieux. Je lirai sa lettre demain ou plus tard.

Une page de Florian s'ajoute aux centaines d'autres déjà reçues, une page qui tient toute seule sans qu'il soit besoin d'ajouter un mot, une page qui me remue :

« Pourquoi je me persuade que je dois vous rencontrer ? C'est absurde, ça doit être encore ma vanité qui me joue de si vilains tours. J'aime vous lire à peu près comme on aime un amant, je suis excité, amusé, puis apaisé. Vous lire a souvent été un refuge. Je vous ai dit que vous étiez ma mauvaise fréquentation littéraire, je le disais comme un compliment. J'ai beaucoup aimé un livre de Léautaud pour son ton et sa gentillesse, ça me fait un peu le même effet de vous lire. Ça m'amuse que la postérité fasse de Léautaud un misanthrope, je sais qu'il avait des générosités.

« Je suis serein quand j'imagine que vous ne lisez pas mes lettres. Dieu non plus ne répond pas, mais Dieu n'existe pas. Un type écrit à un grand auteur comme il s'adresse à Dieu, c'est-à-dire dans le vide, il se fait du bien, il n'attend pas spécialement une réponse.

« J'ai voulu vous écrire quand je suis tombé amoureux de Stéphane, le vôtre, en lisant *La Vie sans lui.* Dans ce livre vous vous réjouissez avec Stéphane, Stéphane chante : "Soixante-six kilos, mon coq." Debout sur la balance, il est heureux, il a repris des forces. J'ai voulu moi aussi approcher les soixante-six kilos, une espèce de communion mystérieuse avec le malade courageux. Je me disais que soixante-six kilos pour moi aussi c'était bien. Je voulais soixante-six kilos comme Stéphane et je ne sais plus pourquoi. J'y suis, avec un mètre quatre-vingt-cinq l'affaire n'était pas mince.

« Ma vie est sur les bas-côtés. Je suis habitué à ce ton gris. Ça ne me gêne pas, c'est les autres que ça gêne.

« J'aime vous écrire, monsieur Sevran. Orgueil, vanité, je n'en sais rien. Ma sœur aînée, que je vomis, crèverait si elle savait que j'ai deux cartes de vous. Elle dirait dans le téléphone : "Pauvre folle." Quand j'étais enfant, je lui ai souvent cassé la figure, mes parents avaient l'air de ne pas comprendre pourquoi j'étais "nerveux" avec ma sœur.

« Je vous aime pour ce que je n'ai pas, c'est-à-dire l'envie furieuse de vivre. Je vous aime car vous détestez Aragon et aimez Berl. Je n'ai jamais lu Berl, mais j'aime les peintures que vous faites de lui. Aragon qui vous répond à propos de l'agonie de Berl : "Qu'y puis-je ?" Et votre lettre violente à Aragon après ça. Expédiée, cette lettre ?

« Voilà. J'aime vos livres bien que je n'aime pas les coqs. Le coq de Morterolles qui rachète une maison pour la raser parce qu'elle lui gâte le paysage, ce coq ne doit pas hurler au mauvais goût. Le cynisme froid, ça vous va mieux. Le cynisme ne se hurle pas, il tombe avec mépris, et c'est plus joli comme ça.

« C'est le week-end. Le pape est mort et je m'en fous. J'aurais aimé que Nico m'appelle.

« Des mots, plein. Des mots la tête contre les murs.

« Mes amitiés, monsieur. »

Au même courrier une lettre de Jouhandeau datée du 2 novembre 1950 adressée à un « Cher Monsieur » auquel le cher maître n'a pas que des choses aimables à dire. C'est Vincent l'Alsacien qui me fait ce cadeau « acheté pour vous au marché Georges-Brassens où je me promenais en pensant à vous ».

Morterolles, 7 avril

Nous sommes restés plus d'une heure au cimetière, Francis, Serge T. et moi, à nous demander s'il fallait agrandir ou non la stèle, changer sa forme qui nous paraît trop moderne. Nous avons choisi ensemble le caractère, la grandeur et la forme des lettres de bronze qui serviront à fixer nos noms sur la pierre, où j'ai posé mes lèvres. J'ai fait enlever un lourd bac à fleurs qui écrasait l'ensemble du monument, sobre désormais. Je veux en finir maintenant avec mes hésitations autour de la tombe. Francis et Serge T. me donnèrent leur avis avec enthousiasme, un beau moment de vie, de joie serait trop dire et déplacé, mais de sérénité sûrement. De vie.

C'est dans les cimetières que la mort est impensable, la mort est partout sauf dans les cimetières et moins encore dans celui-là.

L'imbuvable monsieur Brochier, dont les entretiens me passionnent par vice, adore « les écrivaines » et tient Amélie Nothomb pour une « grande auteure », hommage consternant qui a dû la consterner. De Jouhandeau, ce qu'il dit relève d'une pensée insane qu'il serait trop facile de démonter. Je veux seulement, pour en finir avec Jean-Jacques Brochier, lui laisser dire du mal de Le Corbusier à ma place : « Quand j'ai vu que ce brave homme de Le Corbusier avait inventé des salles de bains et des cuisines collectives, je me suis dit, vraiment il déteste l'humanité. S'il y a deux endroits où l'on a envie d'être tranquille, c'est bien dans sa salle de bains et sa cuisine, à moins de manger dans une cantine ! Cette architecture pleine de bons sentiments est totalement stalinienne. »

Paucard qui tient les monuments staliniens pour des monuments, justement, va bondir. Même quand il est de notre avis, Brochier se trompe finalement.

Morterolles, 8 avril

Rompre. Je n'aime pas cela mais il faut rompre un jour. Un jour quelque chose change dans le regard de l'autre, sa voix n'est plus sa voix, elle ne tremble plus de désir, d'inquiétude. L'autre croit pouvoir se passer de nous. Passons. « Il faut savoir quitter la table lorsque l'amour est desservi », Aznavour l'a chanté. Les miettes, fussent-elles d'un festin, ne me suffisent pas. Je ne me contente pas d'une amitié qui se délite. Je claque la porte. Je raccroche le téléphone au nez de qui n'a plus rien à me dire de tendre. Une passion qui s'effiloche n'est pas belle à voir. Il faut rompre en silence, sans explication, sans en donner, sans en demander. Je répugne aux explications. Il n'y a rien à expliquer, l'amour va sans dire, la fin de l'amour aussi. Je ne suis pas à la merci de qui ne m'aime plus. Je suis débarrassé au contraire.

Le prince de Monaco est mort, le même jour et à la même heure que Marcel Jouhandeau, il y a vingt-six ans. Serge T. a ramassé dans la cour des pétales de pensées jaunes et pourpres qu'il s'occupe à mettre sous verre autour de la photo de l'écrivain. Avec la Baronne, qui vient nous rejoindre pour dîner, il ira en fin d'après-midi faire brûler un cierge à l'église de Bessines qu'il trouve froide et laide. Celle de Fromental, si émouvante, ferme à 17 heures comme les bureaux de la Sécurité sociale.

Une carte d'Emmanuel glissée dans la boîte aux lettres. « Être à vos côtés, jamais trop loin, vous savoir là souvent me rassure. Troublé. Oui, comme au premier jour. »

J'aime aussi le savoir là, pas trop loin.

Deux lettres de Philippe, l'une postée à Damas il y a trois semaines, l'autre à Paris, boulevard Brune hier, à 19 heures. Celle-là peut attendre. J'ai ouvert la première qui n'est pas triste, je m'en doutais. Philippe était invité, on se demande par qui, à donner là-bas, en Syrie, une conférence sur Rimbaud qui intéresse sûrement les dromadaires et les serpents pythons.

Quand il n'est pas au désespoir, perdu au fond de lui, Philippe cavale là où on veut l'entendre parler. Il dîne avec des attachés d'ambassade, des directeurs de centres socio-culturels, des représentants de l'Unesco en Oubangui-Chari, des sous-directeurs de l'Alliance française à Varsovie... Oui, j'ai la chance d'être l'ami d'un garçon vénéré par les gens de *Télérama,* invité partout. Il parlera ce soir à Londres devant des étudiants, demain à Douai ou le contraire, mais il y aura des étudiants qui l'écouteront et peut-être même que l'un d'eux sera plus curieux que les autres. Philippe adore expliquer le monde aux garçons qui ne demandent pas mieux. En Syrie le 18 mars, pas d'étudiants avides de connaissances « multi-culturelles », un dictateur aux yeux bleus, quand même. Philippe ne voyage pas pour rien.

« Mon Pascal,

« La jeune femme qui me sert de guide est formelle : la Syrie n'est pas une dictature. Bien sûr, le pays s'est doté d'un président à vie, fils du président défunt, et que nul n'a songé à élire puisque le détour par les urnes n'est pas prévu dans cette République modèle. Bien sûr, le portrait du président trône à tous les coins de rues. “Mais vous avez vu ces beaux yeux bleus ?” me dit-elle. J'ai vu ses beaux yeux bleus, en effet, et j'ai fait comme tout le monde : j'ai oublié la démocratie.

« Ce qui frappe en premier, c'est le mélange détonant du désordre oriental et de la présence policière. Dans les rues, le plus souvent défoncées, c'est une marée humaine qui se déplace, indifférente aux klaxons, aux voitures qui frôlent à toute allure, et ce sous l'œil méchant d'hommes en uniforme impassibles et las.

« Mais Alep, que tu détesterais, peut être émouvante. On m'avait annoncé que le printemps était frais, il fait vingt degrés à 10 heures le matin. Je me faufile dans le sombre entrelacs des souks, vides en ce vendredi de prière ; au cœur de la grande mosquée où les femmes et les hommes convergent alors qu'approche l'heure de midi ; et jusqu'à la citadelle qui surplombe la cité. Des portes gigantesques, des fontaines sèches, des ruines écrasées de soleil et des chants religieux qui s'échappent des minarets : le passé est partout.

« Je tente de me laisser envahir par la nonchalance. Je pense à toi. Je t'embrasse. »

14 heures 30. On enterre le pape en mondiovision, et mon voisin d'en face en catimini. Un bon grand-père du même âge que Sa Sainteté Jean-Paul II. On ne le voyait plus « arranger » son jardin depuis des années. Ce n'était pas bon signe. J'aimais l'apercevoir en passant. Il me souriait parfois.

Morterolles, 9 avril

Il neige. Enfin il tombe du ciel des giboulées blanches de sucre glacé. Un mois ici déjà passé. Paris ne me manque pas, je voudrais n'avoir plus à y revenir. Je rentrerai lundi en traînant les pieds. J'ai peur de Paris. Affronter tant de regards, croiser tant de gens que je n'ai plus la moindre envie de voir, embrasser des artistes qui jurent qu'ils ne m'oublieront jamais, tout cela me lasse par avance. Ces jeux ne m'amusent plus. On est seul à Paris. Des millions de solitudes font une drôle de musique. Elle m'assomme, l'entendre de loin suffit.

Pierre S. me téléphone avant midi, le samedi souvent. Il s'ennuie un peu. Il me demande : « Et vous, comment ça va ? », et je comprends que lui pourrait aller mieux. Cette étrange communion qui nous lie au-delà des mots.

– Et vous, comment ça va ? J'imagine que la mort du pape, ce folklore inouï vous ont inspiré des pages singulières...

– Eh bien non, mon cher Pierre, non. Quelques lignes déjà oubliées, plutôt banales, me semble-t-il.

– Quand même ! Ce parterre d'assassins agenouillés devant Dieu, ces marchands de canons, ces trafiquants de cocaïne, ces chefs de bandes armées... ils ont trouvé un moment de libre, n'est-ce pas admirable ?

Le « parterre d'assassins » m'avait échappé. J'avais bien vu Castro dans une église de La Havane pour m'en réjouir, mais le « parterre d'assassins », je m'en veux de l'avoir loupé.

14 heures. Jacques S., mon paroissien aux yeux bleus, arrivé hier pour deux nuits, s'en est allé confesser la femme du Duc. Il ira ensuite déjeuner chez Aïda. On ne déjeune pas à Morterolles, chacun se débrouille et Jacques, l'idole de « mes femmes », n'a que l'embarras du choix, elles veulent toutes qu'il les accompagne à la messe. J'avais rêvé qu'un jour ce soit lui qui la dise ici où les curés sont en retraite comme de vulgaires instituteurs.

Jacques S. est le seul de mes intimes à croire à la Vierge Marie, cela lui donne un genre qui plaît par ici. Aïda lui trouve toutes les qualités, autant dire que la sainteté le guette.

Morterolles, 10 avril

Jean-Paul Sartre ne fumait pas, ainsi en a décidé la propagande officielle. Cachez-moi ce mégot que nous ne saurions voir et cette pipe indécente qui pourrait donner de mauvaises idées à la jeunesse. Monsieur Évin ne veut pas de ça. La loi censée protéger notre santé qui porte son nom, partant d'un bon sentiment socialiste, permet à n'importe quel zigoto de truquer l'histoire. Jean-Paul Sartre ne fumait pas, ni Georges Pompidou, ni Serge Gainsbourg. Il faudra interdire désormais la diffusion de ces images d'archives où l'on voit le président et le chanteur allumer par mégarde des cigarettes l'une après l'autre. Interdit. Coupez-moi ça ! De Gaulle lui-même devra planquer ses Gauloises. À Londres, à Alger, il y avait trop de fumée, mon général. Ouvrons les fenêtres. Avoir libéré la France, inventé l'existentialisme n'excuse rien. Pas de privilège.

Sur la célèbre photo qui illustre l'affiche de l'exposition consacrée au centenaire de sa naissance, Sartre ne fume pas. Quand la vérité dérange, on l'arrange un peu. Un coup de ciseau suffit. Ni vu ni connu je t'embrouille. La loi est la même pour tous à l'exception des filles de la Star Academy qui se croient tout permis et de mademoiselle Béatrice Dalle qui allume sa « clope » à la télévision sous le regard énamouré de Thierry Ardisson. On ne refuse rien à mademoiselle Béatrice Dalle qui allume tout ce qui bouge sans demander la permission. Elle brûlait hier au soir comme Viviane Romance dans le souvenir de nos pères.

17 heures. Julien fumait une cigarette après l'amour, pour la seconde il me demandait la permission. Il m'appelle à l'instant. La voix câline des bons jours.

– Alors, il paraît que tu as un nouveau jardinier qui te cueille des fleurs ?

– Oui. Comment le sais-tu ?

Julien veut savoir, il s'inquiète de qui m'approche. Il croit tout ce qu'on lui raconte. Il s'éloigne de moi à reculons.

– J'ai gardé ta photo dans ma chambre, et toi ?

Paris, 11 avril

On nous annonce sans rire que les personnels de la SNCF travailleront une minute cinquante-deux secondes de plus pour contribuer à l'effort de solidarité nationale que le gouvernement nous réclame en faveur des personnes âgées et des handicapés. Une minute cinquante-deux secondes, c'est se foutre du monde, insulter l'État et la démocratie.

Une minute cinquante-deux secondes, c'est trop gentil vraiment. Faut-il les remercier les personnels de la SNCF et leurs syndicats pour tant de générosité ? Une minute cinquante-deux secondes ! Nous vivons dans le pays d'Europe où l'on travaille le moins, où la grève est un sport remboursé par la Sécurité sociale. Ces jérémiades quant à la suppression du lundi de Pentecôte sont indécentes, mais la ferveur religieuse qui s'empare des foules à l'approche de Pâques, de l'Ascension, de Noël est bien légitime dans un pays qui compte soixante millions de catholiques pratiquants.

Une minute cinquante-deux secondes ! On ne

doute pas que les postiers, les agents EDF, les gens de l'Éducation nationale et de la RATP mettront un point d'honneur à mieux faire encore. Deux minutes ! Une rumeur, non confirmée mais encourageante, laisse à penser que les bureaux de poste fermeront deux minutes plus tard en 2012. Ceux qui n'auront pas entre-temps fermé définitivement, car d'ici là, la France étant devenue une sous-préfecture de l'Europe, nous n'aurons plus aucun souci d'aucune sorte. Nous serons morts.

Paris, 12 avril

Si l'on veut se débarrasser d'un enfant sans prendre le moindre risque de finir en prison ou pendu en place publique, il faut le laisser se tuer tout seul. Par inadvertance. Les enfants ne demandent pas mieux qu'on les laisse jouer sur le rebord d'une fenêtre, cavaler sur un parapet, sur le pont d'un bateau en pleine mer, devant la roue des caravanes du Tour de France. Le crime sera parfait. Il y a beaucoup d'assassins de ce genre qui s'offrent en grand deuil à la compassion des foules. « Quel malheur, les pauvres ! » entend-on sur leur passage, ils jurent que l'enfant a échappé à leur vigilance, que leur chagrin est immense, et la police, les voisins les croient, ces braves gens. Moi pas. Une faute d'inattention n'est pas une circonstance atténuante. Si l'on n'est pas capable de tenir un enfant qui, par définition, est intenable, on est coupable et d'abord de l'avoir fait. Trop facile de faire et de tuer des enfants. Ce vice impuni de milliards d'êtres humains.

Paris, 13 avril

Dans *Le Figaro Magazine*, cette information réjouissante : « Pas de filles de brasserie chez Lipp. Elles sont interdites d'embauche par une clause du bail datant de 1880. »

Les bonnes manières se perdent partout. Sauf chez Lipp.

À propos de restauration, un scandale fait fureur, celui de l'hygiène douteuse des cuisines, chambres froides et autres lavabos des restaurants asiatiques qui pullulent comme des champignons vénéneux dans le XIIIe arrondissement. On devrait aller voir aussi sous les éviers, dans les congélateurs de certains chefs français et leur demander ce qu'ils mettent dans leur hachis Parmentier et de quel droit ils admettent des chiens dans leur salle à manger ? On ne peut plus allumer une cigarette dans les lieux publics sous peine de mort, mais nous devons supporter sans nous plaindre les chiens ou, pis encore, les chats de nos voisins de table, des malotrus que la fumée dérange, naturellement.

Paris, 14 avril

Mazarine bouche cousue. Un mot d'elle pourtant m'aurait touché, juste un mot. Non pas merci, elle ne me doit rien ; j'écris et je dis sur son père ce que je crois vrai. Un mot d'elle pourtant m'aurait touché. *Bouche cousue.* Son livre est aussi joli qu'elle. Ce n'est pas un drame d'être la fille de François Mitterrand, nous le savions, ni un roman. On se demande pourquoi *Le Nouvel Observateur* en a pourtant décidé ainsi ? « Roman », disent-ils. Il y a une raison cachée à ce tour de passe-passe. *Bouche cousue.*

Tous les sondages donnent le « non » gagnant. C'est inquiétant et trop tôt, trop beau. Vais-je voter « non » de la main gauche avec Laurent Fabius ou de la main droite avec Philippe de Villiers ? Une chose est sûre, je voterai « non » contre l'arrogance insupportable des Delors et autres Guigou, Bayrou et consorts.

Paris, 16 avril

Une belle Italienne, professeur de français à Rome, qui traduit *La Vie sans lui* en italien, est venue me voir ce matin. « Elle a beaucoup de questions à vous poser », m'avait dit l'éditeur. Elle ne m'en a posé aucune. Absolument aucune. J'étais pourtant curieux de l'entendre me donner ses impressions. Rien. Était-elle intimidée ? Comme notre conversation tournait court, je lui ai montré des photos de Stéphane, qu'elle ne se soit pas dérangée pour rien. À sa place, c'est la première chose que j'aurais voulu savoir, était-il aussi beau que vous l'écrivez, ressemble-t-il à l'idée que j'ai de lui en vous lisant ? Non, la belle Italienne n'était pas tellement impatiente de mettre un sourire sur les lèvres de mon héros. Elle ne m'a pas paru émue, charmante mais pas émue. Je me trompe peut-être. De toute façon, je ne sais pas lire l'italien.

Pierre S. au téléphone.

– Je crois que je vais finalement voter « non » pour des raisons poétiques. Au fond, je préfère que la

France soit la France, qu'elle se distingue, que l'étranger reste l'étranger. J'aimais, à Madrid ou à Varsovie, calculer le change des monnaies.

Pierre S. qui, au contraire de moi, n'a pas une idée maurrassienne de la France, vote « non » pour des « raisons poétiques », c'est exactement ça. J'aurais dû y penser.

23 heures. Marco n'en revient pas d'avoir interviewé Chirac, d'avoir été si bon.

– T'as vu, je l'ai interrompu deux fois.

Marco fait du Marco, c'est plus fort que lui. Face au président, il ne pouvait baisser la garde ni se coucher, on le lui aurait reproché.

– Je ne pouvais pas me planter, ils ne m'auraient pas loupé, nos petits copains...

Nous avons bu du vin blanc et dit du mal de nos petits copains de la télé, ceux-là que notre amitié exaspère. Nous ne détestons pas exaspérer les cons, Marco et moi, c'est notre espièglerie. Nous dînions place de l'Alma, à la terrasse de la brasserie d'angle où l'on a la tour Eiffel dans son assiette. L'endroit, très couru par les gens du show-business il y a trente ans, avait impressionné Julien quand il réalisa que Lady Di s'était tuée là, sous le pont au bout de sa fourchette.

– Et Julien ?

C'est la première question que Marco me posa. Il l'a connu lors de notre dernier dîner. Il sait à quoi il ressemble. Peu de gens à Paris savent que c'est lui Julien, le jeune homme brun au regard sombre que l'on voit sur quelques photos parues dans la presse. J'ai assez brouillé les pistes pour qu'on ne l'embête pas avec moi.

Je partais rejoindre Marco quand Julien m'appela pour me demander avec qui je dînais ce soir, le jour anniversaire du premier jour de notre amour dans un restaurant chinois à la porte de Pantin.

– M. sera là ? Tu te souviens ? Il avait mangé une île flottante au dessert...

Julien ne veut pas que j'oublie, c'est son tracas, il ne fait pas de projet, il se souvient. À dix-neuf ans, c'est une occupation singulière. Julien est singulier. Oui, M. était là, il a préféré des fraises cette fois-ci, et Marco une glace au caramel.

Ma mère est sortie de l'hôpital après une opération du col du fémur, une autre du genou qui la faisait souffrir et une pneumonie qui a failli l'emporter. Elle dormira ce soir chez ma sœur Jacqueline à Alfortville où elle restera le temps qu'il faut. La savoir là me tranquillise, j'irai dîner demain.

A-t-on bien compris que je n'attendais pas un mot de Mazarine dans son livre ? Nous ne nous sommes jamais rencontrés.

Paris, 17 avril

7 heures 30. Un père qui laisse courir son fils sur le pont d'un bateau de plaisance et finalement se noyer sous ses yeux sans faire un geste pour le sauver. Qui le saura jamais ? Ainsi commence le prochain roman de Philippe, l'histoire d'un homme coupable du pire. D'un instant d'abandon, dit-il. Comme tous les innocents, il boit du thé avec un vieux Pakistanais, se laisse adorer par une marchande de journaux languissante de désir, pour finir dans les bras d'un marin des Cornouailles, assassin lui-même d'on ne sait trop qui.

Du Besson craché ! Ce ton qui n'est que de lui, une manière sournoise de nous embarquer. Des hommes et des femmes qui passent, mais ne parlent pas, un héros qui soliloque, un monde buté.

J'ai terminé cette nuit les épreuves non corrigées de son livre. Philippe veut savoir ce que j'en pense. Il sera là vers 19 heures, je lui commenterai les passages que j'ai soulignés, je lui proposerai la suppression de deux mots un peu trop mode, et puis je l'emmènerai dîner chez Christine Clerc qui n'a jamais entendu parler de lui.

Paris, 18 avril

Un message sur le répondeur à Morterolles. Bernard de Saint-Tropez, il se présente ainsi. « Juste pour vous dire que Brigitte s'est régalée de vos mambos hier à la télévision et puis vos déclarations sur l'Europe la ravissent... vous lui faites du bien. »

Le mambo, la jeunesse de Bardot. Mon enfance. L'Europe, le cadet de mes soucis. Faire du bien à Brigitte Bardot, ma gloire.

Comme prévu Philippe est tombé sous le charme de Christine. C'est une femme fatale. Pas la Marie-Chantal qu'on a dit quelquefois. Je ne vois que la Baronne pour rivaliser d'élégance avec elle dans une cuisine. On passe à table à l'heure dite, c'est-à-dire à la mienne. 20 heures 15. Christine est de ces femmes qui ont pour moi toutes les indulgences.

Paris, 20 avril

Le nouveau pape, Sa Sainteté Benoît XVI, ne plaît pas à mademoiselle Clémentine Autain, adjointe apparentée communiste au maire de Paris. Elle est déçue, elle l'a dit sans ambages sur i-Télévision où elle se présente plusieurs soirs par semaine pour délivrer la bonne parole. Donc Benoît XVI ne lui plaît pas du tout. D'abord, il est allemand, mademoiselle Autain n'est pas raciste, mais elle eût préféré un Sud-Américain ou un Africain. Pourquoi pas, en effet ? Le rouge et le noir se marient si bien. Mais, surtout, il est contre l'homosexualité, l'avortement, l'ordination des femmes, le mariage des garçons, le divorce et peut-être même l'échangisme. Nous attendons, haletants, des précisions sur ce point. Qu'un pape ne soit pas progressiste la scandalise, oubliant au passage qu'il n'a pas été élu patron de la CGT. On se demande en quoi cette ravissante conseillère municipale qui ne croit pas en Dieu plus que moi est concernée par ces affaires qui regardent d'abord, me semble-t-il, les catholiques pratiquants ? Et d'ailleurs que disait-il de tellement révolutionnaire, ce Jean-Paul II adulé par la planète à genoux ?

Nous vivons décidément dans un monde de fous où l'on espère des dictateurs élus au suffrage universel et un pape directeur du planning familial. Soyons juste, Benoît XVI ne déplaît pas seulement à mademoiselle Autain, il déplaît à tous ceux qui n'ont jamais mis les pieds dans une église. Ça fait du monde.

Je trouve, moi, qu'il a la tête de l'emploi, une belle tête de pape, il sera parfait, nous l'écouterons avec ferveur nous parler d'amour à sa façon qui n'est pas exactement la nôtre, et nous nous passerons de sa bénédiction pour faire l'amour comme nous voulons avec qui nous voulons, dans la position qu'il nous plaira. L'enfer ne nous fait pas peur, le paradis non plus.

Morterolles, 22 avril

Le trottoir de la poste était déjà un dépotoir, c'est un parking maintenant ; ce qui fut une bordure de fleurs, une plate-bande d'orties et de pissenlits. Le passage place de l'église, qui mène au parc Jouhandeau, est défoncé par les pluies, impraticable donc. Je l'avais fait remarquer au Laurent de la mairie chargé de veiller sur les villages alentour, il m'avait promis de donner des directives aux services compétents et d'alerter le responsable de la voirie. Oh, que je ne m'attende pas à de grands travaux, un peu de rafistolage fera l'affaire. Il ne m'avait pas dit cela de cette façon-là, il n'avait pas osé, mais j'avais bien compris. Du rafistolage. Au mieux, du rafistolage. Le Laurent de la mairie est un garçon qui reste sur son quant-à-soi à peine démenti parfois d'une lueur malicieuse dans le regard qu'il a clair. Je l'amuse depuis quinze ans, je vois bien qu'il m'écoute comme un type pittoresque qui s'emballe pour une guirlande de Noël mal accrochée, un projecteur en panne sur le monument aux morts, les cloches qui ne sonnent plus ; des riens en somme. Je l'amuse. Il ne se moque pas de moi, il n'oserait pas, non, je l'amuse. Il doit se demander si tous les types qui passent à la télévision sont aussi pittoresques que moi.

– Prenons la porte du lavoir, lui dis-je, elle se déglingue. Je vais la faire réparer et repeindre à mes frais...

Là, il a tiqué, le lavoir appartient à la commune, je ne peux pas me permettre d'entretenir le bien commun sans en référer. Où avais-je la tête ?

– Il faudra que vous en parliez au maire avant, me dit-il.

Oui, il a tiqué. J'ai même eu l'impression qu'il ne la trouvait pas en si mauvais état, la porte du lavoir. Il est très sympathique, le Laurent de la mairie que j'ai connu avec des cheveux blonds bouclés, mais il ne rigole pas avec le règlement. Mon enthousiasme bougon le dépasse, d'accord il fera désherber devant la poste, mais que je n'espère pas quelques fleurs, tout n'est pas possible à Morterolles, qui n'est quand même pas la capitale du monde comme l'imaginent mes lecteurs.

Je n'en demande pas tant, le Laurent de la mairie le sait puisqu'il me lit. Enfin, je peux le penser puisqu'il aimerait bien que je lui dédicace son exemplaire de mon dernier journal qu'il me portera à notre prochaine rencontre.

– Si ça ne vous embête pas...

Je ne m'attends jamais de quiconque à des compliments sur ma littérature, je les prends s'ils viennent. Le Laurent ne m'en a fait aucun, mais qu'il veuille ma signature me laisse quelques espoirs pour la suite. Je peux espérer voir les cantonniers s'affairer plus souvent rue de la Sainte-Anne. J'habite à cette adresse où il n'y a personne depuis qu'il n'est plus là. Le portail du parc s'ouvre automatiquement. Le maire me donnera sûrement l'autorisation de faire repeindre à mes frais la porte du lavoir.

Morterolles, 23 avril

Julien les obsède. Est-il encore là ou pas trop loin ? Est-il venu à Morterolles pour les vacances de Pâques ? Des garçons de passage, des lecteurs curieux d'avoir un épisode d'avance, des intimes vaguement jaloux. Ils voudraient bien savoir. La place est-elle libre ? Cette impatience ne me fâche pas, elle m'attendrit. J'élude. Que leur répondre qu'ils ne comprendraient pas ? Julien est incompréhensible pour qui ne l'a pas vu pleurer entre mes bras. Jouir et rire tout aussitôt de nos « bêtises ». Il appelle ça des bêtises.

Pas de nouvelles de Lulu. Je n'en attends plus. Il n'y a pas si longtemps, je tremblais de le savoir perdu même à deux pas de moi. Je n'attends plus de nouvelles de Lulu mais je pense à lui parfois. Je ne l'appellerai pas. Il ne faut jamais courir après qui s'en va.

Dois-je ou non lire les deux lettres de Philippe qu'un mauvais pressentiment m'avait prévenu de ne pas décacheter ? Il les a écrites à bout de forces. À moi. Et ce n'est pas par hasard. Je les lirai, forcément je les lirai. Quand ?

Morterolles, 24 avril

C'est un petit square finalement qui se dessine à l'emplacement de la maison des morts. Le pépiniériste a planté une centaine de cyprès, le maçon a achevé un muret à l'ancienne autour du parterre de fleurs à venir où triomphe déjà le sapin de Noël dernier. J'ai fait mettre un banc près du lavoir, un banc de bois. Quelques statues s'imposent maintenant, un Adonis serait parfait. Un de ces Adonis au mieux de leurs formes qui font glousser les filles. Une Vierge Marie pourquoi pas. Et des anges, des anges aux fesses rondes. Il faudra un buisson aussi, une tonnelle de gui où les amoureux pourraient se cacher ; il y en avait une très jolie dans le jardin du presbytère où nous allions avec Stéphane nous embrasser.

Un square donc, ma nouvelle toquade. L'idée m'en est venue un matin en découvrant l'harmonie des lieux, plutôt carrés, non pas austères mais ordonnés. Il n'y aura pas de bac à sable, ni de toboggans. Le square sera interdit aux chiens, et aux enfants bien sûr, qui n'auront rien à faire là où nous irons méditer à l'ombre des Adonis en fleur. Quant aux amoureux imaginés plus haut, s'ébattant dans les buissons et pourquoi pas les soirs de pleine lune, ils relèvent, les malheureux, de la littérature romantico-neuneu à laquelle même les bergères ne croient plus. Il n'y a d'ailleurs pas de bergère à Morterolles, ni de prince charmant. Il n'y aura plus que moi bientôt d'un peu vivant ici pour m'émouvoir du temps qui passe et planter des arbres malgré tout.

Après l'allée François-Mitterrand, le parc Marcel-Jouhandeau, la place Emmanuel-Berl, la colline Françoise-Arnoul, je cherche un nom pour baptiser le square.

– Comment allez-vous l'appeler ?

Alain, le chef d'équipe de mes jardiniers, m'a laissé dubitatif. Je cherche et je trouverai qui, dans mon souvenir, mérite d'avoir son nom gravé sur une plaque dans un square à Morterolles. Autant dire nulle part.

Dîner triste chez la femme du Duc. Cette photo, sur le buffet de la salle à manger, prise par Serge T.

l'hiver 2003, où le Duc souriait encore, il a les joues creuses ; et puis celle-là où sa femme pose entre Michel Drucker et moi. Sait-on jamais ce qui nous attend après que nous avons trinqué à notre santé ? La photo nous fera mal un jour.

Morterolles, 25 avril

Après-midi humide dans les écuries du château de Nexon où je signais mes livres à de bonnes gens mouillés que la pluie et le vent n'avaient pas découragés de visiter un genre de marché aux fleurs dans les allées du parc. On aperçoit au loin le chapiteau de l'école de cirque créée par Annie Fratellini, des enfants y apprennent le trapèze et font les clowns, ça les occupe gentiment. Il y avait un baron autrefois à Nexon où ma grand-mère paternelle nous promenait les jours de foire, j'aimais la suivre chez la marchande de laines. C'était un temps où les grands-mères tricotaient des chaussettes et des pull-overs pour leurs petits-enfants. On sourira de moi à ce passage qui sent un peu l'ordre ancien, mais nous sommes tous ainsi : défaits, notre enfance sur les bras.

La place du champ de foire, vaste et penchée dans mon souvenir, a gardé sa belle harmonie, ses façades sont ravalées proprement, les volets sont de bois peint. En contrebas, face à la mairie, la boutique de laines. Ma grand-mère, mes dix ans. Si l'on s'en tient là, si l'on ne va pas chercher trop loin par-dessus les toits, on pourrait croire que le bon goût l'a emporté. Alors, j'ai tourné la tête pour ne pas voir les bâtiments administratifs, les entrepôts agricoles qui menacent le cœur de la ville jusqu'au cimetière. La marchande de laines est morte et enterrée. On m'a offert un clafoutis et un flacon d'huiles essentielles composé à mon intention. J'ai acheté un bougainvillier que nous planterons dans le jardin de Stéphane, la fleuriste a demandé à sa fille de nous prendre en photo. Les gens de Nexon ne savent pas que mon père est né chez eux le 19 janvier 1920, avenue de la gare. Cela n'a aucune importance, mais je l'ai dit à quelques-uns qui m'ont paru intéressés.

La baronne d'Aixe, toujours penchée sur les branches de son arbre généalogique, qui m'accompagnait, n'a pas manqué de nous découvrir, en la personne d'un négociant en sirupeux et d'une institutrice en retraite, des cousins éloignés (cette expression m'enchante). Tellement éloignés (mon père disait « de la cuisse gauche ») que nous n'irons pas vérifier.

Morterolles, 26 avril

L'hebdomadaire *Point de vue* me consacre quatre pages cette semaine où l'actualité n'a pourtant pas besoin de moi. Entre la mort de Jean-Paul II, celle du prince de Monaco, le mariage de Charles d'Angleterre et l'élévation de Benoît XVI, je pose là, souriant aux anges au milieu de mon salon dans l'île Saint-Louis. Pour une fois, je me trouve présentable sur la photo prise à la sauvette en fin de matinée, le photographe n'est sans doute pas innocent de ma bonne mine. Christiane, qui a déposé le magazine sur mon lit ce matin, est emballée par la moquette.

Dans son article, Philippe Séguy trace un portrait non convenu, sans un de ces clichés qui me font sursauter sous la plume des journalistes qui ne m'ont pas lu. Je ne sais pas, en revanche, où il est allé chercher que la soupe aux vermicelles faisait mes délices, le souvenir même de la seule que ma mère voulut m'obliger à avaler me fait vomir.

Je ne relève cela que pour confondre les biographes péremptoires de Jules César ou de Toutankhamon et pour sourire de moi qui ne suis empereur de rien. Philippe Séguy avait demandé, malgré cela, à deux de mes intimes de me définir à partir d'un mot : solitude pour Nathalie Rheims, érotisme pour Philippe Besson.

« Il remarque, à la dérobée, l'ombre d'un regard, la franchise d'un sourire, le détour d'un profil, le balancement des hanches, la cambrure des reins. Il a appris que le désir surgit toujours à l'improviste, quand on s'y attend le moins. Il laisse venir les corps à lui, toujours. Il ne va pas les chercher. Il aime les étreintes d'un soir, les aventures sans lendemain. Cette fugacité lui convient. Et quand les corps ont disparu, il lui reste de jolis souvenirs, il a de la mémoire. Il n'oublie pas non plus que le sexe et l'amour n'ont presque jamais rien à voir. »

Et s'il parlait de lui aussi, Philippe, en parlant de moi ?

« C'est dans la solitude que tu combles l'absence. Dans ce tête-à-tête avec ton ange, au coin du feu ou sur les chemins de Morterolles où ceux qui t'aiment vous imaginent encore marcher tous deux. J'aime tes silences car je sais y lire tout ce qui chez toi me touche, me bouleverse. J'aime aussi ton ombre absente. C'est au cœur de ta solitude que je t'ai reconnu. »

Nous nous sommes reconnus avant même de nous embrasser, Nathalie et moi.

Morterolles, 27 avril

Dix lignes dans les journaux, trois mots à la radio, pas une image à la télévision. Peut-être sur une chaîne du câble à minuit ? Maria Schell est morte et cela n'émeut personne, la mort d'une actrice d'autrefois – il n'y a pas si longtemps, quand nous étions petits garçons. Je dois à Maria Schell, une Romy Schneider d'avant Sissi, mes premiers émois. De la fessée magistrale qu'elle recevait des mains généreuses de François Périer, je ne me suis jamais remis. Gervaise, elle était Gervaise, lingère en jupons accroupie dans le lavoir parmi d'autres pauvresses moins chanceuses qu'elle.

De la fessée, ce bonheur démodé, les enfants rêvent toute leur vie, c'est la punition du bon Dieu, celle de l'amour aussi. Stéphane en raffolait, Julien la cherche.

Ce jeu-là, qui ne se pratique presque plus dans les familles, est interdit à l'école laïque et même dans les institutions religieuses, et l'on s'étonne que les enfants d'aujourd'hui soient intenables, mal élevés, vicieux au possible. Il conviendrait de rétablir les châtiments corporels à l'école, le plus tôt serait le mieux. La comtesse de Ségur n'y voyait que des avantages. La fessée, ce lien intime, libère autant qu'il attache les amants épuisés.

Ni le cul de Bardot (j'emploie, là, un mot qui ne lui fait pas peur) ni celui de Romy ne m'ont laissé indifférent, même si, au bord de la piscine, c'est plutôt Delon que je ne quittais pas des yeux (ah, la serviette-éponge autour de sa taille). Mais c'est une fessée de cinéma, dans la moiteur d'un lavoir surchauffé, qui éveille en moi aujourd'hui encore des désirs inavouables. Maria Schell est morte, ça ne nous rajeunit pas. Pour Julien, qui ne sait pas de qui je parle, pour tous les malheureux dans son genre, je voulais laisser une trace dans ce journal de Maria Schell. La marque de ma main droite sur ses fesses adorables.

Morterolles, 28 avril

J'avais demandé à Philippe de faire suivre à ses copains de *Libération* mon texte enchanté par Benoît XVI, et ironique, me semblait-il, pour ceux qui lui reprochent de ne pas s'adresser au monde comme un G.O. du Club Méditerranée. Je ne sais pas ce qui m'a pris, jamais je n'envoie de chroniques aux journaux, mais l'enthousiasme de Philippe m'a convaincu.

– Je suis sûr que ça va les amuser, me dit-il.

Ça a dû les amuser puisqu'ils le publient ce matin en tête de la page 6 sous ce titre surprenant : « Nous nous passerons de pape ». Ce n'est pas vraiment ce que j'ai voulu dire, il me plaît beaucoup cet homme-là, je le trouve parfait. Si, en effet, je n'ai pas l'intention de me conformer à ses recommandations, ni de caler ma libido sur la sienne, je suis ravi, en revanche, que sa parole ne soit pas progressiste. M'a-t-on bien compris ou me suis-je mal exprimé ?

Vu le maire de Saint-Pardoux en fin d'après-midi, très content que j'aie cité sa commune chez Michel Drucker. Il voulait m'informer de son intention de réaménager les abords du cimetière, de créer un chemin à travers les bois et de faire élaguer les sapins bleus qui bordent l'étang, un endroit bucolique saccagé par la tempête de décembre 1999.

– Les tractations avec les propriétaires sont un peu compliquées, mais nous devrions trouver un arrangement...

Ce doit être épuisant d'avoir à gérer les humeurs, les jalousies, les rivalités des uns et des autres, de faire plaisir et ne contenter personne. Les dictateurs n'ont pas de ces problèmes de droit de passage, de succession, de murs mitoyens. Des plans d'occupation du sol, ils se moquent comme de leur premier coup d'État. Ils décident pour nous et c'est plus simple ainsi. Plus tard parfois, les choses se compliquent un peu.

Dîner avec un Julien. Un autre, moins tumultueux que le vrai, un Julien de par ici, timide et doux. Il est infirmier, la nuit le plus souvent, et bouleversé de l'être. Il dit que c'est un beau métier, il ne se plaint de rien, il ne défile pas. Il travaille. Un garçon de vingt-deux ans qui ne rêve pas d'être star dans les cinq minutes qui viennent, ni, à défaut, de passer un bac + 12 a bien du mérite. Si je précise qu'il est rentré sans tarder chez lui où son fiancé l'attendait, on aura compris que ce garçon est un original.

Morterolles, 29 avril

– Le premier ministre m'a invité à déjeuner le 12 mai, dis-je à mon ami Sébastien C., un gai libéral que la politique passionne.

– Tu seras donc l'un des derniers à le voir vivant, me dit-il sans méchanceté car, comme moi, il apprécie le courage de l'homme dans la tempête.

Une lettre de Christophe Bardy, un jeune parolier de chansons qui habite rue Gabrielle, ma rue d'autrefois. « La photo de la couverture de votre journal *Il pleut, embrasse-moi* a été prise à la terrasse du café le Saint-Jean, place des Abbesses, au coin de la rue Antoine, le saviez-vous ? » J'avais reconnu la lumière de Montmartre et le garçon brun de profil penché sur un livre : Stéphane. Ce n'est pas lui, mais c'est lui quand même. Il allait au café Saint-Jean.

Des confitures de toutes les couleurs et du kouglof, un énorme colis de Vincent l'Alsacien qui ne me lâche pas. « Ne craignez pas de prendre un kilo, celui-là viendra du cœur, n'en doutez pas. Ces confitures comme un lien sensuel entre nous, je ne suis qu'une voix et quelques lettres, pas encore quelqu'un avec son regard et ses gestes, mais déjà je suis là pour vous. »

Il était 20 heures hier quand la fleuriste de La Souterraine m'a livré un bouquet du même Vincent épinglé d'une carte Interflora : « Vous me manquez. » Faut-il que je lui accorde ce rendez-vous fatal qu'il me propose ? « Les écrivains gagnent à ne pas être connus », me disait Berl.

Un message de Benoît Duteurtre : « Ton papier sur le pape, j'aurais aimé l'écrire. » Un autre de Christine Clerc : « Tu as raison évidemment, le pape est par essence conservateur, l'étonnant serait qu'il ne le soit pas. Tu lui trouves une belle tête, moi ce qui m'a frappée c'est qu'il disparaît dans ses robes et ses dentelles ; tous ces falbalas doivent agir sur le comportement. »

Au courrier de ce jour également le texte de la Constitution européenne. Jeté à la poubelle aussitôt.

Morterolles, 30 avril

La jolie Clémentine A. me répond par retour du courrier : « L'enfer et le paradis sont pour moi de la littérature, cher Pascal. Comme tout pouvoir, celui du pape peut être contesté, si si, je vous assure... et je pense à la Polonaise qui voudrait pouvoir disposer de son corps et que l'Église condamne. »

Elle a du cœur, la jolie Clémentine A., et de la compassion pour ses sœurs. Bravo. Mais nous en avons un peu, nous aussi, du cœur et de la compassion pour les femmes qui souffrent et pas seulement les femmes. Nous souhaitons, nous aussi, chère Clémentine, qu'elles puissent libérer leur corps, « en disposer », dites-vous, oui, comme bon leur semble et dans la position qui leur plaira. Il y a d'ailleurs trop d'enfants, beaucoup trop d'enfants partout et qui crèvent de faim sur les décharges de Manille, grandissent à quatre pattes dans la boue des favelas de Rio et que la mafia roumaine prostitue, oui, trop d'enfants partout, y compris dans les campings. Nous pouvons reconnaître qu'à l'évidence Benoît XVI a une belle tête de pape, nous réjouir que son discours, Dieu merci, ne soit pas progressiste et bénir Simone Veil, la reine mère.

Ne faites pas semblant de ne pas m'avoir compris, chère Clémentine. Je sais bien que tous les pouvoirs sont contestables et ce n'est pas la prudence qui me caractérise le mieux. J'ai bien entendu François Mitterrand décréter à haute voix quand ce n'était pas la mode : « L'homosexualité doit cesser d'être un délit », et figurez-vous que ça m'arrange. Si le pape disait cela, vous imaginez un peu le bordel dans les caves du Vatican et dans les sacristies où déjà...

Allons, allons, chère Clémentine, ne faites pas l'innocente, ni l'enfer ni le paradis ne me font peur, je croyais m'être fait comprendre. Vous dites « c'est de la littérature », le compliment me touche, c'est ma prétention justement : la littérature. Pour cela, chère Clémentine, je vous embrasse.

Morterolles, 1er mai

La femme du Duc a enterré la grand-tante de son mari. Il faisait trente-cinq à l'ombre. Les mauvais jours sont là. On ne me verra plus place de l'église avant l'automne, elle est si atrocement gâchée par le soleil. Quand le fiancé de la coiffeuse se décidera-t-il à repeindre la devanture du salon, à nettoyer les vitres et la porte badigeonnées de blanc d'Espagne comme le sont les magasins fermés pour cause d'inventaire ? Il a déjà arrangé proprement les fenêtres du premier étage, ça me laisse espérer que la suite est prévue. Je n'ai pas osé poser la question à la coiffeuse, croisée hier vers 21 heures du côté de chez moi où elle promenait son chien. Nous avons fait le tour des étangs en médisant du voisinage si négligent avec la propreté, la leur et celle du bien commun.

« Hitler se lavait toujours les mains après avoir caressé sa chienne qu'il adorait et il la caressait souvent. » La secrétaire du chancelier du IIIe Reich, une femme en chignon, très racée, parlait sur la cinquième chaîne, elle parlait posément d'un destin exceptionnel, le sien, sans afféterie, encore effarée. Passionnante. « Hitler se lavait toujours les mains après avoir caressé sa chienne... », elle n'a pas dit que cela. Des histoires, l'Histoire. Au fond, ce bon Adolf était comme nous, un brave homme qui souffrait lui aussi de troubles obsessionnels du comportement. On appelle ça des « tocs » de nos jours et ça se guérit.

Le 1er mai tombe bien cette année : un dimanche. Mon voisin d'en face fait tourner son tracteur à tout-va depuis ce matin, sa fiancée tond la pelouse. Il est interdit de faire du bruit le dimanche, mais le bruit que font les gens qui travaillent le dimanche et, mieux encore, un 1er mai, est une chanson douce à mon oreille, une musique qui me va bien, celle de la vie.

Paris, 2 mai

« André Gide m'avait donné rendez-vous dans les jardins du Luxembourg, j'avais douze ans à peine. » Ce début prometteur pour un livre de souvenirs n'aura pas de suite et nous le regrettons vivement, nous que la littérature et la jeunesse intéressent un peu.

Les petits garçons d'autrefois qui se souviennent avoir eu rendez-vous avec André Gide dans les jardins du Luxembourg ne courent plus depuis longtemps les rues du VIe arrondissement. Celui qui dînait à la maison hier est à peine plus jeune que les derniers poilus que l'on sort place de l'Étoile tous les 11 novembre avec les précautions d'usage. Il n'est pas en état d'écrire ses mémoires. Jean-Noël M., qui n'est pas le plus progressiste de mes copains, pense avec Proust

(Jean-Noël est très démodé, il lit trop) « qu'il n'est de paradis que les paradis perdus ».

Oui, quelle époque bénie que celle-là où les écrivains hors d'âge pouvaient s'en aller jouer aux cerfs-volants avec des enfants des écoles sans risquer la cour d'assises.

Paris, 3 mai

La vie de Dalida ! Quand finiront-ils de la réinventer, ces biographes à la noix qui, pour gagner trois sous, touillent des petites soupes surgelées. L'un explique que c'est moi qui lui ai présenté François Mitterrand alors que c'est le contraire, je le répète partout ; l'autre que je n'ai pas écrit la fameuse chanson qui me vaut tant de bravos. Ce que l'on raconte me touche beaucoup moins que mes criailleries à la radio ce matin et dans la presse les jours prochains pourraient le laisser croire.

À cette caricature de moi-même dans un impensable téléfilm outré au-delà du crédible, je n'aurais pas répondu si Jean-Christophe, mon neveu, gardien vigilant de mon image, ne m'y avait pas poussé. C'est la peine (le chagrin serait trop) de quelques-uns de mes proches qui me fait réagir, je veux qu'ils se rassurent. Rien ne peut m'atteindre que la maladie et finalement la mort, celle aussi de mes proches. Le reste, la misérable comédie parisienne, se joue sans moi.

Il y a dix-huit ans aujourd'hui nous chantions, Stéphane et moi, sur une estrade bancale au milieu d'un champ de foire sous la pluie. Nous étions fous d'amour, et Dalida mourait peut-être à la seconde même où nous nous embrassions. Il est extrêmement précis mon souvenir du 3 mai 1987 et des quinze années qui l'ont précédé, alors qu'on ne vienne pas me raconter d'histoires, m'expliquer à moi le pourquoi de ses larmes et son suicide. Qu'on ne vienne pas me raconter ma jeunesse éblouie à son bras.

Qui saura jamais qui a tué Dalida ? Nous-même, qui ne l'avons pas beaucoup quittée, nous sommes laissé surprendre. Ceux qui parlent ces jours-ci ne sont pas ceux qui en savent le plus. Je pense avec tendresse à Nono, si discrètement fidèle, qui en a vu et entendu beaucoup, à Antoine, à Jacqueline, à Rosy... eux auraient des choses à dire qu'ils ne diront pas.

Jacques Attali au téléphone pour m'inviter à dîner le 10 mai en souvenir des jours heureux. Je ne pourrai pas me rendre libre puisque je chanterai ce soir-là à Pont-à-Mousson. « À propos du 10 mai, me dit-il, tu te souviens que Dalida était à Dubaï et que c'est moi qui lui ai téléphoné à 18 heures 30 pour lui annoncer l'élection de Mitterrand ? » Je m'en souviens bien sûr, d'autant qu'elle m'a appelé aussitôt après alors que je me rongeais les sangs. « On a gagné, hurlait-elle, François est élu, c'est sûr, Jacques me l'a juré... » La joie folle de Dalida, la mienne, celle de mon père qu'à l'instant j'ai prévenu. Comment l'aurais-je oubliée ?

– Ce film, c'est n'importe quoi, des invraisemblances. Ils disent qu'elle était à Paris alors qu'elle n'est rentrée que le surlendemain ; et cette caricature de toi, indigne...

Nous nous verrons bientôt avec Jacques pour nous souvenir de ce jour-là et des autres, de notre jeunesse. La vérité n'intéresse personne. Les gens ne veulent pas qu'on leur raconte la vérité, ils veulent des histoires.

Paris, 4 mai

23 heures. Dîner à Antony dans un restaurant de poissons situé sur la nationale 20 à cinq cents mètres de ma maison d'enfance, au coin de la rue que nous prenions mes sœurs et moi pour nous rendre à l'école communale Jules-Ferry. C'était la première sortie de ma mère après huit mois d'hôpital. Nous avions dîné là en septembre dernier, la veille de son accident. Nous y venions souvent avec mon père et Stéphane. L'endroit incarne pour moi d'abord le bonheur de mon père d'être à table avec nous et de Stéphane qui fut, plus que moi bien souvent, le fils de mon père. Le cercle de famille se resserre, ma sœur Jacqueline sans laquelle notre mère serait morte, Jean-Christophe son fils, et moi. Notre sœur Christiane, qui vit en Normandie, n'était pas là hier, mais elle compte autant que nous. Que ma mère retrouve l'envie de mettre sa robe bleue des dimanches, un peu de rose à ses joues pour dîner avec nous est impensable.

– Dis bien à Brigitte Bardot de ne pas avoir peur de se faire opérer des hanches. Regarde, moi, à quatre-vingt-six ans, ils m'ont bien rafistolée. Cahin-caha, j'ai évité le fauteuil roulant...

– Oui, maman, je le lui dirai...

– Et toi, tu n'es pas trop fatigué ?

Comme si j'allais lui raconter que, oui, je suis fatigué, que la douleur sur deux de mes dents numérotées 12-14 m'épuise depuis deux ans, que je dois sourire quand même, tenir des conversations avec des gens ennuyeux qui m'ennuient, m'efforcer de paraître et d'y parvenir, finalement, si j'en crois certains de mes proches et Jean-Christophe ce soir encore.

– T'as l'air super en forme, tonton !

Jean-Christophe me veut triomphant. Je ne peux pas le décevoir.

Le rire n'est pas une réponse, les larmes non plus. Un mot suffit le plus souvent. Le silence toujours.

Paris, 7 mai

Si je n'ai jamais douté de la pureté des sentiments qu'il me porte, de son amitié désintéressée, je ne vois plus Aymeric de..., mon socialiste monarchiste préféré, depuis qu'il se présente à la télévision en marquise « déjantée », maquillée comme une cocotte. Cette image de lui m'insupporte, elle me répugne même. Sa chevelure blonde décolorée, ses lèvres peintes en rose, j'ai honte pour lui, je ne veux plus me montrer à ses côtés, je ne peux plus l'inviter à la maison, on sourirait de lui. Aymeric de... mérite mieux que des ricanements apitoyés dans son dos. C'est un garçon très fin, drôle et cultivé, je l'ai connu en garçon impeccable et joyeux entre Jack et Monique Lang. À Ange, dans ses provinces, les paysans l'adorent, les notables se battent pour l'avoir à leur table où, forcément, il brillera, et les adolescents du village raffolent des nuits dans sa grange.

Aymeric de... a trente ans, ce n'est plus un âge pour faire le clown. Il persiste à m'appeler Jean-Claude. Je ne lui avais pas répondu depuis six mois. Avant-hier, j'ai laissé un bref message sur son répondeur. Ce matin, sa lettre si nette, si pareille à lui quand il se reprend :

« Quel bonheur d'entendre ta voix... Si tu savais combien ce silence m'a fait souffrir, et donc réfléchir.

Cette fâcherie m'a causé tant de chagrin qu'elle a sans doute été la leçon la plus profitable.

« Un dîner tous les deux pour parler ? J'ai besoin de partager tant de choses avec toi ! Tu étais bien sûr le plus qualifié pour éclairer mes premiers pas à la télé, et je me suis bêtement privé de ton amitié.

« J'ai été heureux de lire l'article de *Point de vue*, c'est un très beau portrait – texte et photos ! – du Jean-Claude que j'aime. L'encadré de Philippe Besson est très touchant.

« Tu te doutes aussi que j'ai relevé en souriant : "Ce n'est pas sérieux, la démocratie." Mille fois d'accord avec toi, il faudrait parfois le rappeler à Jack, qui se rend malade pour un "oui" ou pour un "non".

« Tu connais certainement la jolie phrase du duc de Morny : "Les républicains sont des gens qui s'habillent mal."

« Accorde-moi ce dîner... Je me comporte parfois en imbécile, mais je serai au moins un imbécile heureux. »

Paris, 8 mai

Bernard de Saint-Tropez, de passage à Paris pour régler les problèmes de Sécurité sociale de sa femme, nous avait invités à dîner, Serge T. et moi, à la Rôtisserie du Beaujolais, quai de la Tournelle. Le dimanche soir par ici nous n'avons pas le choix. Serge T. a payé sous prétexte qu'il aura soixante-treize ans demain et qu'il ne les fait pas. Cela m'a agacé que Bernard ne s'empresse pas de réclamer l'addition. Admettons qu'il se soit laissé surprendre, c'est un homme de bonne compagnie dont on n'est pas obligé de partager toutes les vues, pertinentes le plus souvent.

Nous venons de passer deux heures dans mon salon éclairé par les péniches devant un verre de cognac et de Marie Brizard pour Serge T. Bernard boit de l'eau, de l'eau pétillante pour trinquer avec Brigitte B. qui, comme nous, préfère le champagne.

J'ai suggéré que nous l'appelions à la Madrague où elle dort seule. Son rire de gamine, cette façon inimitable qu'elle a de me dire :

– Vous êtes un amour de penser à moi...

Il sera bientôt minuit, me voilà seul. Je viens de noter ce qui précède à la volée sur un coin de mon bureau, je ne sais pas écrire la nuit, je n'en ai d'ailleurs jamais la moindre envie mais j'ai pris trop de retard. Je ne réponds pas du style. Ainsi donc s'achève une semaine parisienne plaisante, commencée lundi au trentième étage d'une tour de Beaugrenelle, une zone bien mal nommée. Damien T., qui nous recevait, avait préparé le repas. Nous avons dîné en plein ciel autour d'une table ronde, Stéphane Bern, Cédric, Philippe, Bertrand D. et moi.

– Naturellement, tu voteras « non », mon petit Pascal. Je ne vais même pas essayer de te convaincre.

– En effet, mon cher Bertrand, ne te fatigue pas, c'est peine perdue.

La soirée s'annonçait chaude, elle le fut, chaleureuse aussi. Bertrand, qui croyait pouvoir s'entendre avec Philippe contre moi en s'amusant de mes emballements rigolards à propos de cette Europe miraculeuse que l'on nous promet, faillit s'étrangler quand Philippe lui annonça sans ménagement qu'il voterait non lui aussi.

– Pascal je m'en doutais, je renonce à le convaincre, mais toi vraiment je ne comprends pas, je vais t'expliquer, lui dit-il, persuadé de le ramener dans son giron.

Et Bertrand expliqua. Bertrand adore expliquer, il le fait très bien, c'est son malin plaisir. Je comptais les points, un régal.

Philippe, qui est plus à gauche que moi, ce qui n'est pas une prouesse insurmontable, votera « non » malgré le talent de Bertrand et les bons sentiments que nous lui portons. Stéphane Bern ira sans état d'âme avec un enthousiasme enfantin voter « oui », ce qui n'enlève rien à la sympathie qu'il m'inspire. Cédric n'est pas moins joyeux à l'idée de l'Europe. Ces empoignades sur l'Europe m'amusent d'autant que je me fous de l'Europe absolument : l'Europe de Dublin à Istanbul, de Dunkerque à Tamanrasset, d'Oslo à Pékin. Un vrai bonheur. Seules Genève et Moscou ne sont pas en Europe mais en Amérique du Sud.

Quant à Damien T., notre hôte, l'ange blond des petits matins de France 2, il hésitait, mais ce sera « oui », le maire de Paris a gagné une voix, celle d'un jeune homme très doux que l'on rêverait un peu plus dissipé. Un jeune homme qui habite Beaugrenelle.

Beaugrenelle, un mensonge. Le monsieur moustachu de la mairie qui roule en vélo ne sait sans doute pas que ce quartier, chanté autrefois par Lucienne Delyle, se trouve situé au bord de la Seine dans le XVe arrondissement, là où fleurissaient les bars prolétaires, quelques échoppes de mariniers et le bal de la Marine où mes parents dansaient le dimanche. Bertrand devrait le prier d'y aller faire un tour, sous les tours, ces trains fantômes qui puent la pisse et le reste. Je l'entends d'ici, ce moustachu, m'envoyer sur les roses. Ça m'arrange. Ces gens-là radotent, qu'ils balayent devant leurs portes et les nôtres.

Jeudi. Répétition du spectacle prévu le 3 juin à Paris au Trianon et de la tournée de l'hiver prochain dans une grande salle à Châteaudun dans l'Eure-et-Loir, du côté de chez Proust, le fief des Doucet père et fils, nos agents spéciaux. Mettre en scène la bande de jeunes qui m'entoure m'enthousiasme. Se rendent-ils comptent de l'énergie que je leur donne sans mesure ? Non. Un jour prochain, ceux-là comme les autres me reprocheront de les avoir trop aimés ou pas assez. Toujours la même rengaine.

« Mon ingratitude vous étonnera », se vanta un écrivain nécessiteux que Léon Bloy avait cru bon de « dépanner ».

Les jeunes lauréats de mon petit conservatoire me promettent plutôt la reconnaissance éternelle. C'est trop. Leur sincérité n'est que de circonstance, les circonstances changent.

Vendredi. Pique-nique intime à la maison. Bertrand m'avait dit :

– Arrange quelque chose de gentil avec Philippe et deux ou trois copains à vous. Pas de protocole ni de célébrités, tu vois ce que je veux dire...

Je comprends Bertrand à demi-mot depuis trente ans, il n'a pas besoin de se lancer dans une de ses interminables explications dont il raffole. Le sourire qui pointe au bout de son nez, celui du jeune homme qu'il fut à la même heure que moi à Montmartre autrefois, je sais ce qu'il cache. Entre nous donc. Monsieur le maire arriva en jeans, col ouvert, détendu.

– J'ai libéré mon chauffeur et c'est moi qui suis libre. Je n'aime pas être attendu, ni me faire attendre quand je dîne avec des amis en privé...

Arno, Michel et Christophe B. furent séduits à la seconde même où je les présentai à Bertrand D. qui n'a pas son pareil pour être charmant ou cassant. Tout moi en somme.

– Tu plais à tout le monde, lui dis-je. Ça m'inquiète...

– Rassure-toi, ça ne durera pas !

Blinis, saumon, vodka, très peu pour lui, un peu de vin rouge quand même et nous avons chanté. Bertrand nous rappela qu'il fut petit chanteur à la Croix de Bois, donna des conseils de maintien et de diction à Michel et Arno, deux de mes meilleurs protégés, pas du tout intimidés de se produire en duo devant lui. Il en faut beaucoup à cette génération couchée sur Internet pour être intimidée.

– Tu as l'air heureux, mon petit Pascal. Ça me fait plaisir de te voir en forme.

Cette impression, je la donne par politesse, et puis l'enthousiasme est dans ma nature. Je ne fuis pas les discussions vives et faire partager mes convictions et mes détestations est un jeu où j'excelle. Je suis en vie donc en réaction, mais heureux ? Le serai-je jamais plus ? Comment espérer séduire encore un peu si l'on porte son deuil en bandoulière ? De nos blessures secrètes, vengeons-nous en ayant l'air heureux.

1 heure 30 du matin. J'arrête là. Ces pages ne vaudront pas grand-chose demain, je le crains. Tenir ce journal m'épuise, le laisser en plan serait un échec, un aveu d'impuissance. Reste la possibilité d'espacer ses publications, de ne m'y consacrer qu'en dilettante, selon mes humeurs et la couleur du ciel.

Paris, 9 mai

Richard Millet est un grand type austère et, pour tout dire, pas très aimable, à qui j'avais acheté un livre, il y a deux ans, dans les salons de l'Hôtel de Ville de Paris où *Le Figaro Magazine* organisait comme chaque année le rendez-vous chic des écrivains français. J'en étais, lui aussi donc. Son côté paysan du plateau de Millevaches me donnait une raison de l'aborder, ce que je fis assez discrètement. Les origines limousines de mon père, mon goût de la France rurale devaient faire que je m'intéresse à la lourde saga corrézienne qu'il me dédicaça.

Dans *Le Nouvel Observateur* de cette semaine, ce même Richard Millet déclare : « Le roman est un genre hégémonique, tout un chacun se croit tenu d'en écrire comme on accomplit ses fonctions intestinales. » Il a trop évidemment raison pour qu'on n'applaudisse pas. Il déplore aussi avec raison que l'école, la radio, la télévision tuent le français classique ; il ajoute même à la liste des coupables le capitalisme, on ne voit pas très bien pourquoi, oubliant au passage les dérives féministes encouragées par le gouvernement Jospin. Et puis on tombe des nues quand il nous informe qu'il a toujours été « hostile à la défense de la langue française » : le titre de l'article étant : « On a tué la langue française », on se dit que, décidément, on ne comprend rien à rien, d'autant qu'il cite en modèle d'excellence : Butor, Pinget et Claude Simon.

Nous sommes trop intimidés par le prix Nobel de littérature pour sourire bêtement, mais on est perdu, bien obligé d'admettre notre inculture crasse qui nous fait préférer Jean-Claude Pirotte, par exemple, cet illustrissime inconnu, professeur de rien, barbu mélancolique, même pas homosexuel, à ces messieurs des éditions de Minuit moins le quart.

Et pourtant, avec ce Richard Millet, que Jérôme Garcin présente comme « un pessimiste accablé regrettant le temps des cathédrales », nous avons en commun le pessimisme, « accablé », cela va sans dire, et du goût pour le *Journal* de Renaud Camus, le plus courageux des pessimistes pestiférés.

Paris, 10 mai

La première rue de ma vie est une impasse inconnue au fond du XIIe arrondissement où les caméras de France 3 m'ont suivi cet après-midi à la recherche du temps perdu entre le square Ledru-Rollin et le marché d'Aligre. Il y a un digicode sur la porte du 4, impasse Crozatier, ma première adresse. Ils ont gardé les pavés où j'ai fait mes premiers pas. La boulangère blonde, à qui je tirais la langue parce qu'elle ne répondait pas quand je lui disais bonjour comme ma mère me l'avait recommandé, est un jeune Tunisien pas vraiment bouleversé de me voir dans sa boutique.

Je n'étais pas revenu par ici où j'ai grandi depuis vingt ans peut-être, sinon par malheur pour suivre l'ambulance qui transportait Stéphane aux urgences de l'hôpital Saint-Antoine, là justement, à trente mètres de la boulangerie.

Serge T. a pris des photos. Paucard, Jean-Noël sur mes pas, nous avons déambulé par le faubourg et rue Trousseau où je suis né, dans une clinique qui n'existe plus. Un jour, plus rien n'existe à part nous dans les rues de notre enfance, que Barbara nous conseille de ne pas revisiter.

L'émission s'appelle « À vos quartiers », j'aurais pu

choisir Montmartre ou l'île Saint-Louis, Sonia Dubois m'avait donné rendez-vous où je voudrais. Montmartre n'est plus mon quartier, n'est plus Montmartre. L'île Saint-Louis ne sera jamais mon quartier, son histoire n'est pas la mienne. Restait ce périmètre indécis qui se faufile entre la place Daumesnil et la Bastille, Reuilly-Diderot, rue de Charenton, Ledru-Rollin, rue Dugommier, où habitait ma grand-mère paternelle, le métro, les cerises, des montagnes de cerises sous mon nez au marché d'Aligre. L'odeur de colle et de vernis à bois montait des arrière-cours des ébénistes du faubourg Saint-Antoine, quelques-unes ont gardé leur lilas, et la fenêtre du quatrième étage, à droite du 4, de l'impasse Crozatier, où je me penchais le dimanche pour jeter des sous dans la casquette des joueurs d'accordéon...

Le faubourg Saint-Antoine, l'hôpital, les urgences, ma mère, Stéphane.

Paris, 12 mai

Vu Arielle Dombasle sur mon plateau hier après-midi, plus mince qu'il est possible de l'être, plus naturellement espiègle, une liane autour de mon cou.

– Vous souvenez-vous, cher Pascal, que c'est notre ami Serge T. qui a pris la dernière photo de Jean-Luc Lagardère entre vous et moi dans ce restaurant chinois de l'avenue Duquesne ?

De ce jour-là, je me souviens, de la photo aussi. Sait-on jamais qui prendra la dernière photo de nous, où et quand ?

Paris, 13 mai

C'était le 5 avril au Paradis Latin pour la soirée très parisienne que France 2 donnait en souvenir de Dalida. Barclay était déjà au paradis, loin de ce monde dérisoire qui fut le sien toute sa vie. Il flottait dans son costume blanc, linceul de marque, mais linceul quand même. Oui, un fantôme déjà qui n'entendait plus ce qu'on lui disait ; ce qu'on lui disait n'avait pas d'importance. Toute sa vie, il aura fait semblant d'écouter des gens lui dire des choses sans importance, on le voit tendre l'oreille mais il regarde ailleurs.

Barclay n'a jamais fait la fête comme on le raconte partout, il l'organisait, la regardait de haut tourner autour de lui en bénissant du bout des lèvres les créatures de ce show-business qu'il a inventé pour en être le roi. Barclay ne parlait pas, il souriait pour les photographes et les photographes avaient table et chambre ouvertes. Ce musicien de jazz aux goûts si fins aura vécu dans le bruit, le piaillement des plages, la grosse rigolade des barbecues de Saint-Tropez. Il ne fumait plus de cigare depuis vingt ans, mais sa légende l'entoure encore d'un nuage de fumée. Sa légende, il l'aura entretenue comme une danseuse, sans compter.

« Il aimait les femmes », entend-on répéter depuis ce matin comme si c'était un titre de gloire, une occupation à plein temps. Je ne crois pas du tout que Barclay aimait tellement les femmes, il en épousait une tous les quarts d'heure pour la galerie et la fête qui allait suivre. Les photographes seraient là, l'eau à la bouche, et les copains de sa garde rapprochée ne se plaindraient pas que la mariée soit trop belle.

Barclay a aimé la vie mais il ne l'a pas prise au

sérieux. Il regardera passer son enterrement, sérieux comme un pape, un verre à la main. Il n'aura jamais eu que des plaisirs solitaires.

Morterolles, 16 mai

Lundi de Pentecôte. Drame national. Dans un pays que l'on croyait attaché de façon quasi mystique à la laïcité, cette passion des Français pour les fêtes religieuses est vraiment touchante. On comprend leur colère. Que le gouvernement veuille les empêcher de prier ce jour-là, de se recueillir, est une atteinte scandaleuse aux droits de l'homme et du citoyen.

Christophe, lui, ce jeune homme de vingt-huit ans nouveau venu ici dans la clique des jardiniers, n'a qu'une idée en tête : travailler, le samedi, le dimanche et les jours fériés, planter des fleurs et les arroser.

– C'était mon rêve, me dit-il, extatique.

Son cas relève de l'Inquisition.

Morterolles, 17 mai

Il n'y a pas de boulevard à Morterolles, ni l'avenue qu'elle mérite, ce sera donc un petit square qui se dessine sur l'emplacement de la maison des morts. Si j'avais hésité, l'enthousiasme de Christiane, de Francis, mon beau-frère, et de Serge T. aurait fini de me convaincre. Ce matin, Christophe, le nouveau jardinier, m'a dit :

– Si vous me cherchez, monsieur, je suis au square Brigitte-Bardot.

L'affaire est entendue.

Morterolles, 18 mai

À toutes les pages de nos carnets d'adresses, des morts, trop de morts, des infidèles qui ne sont plus abonnés au numéro que nous avons demandé. Les noms de nos « intimes » de la saison dernière et les prénoms de nos amants notés par prudence au crayon à papier dont nous ne savons plus où ils habitent ni même, soyons humble, s'ils nous ont cédé. Un désastre ! Dix fois par jour en ouvrant le répertoire que mon amie Annie L. m'avait offert à Bruxelles en décembre 1998, je soupire sur tant de promesses non tenues, de rendez-vous manqués, de baisers mouillés et de mensonges.

Une gomme ne suffira pas à les apaiser. J'ai essayé, elle laisse des traces douteuses sur ces pages usées que je voudrais propres, remises au net, donc vides ou presque. En attente. Les carnets d'adresses surchargés, gribouillés dans tous les sens, encombrés de cartes de visite sont les outils de travail des attachés de presse. Nous qui n'avons rien à demander à personne, que l'idée même de déjeuner en ville effare, nous voulons y voir clair, faire de la place aux passants à venir et ceux qui resteront. Je ne reproche pas aux morts d'être morts, je reproche aux vivants de disparaître quand ça les arrange. Ils finiront en mille morceaux dans ma corbeille les Rocco, Jean-Claude, Jean-Paul, Ludovic, Didier, Henri-Paul et autres Marie-Élise, Annie J. Ce carnet d'adresses, périmées pour la plupart, je ne peux pas m'en séparer ni le conserver en l'état, ce n'est pas une pièce de musée. L'idéal serait que je puisse trouver des recharges alphabétiques de format 10/17. Introuvables. On me dit que ce « produit » n'aura bientôt plus cours, que le portable l'a démodé.

– Les nouveaux agendas sont électroniques, monsieur.

Je vois bien, en effet, Jean-Christophe ou Julien faire sortir de la mémoire de leur téléphone les noms et numéros qui ne les intéressent plus. Un jeu d'enfant que les morts n'empêchent pas de dormir. Les miens, Minouche, Sacha, Eddie B., Alain Laville, Charles T., Bécaud Gilbert, Mitterrand François, et d'autres dont le visage n'a jamais rien dit à personne, ne m'empêchent pas non plus de dormir ; ils n'ont pas tous occupé la même place dans ma vie, mais leurs noms me racontent la même histoire. Je la connais par cœur, c'est la mienne. Je sais aussi comment elle finira.

Morterolles, 21 mai

13, impasse de l'Avenir. Comme un film de Julien Duvivier, un roman de Modiano. La première adresse de ma mère sur la zone à Ivry. Dans la poussière du charbon de bois et la boue des caniveaux, entre des baraquements de cartons bouillis badigeonnés de goudron, s'entassaient des familles espagnoles dont la mienne. Les immigrés des années trente, des bonnes, des ouvriers, le bétail des chantiers des usines où mon grand-père se brûla les poumons. 13, impasse de l'Avenir. Du Zola ? Non, le « journal » de ma mère daté du 15 avril 1975, que ma sœur Christiane vient de retrouver dans un coin de notre maison d'enfance, dont elle a héritée, et qu'elle vide pour la louer.

« J'ai pensé que ça pouvait t'intéresser », me dit-elle, en me remettant une centaine de pages dactylographiées. Peut-être par Stéphane ou l'une des secrétaires de l'hebdomadaire *Ici Paris*. Je ne sais plus.

Depuis quelques années, ma mère me demandait régulièrement ce que j'avais fait de ses souvenirs couchés sur du papier à lettres quadrillé qu'elle m'avait offerts. Je n'avais pas trente ans. Ce « journal » d'avant ma naissance, je ne me pardonnais pas de l'avoir égaré. Je jette beaucoup de choses, mais je n'égare rien, sûrement pas les mots de ma mère. Je reste convaincu de les avoir confiés à Stéphane, je ne vois pas qui d'autre que lui pouvait en être ému. Il m'aimait aussi à travers elle. Qu'ai-je bien pu faire de ces feuillets épars, sinon les lui confier ? Cette idée-là me convient, me suffit.

Je ne les avais pas vraiment lus à l'époque, à peine parcourus, qu'allais-je apprendre que je ne sache ?

13, impasse de l'Avenir, un numéro porte-bonheur sur la porte d'une cabane en bois dans une impasse, et ma mère : « J'ai toujours été heureuse de travailler. » Heureuse, écrit-elle. « Je prenais le métro à 7 heures porte d'Ivry avec trois marchandes de fleurs et ça sentait le lilas, le muguet ou les roses selon la saison. J'étais heureuse, j'apprenais la couture chez Schiaparelli. »

Dans le souvenir de ma mère, le métro sentait bon et les très jeunes filles vendaient des fleurs.

« Son usine », mon père l'aimait. Quand le chômage revenait, chaque matin il se levait pour aller remplir ses papiers et chercher du travail. C'était dur, mais il nous disait : « Les Français sont quand même gentils de nous payer à ne rien faire. »

Payer, c'est beaucoup dire, quelques sous sans doute. Je découvre, bouleversé, qu'il fut un temps où les immigrés ne crachaient pas sur le pays et les gens du pays qui les accueillaient. Je n'ai jamais entendu dans ma famille espagnole quiconque se plaindre des Français. Jamais. De ce côté-là, avant la guerre, on est de gauche sur la zone, mais ma grand-mère maternelle agonise et meurt sous un crucifix, un chapelet au bout des doigts.

« Le médecin français qui la soigna gratuitement, puisque nous ne pouvions pas le payer, est mort en déportation, écrit ma mère. Si j'avais eu la foi, je l'aurais perdue. »

Elle aura au long de sa vie bien d'autres raisons de nier l'existence de Dieu.

Ma sœur Christiane a-t-elle lu ces pages ? Sa fille Émilie et mon neveu Jean-Christophe en auront-ils envie un jour ? Faudra-t-il que je brûle tous mes manuscrits avant qu'ils ne tombent entre les mains de je ne sais qui ?

Morterolles, 22 mai

« L'avenir de nos enfants », disent-ils. Les pères de famille nous cassent les pieds avec ça, nous ne sommes pas responsables de leur progéniture. « L'avenir de nos enfants », cette menace, croient-ils, devrait nous intimider, nous obliger à voter « oui ». Nous voterons comme nous l'entendons et que leurs enfants se débrouillent sans nous.

12 heures 20. Jack Lang m'appelle à l'instant, la voix cassée par trop de meetings pour l'« avenir de nos enfants ».

– Je suis claqué, me dit-il, et ça n'aura servi à rien. Mais parlons d'autre chose. Comment va ta vie ? Et Julien, le mystérieux Julien que tu ne m'as pas encore présenté, toujours là ?

Jack Lang dans ses œuvres, que l'amour le dimanche repose des fureurs de la politique. Je n'ai pas jugé opportun de lui dire que Julien votera « non » dimanche prochain.

Les enfants n'en font qu'à leur tête. Il est bien joli garçon celui-là qui, à douze ans, devint l'amant de sa maîtresse d'école de trente ans son aînée et qui vient de l'épouser maintenant qu'elle est sortie de prison. Elle l'a violé, le pauvre petit, avait décrété la justice américaine, sans nous donner les détails de ce viol par consentement mutuel dont rêvent la plupart des petits garçons de douze ans normalement constitués.

Nous, qui avons largement passé l'âge de séduire nos maîtresses d'école ou nos instituteurs, aurions aimé savoir comment s'y prend une femme pour violer et avec quoi un pauvre petit d'un mètre quatre-vingts qui ne demande pas mieux ? Sept ans de prison ! C'est l'hypocrisie des juges de ces affaires de mœurs qui nous dégoûte et non pas l'éducation sentimentale d'un très jeune garçon par qui lui plaira. Le détournement de majeur, par chance, n'est pas encore puni par la loi.

Les journaux ce matin nous précisent aussi que Mary et Vili auraient vendu très cher l'exclusivité de leur mariage à une chaîne de télévision et plus cher encore les photos de leur nuit de noces à un magazine glamour. C'est tout le bonheur qu'on leur souhaite. Ils ont assez payé.

Dimanche tiède. Détestable petit vent du Sud. Il y a bal chez la coiffeuse, les flonflons n'arrivent pas jusqu'à mon oreille. J'en saurai plus demain, Christiane et la femme du Duc me raconteront.

Morterolles, 23 mai

J'ai vu Vincent l'Alsacien filmé par lui-même, un autoportrait de deux minutes plein d'humour, illustré musicalement par la chanson de Barbara : « Si la photo est bonne, qu'on m'amène ce jeune homme... » Comme je n'avais pas d'appareil pour visionner ce genre de petit disque qu'on appelle DVD, il en avait déposé un chez ma concierge à Paris. Un autre Vincent, électricien, très au fait de ces techniques, l'a installé ici, sans aucune difficulté, un enfant de dix ans l'aurait fait. Le plus extraordinaire étant que je sache m'en servir.

À quoi ressemble ce Vincent l'Alsacien qui me couvre de fleurs et de mots doux depuis deux mois ? Serge T. brûlait d'envie de le savoir. J'étais moins pressé, de peur d'être déçu.

Sa voix grave et posée, son discours cohérent, ses lettres toujours justes n'étaient pas d'un illuminé, de cela j'étais certain, mais encore ? Vincent l'Alsacien est plutôt blond, les cheveux coupés très court, des yeux gris-vert, il m'a paru trapu, le cou rentré dans les épaules façon rugbyman avant la mêlée. Le nez domine son visage. Serge T. lui trouve un charme fou, il s'était imaginé un profil de fonctionnaire, un employé de banque maniéré. Moi, je n'avais aucune idée, aucune illusion. Je suis tellement sidéré de plaire encore un peu que la suite du film ne dépend pas de moi.

Est-il aussi sûr de lui qu'il le laisse paraître, ce Vincent l'Alsacien qui me cherche et finira par me trouver ? Il vient m'entendre chanter au Trianon à Paris le 3 juin prochain.

– Je me fais une joie de vous voir sur scène, me dit-il.

Il sera déçu. Et moi, serai-je déçu ou foudroyé par son allure quand il s'avancera vers moi ?

14 heures 30. Chaque fois que je monte en cavalant l'escalier qui mène à mon bureau, je pense avec terreur qu'un jour viendra forcément où mes jambes me lâcheront, même agrippé à la rampe, je ne pourrai plus. J'écrirai peut-être mes dernières pages, plié sur mes genoux, ici au coin du feu, ce n'est pas la pire des hypothèses. Il m'arrive d'en rêver.

Paris, 26 mai

Alain Minc, cette figure joyeuse de la pensée française, ce démocrate intraitable, vient de déclarer (et quand Alain Minc déclare, mieux vaut se tenir à carreau) qu'il n'aurait pas fallu organiser de référendum sur la Constitution européenne, que la démocratie « directe » est trop dangereuse, finalement.

Alain Minc pense qu'il ne faut pas donner la parole au peuple pour un oui pour un non. Surtout si le peuple n'est pas de son avis.

Mon ami Christian a raté le prix Nimier que son premier roman méritait. Il comptait, paraît-il, quelques amis parmi les jurés. Je ne vois pas d'autre explication à son échec.

Morterolles, 27 mai

Ma mère à sa fenêtre comme avant le déluge, un tricot sur les genoux, *Télé 7 Jours* sur la table de la salle à manger, ses lunettes qu'elle ne trouve plus. Ma mère « bien contente » qu'il fasse chaud.

– Je peux profiter de mon jardin. Après huit mois d'hôpital, ça me semble bon...

Elle s'apprêtait à recoudre un bouton de son imperméable lorsque je suis arrivé à l'improviste tout à l'heure pour l'embrasser avant de prendre l'autoroute. Je lui ai dit que ma sœur avait retrouvé la dactylographie de ses souvenirs d'enfance.

– Je n'aurai pas le temps d'écrire la suite, me dit-elle, mais tu la connais...

Morterolles, 28 mai

Liste électorale, liste des commissions (disaient nos mères), liste de mariage, liste des résultats du bac, etc. Le pire étant la liste d'attente. Les listes m'agacent, j'avais hésité pour cela à publier dans mon journal 2004 celle de mes préférences dans l'œuvre de Jouhandeau, de Chardonne, de Montherlant, répondant ainsi aux interrogations de nombreux lecteurs. Non seulement on ne me l'a pas reproché et, si j'ai bien compris, on en redemande.

« Oui, mais encore ? » m'écrit ce matin un professeur de lettres de Loire-Atlantique qui me remercie de mes « bons conseils » et va s'empresser de faire étudier Prudence Hautechaume à ses élèves : « Ça les reposera de Jules Verne », me précise-t-il, sûr de mon approbation enthousiaste. « Mais encore ? » Un professeur de lettres que la littérature intéresse un peu et qui va tenter l'impossible – faire lire ses élèves – m'encourage à donner ici une autre liste, celle des livres, secrets pour la plupart, qui m'ont marqué plus sûrement que les grands classiques que nous sommes priés d'avoir lus sous peine d'excommunication.

Liste anachronique sans doute, incomplète puisque composée de mémoire, bibliothèque en désordre comme le sont forcément celles que l'on visite souvent. Chacun y trouvera ce qu'il veut, des chefs-d'œuvre ou presque rien, quelques pages, mais c'est déjà beaucoup.

Mes choix sont indiscutables, on peut ne pas les partager, en sourire, j'en vois d'ici quelques-uns qui ricanent même au fond de la classe, mais je ne veux pas en discuter. Et avec qui d'ailleurs ? Que les critiques littéraires se débrouillent entre eux, que les Sainte-Beuve du café de Flore soient bénis. Ma liste vaut la leur. Je la publie d'abord pour ceux qui, comme moi, ont eu la chance de ne pas aller à l'école longtemps et ne s'en portent pas si mal, pour les bonnes dames de Guéret, pour les jeunes filles de Barbezieux s'il en reste, et pour le reste de la planète qui l'attend avec impatience.

Une adolescence au temps du Maréchal, François Augiéras
De père français, Michel del Castillo
La Folie en tête, Violette Leduc
La Pluie à Rethel, Jean-Claude Pirotte
Tout est bien, Roger Stéphane
Pierrot la Lune, Pierre Gripari
Le Devoir de français, Gilles Pudlowski
La Force des choses, Simone de Beauvoir
Des feux mal éteints, Philippe Labro
Les Lauriers du lac de Constance, Marie Chaix

La Guerre à neuf ans, Pascal Jardin
Pompes funèbres, Jean Genet
Ciné-roman, Roger Grenier
L'été finit sous les tilleuls, Kléber Haedens
L'Hôpital, Alphonse Boudard
Spleen en Corrèze, Denis Tillinac
Tombeau pour cinq cent mille soldats, Pierre Guyotat
Haut risque, Gilles Sebhan
La Chine m'inquiète, Jean-Louis Curtis
Le Piéton de Paris, Léon-Paul Fargue
Le Journal (2 volumes), Matthieu Galey
Les Lumières de Paris, Jacques Brenner
Proche du silence, Marcel Arland
Fin de journée, Roger Vrigny
Composition française, Jean Cau
Comme un adieu dans une langue oubliée, Guy Dupré
Le Pont du secret, Claude Mauriac
Le Journal (17 volumes), Renaud Camus
Ma ligne 13, Pierre-Louis Basse
Extension du domaine de la lutte, Michel Houellebecq
Le Bonheur nazi, Michel Rachline
Paysage de fantaisie, Tony Duvert

« Ma vie est un repaire de chanteuses dont personne ne se souvient que moi », écrivais-je dans *Tous les bonheurs sont provisoires* que publie le Livre de poche dix ans après sa première parution. « Tous les bonheurs sont provisoires ! » Je ne croyais pas si bien dire. Il en va des écrivains comme des chanteuses, ceux qui occupent les meilleures places de ma bibliothèque ne sont pas les mieux aimés. Il faut les mériter.

Morterolles, 29 mai

11 heures 30. Philippe, qui est venu passer la soirée d'hier avec moi et que je dois reconduire à La Souterraine au train de 14 heures 16, hurle de rire dans la cuisine où il prend son petit déjeuner seul au bar en lisant les journaux. De toute façon, Philippe hurle de rire sans précaution, c'est un inguérissable pessimiste. S'il a brusquement décidé de me rejoindre pour quelques heures, ce n'est pas que son désir de Morterolles soit irrépressible, comme il le prétend, non, il voulait simplement être là, m'obliger à hurler de rire avec lui parce qu'il me sait moralement fatigué. Chacun son tour. Ma voix au téléphone ne l'avait pas trompé. Nous avons dîné chez la Baronne à Aixe, sur la terrasse fleurie qui domine un jardin minuscule et où s'ennuient trois poissons rouges. Lapin aux poivrons, rouges aussi, glace à la framboise, vin blanc d'Alsace. Le Baron ne boit plus que de l'eau de Badoit depuis une semaine. Il a minci mais il est triste, toujours accueillant mais triste. Ce matin, Philippe, qui sera triste demain ou après, hurle de rire en déposant sur mon bureau *Aujourd'hui en France.* « Tu as lu ça, j'espère ? »

J'avais feuilleté le journal distraitement et je n'avais pas lu ça : « Le déjeuner n'a pas eu lieu. Pascal Sevran était invité à partager la table de Raffarin à Matignon. Mais le premier ministre, en convalescence après son ablation de la vésicule biliaire, a décommandé. Dommage. L'animateur de France 2 avait plein de choses à lui dire. C'est, en effet, un farouche partisan du "non". Depuis des semaines, Sevran parle d'ailleurs à tous les techniciens de "Chanter la vie", son émission, pour les convaincre de voter "non". Les deux hommes auraient pu aussi parler de l'une de leurs têtes de Turc préférées : Ségolène Royal. Sevran, ancien chantre de Mitterrand, a d'ailleurs rebaptisé le couple qu'elle forme avec François Hollande "les Ceausescu". De quoi ravir Raffarin, dont Royal est l'ennemie numéro un en Poitou-Charentes. »

Parfois les journalistes inventent (je ne m'en suis pas privé autrefois), parfois ils sont bien informés.

Morterolles, 30 mai

J'écrivais dans ce journal l'automne dernier : « J'en ai ma claque de l'Europe », tel un vieux grigou ronchonnant au fond de ses provinces. De cette Europe qui commence on ne sait pas où et qui finit nulle part, je n'étais donc pas le seul à en avoir ma claque. Les Français ne marchent plus dans la combine.

Julien m'avait prévenu qu'il voterait non : « Mes copains de la fac aussi voteront tous non... »

Je ne lui avais parlé de rien, il ne m'avait pas demandé mon avis. Ce réflexe de bonne santé, sa détermination joyeuse m'avaient paru de bon augure. Julien votait hier pour la première fois.

Ce pauvre Cohn-Bendit n'a plus qu'à s'arracher les cheveux qui lui restent. Julien a voté « non », la jeunesse a voté « non ». Pire encore, Morterolles a voté non à 70 %. Quelle rigolade que leur dépit (je n'aime pas le mot rigolade, mais il leur va bien), quelle rigolade que leur échec ! L'Europe commence et finit ici, place de l'église à Morterolles.

Bertrand a cinquante-cinq ans aujourd'hui, je viens de prier sa secrétaire de le complimenter pour moi, de lui transmettre mes meilleures pensées. Paris a voté « oui », ça lui fera un bon anniversaire.

Morterolles, 1er juin

L'éloge du gigolo. M'avait échappé cette belle envolée de Sagan en réponse à Madeleine Chapsal qui l'interrogeait il y a quarante ans. « Quand je serai vieille, je paierai des jeunes gens pour m'aimer, parce que l'amour est la chose la plus douce et la plus vivante, la plus raisonnable. Et le prix importe peu. »

Du Sagan pur jus. Indémodable. Je suis tombé sur cela que reprend Michel Tournier dans son journal « extime », un cadeau de Serge T. Qu'allais-je trouver dans le journal d'un écrivain dont les romans m'ennuient dès la première page ? Le monde romanesque de Michel Tournier n'est pas le mien. Son mode de vie en revanche... Ce presbytère dans la vallée de Chevreuse. Son commentaire au projet de Sagan est un aveu impeccable : « L'idée ne lui vient apparemment pas que la vénalité donne à l'amour un goût particulier, un peu âcre certes, mais par la simplification et le dénouement qu'elle fait au désir, tout à fait irremplaçable. »

15 heures 30. Julien m'appelle entre deux examens, surexcité par cette affaire de référendum qui fait beaucoup de ramdam sur les campus.

– Tu sais quoi ? me demande-t-il.

– Non, mais je vais le savoir.

– Eh bien, mes copains et moi on ne veut pas d'une Europe où l'anglais sera bientôt la langue officielle... et puis la Turquie, faut pas exagérer, ils abusent...

Jamais Julien ne m'avait parlé politique, sinon pour dire qu'il avait vu mon « copain » Delanoë à la télévision.

Morterolles, 2 juin

« Je m'en fiche » est une façon un peu précieuse de dire les choses, « je m'en moque » manque de force, reste : « je m'en fous » qui, pour être trivial, sonne juste. J'hésite à l'écrire mais je le dis souvent. Je m'en fous absolument, éperdument, royalement. J'ajoute même un collier d'adverbes à mon mépris contre les arrogants et les sentencieux, je m'amuse. Bref, je me fous du monde.

« Vous n'avez qu'à vous en foutre, mon petit chou », me recommandait Emmanuel Berl. J'avais vingt ans et j'allais vite apprendre que seul l'amour et la mort sont graves, alors oui, je me fous du reste et de l'Europe en prime.

J'aime l'Irlande, la Hollande, l'Écosse, l'Autriche, l'Angleterre, le Danemark, la Norvège, mais je me fous de l'Europe. Je viens de le répéter à Jack Lang qui finira par le savoir. Nous avons bavardé longuement, il s'est confié à moi sans précaution, preuve même de sa confiance. Il m'a répété qu'il serait candidat à la présidentielle coûte que coûte, comme pour s'en persuader. Naturellement, je n'en crois rien.

Morterolles, 3 juin

À peine arrivé au quai d'Orsay, le nouveau ministre des Affaires étrangères déclare : « Il faut replacer d'urgence la France au cœur de l'Europe » ; et un secrétaire du parti socialiste ajoute ce commentaire d'une lucidité qui force le respect : « Les Français veulent l'Europe passionnément. » Ça tombe sous le sens.

Si je ne craignais pas de lasser, je relèverais ici chaque jour les idioties, les commentaires affligés et affligeants de ces messieurs-dames qui présentent à la radio et à la télévision les bulletins de météorologie. Au-dessous de trente degrés à l'ombre, ils considèrent que le ciel se détraque, ce matin la canicule au Portugal ne leur tire pas de larmes, la neige en Autriche, par contre, les désespère. « Comment est-ce possible ? » s'exclament-ils. De quoi se mêlent-ils ? Sont-ils payés pour nous informer du temps qu'il fait, qu'il fera, ou pour nous donner leur avis ? Nous nous en passerons. Si je devais choisir une destination, ce matin ce serait plutôt Vienne que Lisbonne. De la neige en juin ! L'Autriche est un pays béni des dieux.

Paris, 4 juin

« Femme de chambre de François Mitterrand et même quelque temps de Jacques Chirac », elle se présenta ainsi, émue aux larmes dans les coulisses du théâtre où je chantais hier au soir.

– Je sais que vous l'avez beaucoup aimé et moi si vous saviez... je l'ai suivi partout dans le monde... comme il nous manque...

Femme de chambre de François Mitterrand. Une petite dame blonde et ronde, une sorte de Simone Weber avenante. Maintenant qu'elle est veuve, elle suit partout un jeune homme de ma bande, le plus doué, le plus émouvant, Allan. Elle lui a offert une écharpe du président. Il pourrait être son petit-fils, c'est son idole. Il a fait se lever la salle du Trianon, je lui promets une première place à l'affiche s'il est prêt à tout pour cela. Il faut n'avoir pas d'autre envie, d'autre tourment que celui de conquérir les foules.

Allan a dix-huit ans ; comme lui à son âge, « je m'voyais déjà ». L'énergie qu'il m'a fallu pour tenir n'est pas transmissible.

En me voyant mener le show deux heures durant sans souffler, devenant mon propre spectateur, je me demandais et je me demande si c'est possible, si je vais tenir encore longtemps à ce rythme-là et m'entendre dire : quelle santé !

Je suis en loques en ce moment, tiraillé entre mon désir de sauver la face, de plaire encore un peu et celui de tout laisser tomber, de me planquer. Je ne peux plus me regarder dans une glace. Les coups de griffe sur mes joues sont devenus des balafres que la meilleure maquilleuse ne saura pas effacer.

Le bistouri d'un chirurgien à la mode ? On me propose des adresses. Non, malgré les encouragements de mon neveu, je n'irai pas, je n'aurai pas ce courage. Me planquer, voilà tout. La tentation me reprend chaque matin de manière obsédante. Je ne m'apaise un peu qu'en fin de soirée. Un peu.

Paris, 5 juin

« Je ne crois pas, je n'ai jamais cru aux "lendemains qui chantent", je ne crois pas non plus que l'homme soit bon naturellement, ceux qui croient encore cela à un certain stade de leur vie, je leur promets bien des souffrances, bien des désillusions. »

François Mitterrand avait raison de tempérer l'angélisme de ses amis. La bonté ne s'attrape pas dans les cours de récréation, les enfants se font la guerre avant même de savoir lire et écrire, et quand ils jouent au docteur, c'est Petiot qui les inspire mieux que Schweitzer. Le sort que les prisonniers réservent aux violeurs pour assouvir leurs fantasmes en dit long sur la nature humaine. Quand les assassins rendent la « justice », il ne fait pas bon de tomber entre leurs mains. Entre deux distractions, l'homme choisit toujours la plus cruelle, c'est nier l'évidence que de soutenir le contraire.

Cette « philosophie » me classe naturellement à droite, selon Sartre. Et alors ? Je ne vais pas m'excuser chaque matin de croire avec Kundera que « l'optimisme est l'opium des cons ».

Paris, 7 juin

J'avais commandé chez Boisnard, place Saint-Philippe-du-Roule à Paris, une centaine de boîtes en carton sur mesure, à mes couleurs, vert Empire et bordeaux. La vendeuse, effarée, tint à me prévenir que « ça ferait cher ». Elle a tenu promesse. On vient de me livrer, pour 2 892 euros, une montagne de boîtes qui m'encombrent déjà. Des boîtes partout, dans les chambres, le dressing, le garage, plus qu'il n'en faut pour ranger, ranger encore. Mon obsession. Je vais classer mes photos, des coupures de presse, les manuscrits de mes livres, mes contrats Albin Michel, étiqueter les tiroirs, les dossiers, les boîtes. Mettre de l'ordre, ne rien laisser traîner après moi. Le programme de mon été à Morterolles me réjouit d'avance. J'en profiterai pour remplir mes poubelles de carnets de chèques usagés, de factures de téléphone, de déclarations d'impôts caduques, de photos aussi, certaines me désespèrent. À ce rythme-là, celui du temps qui passe, je n'aurai bientôt plus rien à ranger, mes souvenirs même seront trop lourds à porter.

Philippe a coutume de dire que je ne suis pas allé au cinéma depuis la sortie des *Tricheurs*. Il exagère à peine. Nous venons d'assister à la projection privée du très beau documentaire d'Olivier Meyrou. Soirée très parisienne, il y avait Bertrand D., Christophe G., Renaud Donnedieu de V., Marc Tessier, Marco. Une réunion de famille.

Paris, 9 juin

Dîner chez les Berri. Claude va mieux. Il réapprend à parler en chantant sur l'air de « passe-moi le sel » dans *Les Parapluies de Cherbourg*. Nathalie ne le quitte pas des yeux.

Qui pour chanter avec moi quand mon souffle sera court et toutes mes larmes avalées ?

Qui m'aime follement au point de m'envoyer une caisse de champagne et des fleurs sans se faire connaître ? Marie me dit qu'elle n'a pas trouvé de carte de visite ni de lettre. Mystère. Tous les anonymes ne sont pas malveillants.

Paris, 10 juin

Dîner au Fouquet's avec le rédacteur en chef de *France-Dimanche*, un solide gaillard, sympathique et lettré, qui comprend quand on évoque Céline devant lui qu'il ne s'agit pas forcément de la chanteuse. Philippe était très impatient de savoir si j'allais me décider à faire raser la moitié de Morterolles et repeindre les volets à mes couleurs préférées.

– L'épisode de la maison des morts de votre dernier journal m'a beaucoup plu.

Mes lecteurs les plus inattendus suivent la chronique de Morterolles passionnément, je ne compte plus les fois où je dois répondre à leurs étonnements.

Le quotidien de mes jours là-bas est devenu un feuilleton. J'ai bien tort de ne pas donner plus d'importance à ces affaires d'église en réfection, de bureau de poste à l'abandon. Les portails qui se déglinguent, les conseillers municipaux qui trouvent toujours de l'argent pour le club de football et jamais pour goudronner les chemins défoncés, les poubelles la gueule ouverte, chacun a vu cela qui prime finalement sur tout le reste. Il est recommandé de ne pas chercher plus loin que le bout de sa rue, après c'est la fin du monde.

Vu Roger Hanin qui me boudait depuis trois ans pour un mot malheureux dans ce journal. Je suis allé vers lui, il m'a dit : « Toi, écoute-moi. » Ce que j'ai fait, et nous nous sommes embrassés comme avant.

Paris, 11 juin

Monsieur Stéphane Denis signe dans les deux *Figaro*, celui du jour et le magazine du samedi, des chroniques distinguées, des billets de mauvaise humeur. La nôtre exactement, devant le conformisme ambiant et le progressisme des curés de la Seine-Saint-Denis. Même quand il fait semblant de ne pas savoir que c'est moi qui ai mené l'interrogatoire d'Emmanuel Berl, monsieur Stéphane Denis m'enchante, son style m'enchante, ses curiosités sont les miennes. Si l'on comprend bien, en le lisant, que les joueurs d'accordéon, les danseurs de paso-doble et les garçons qui s'épousent appartiennent à un monde dont il n'a pas la moindre idée, on peut partager sa condescendance amusée pour tout ce qui ne date pas d'hier.

Stéphane Denis a raison : c'était mieux avant et d'abord parce que nous avions vingt ans. Le petit Besancenot lui-même n'en reviendra pas ; comme nous bientôt il regrettera le temps où les facteurs allaient à vélo.

Notre confrère du *Figaro* regrette, lui, l'époque convenable où les couturiers aimaient les femmes : « Aujourd'hui, ils les détestent. On parlait de leurs robes. Sans doute était-ce pour cela qu'elles se vendaient davantage. Les écrivains se sont toujours passionnés pour la couture. Il n'y a qu'à lire Proust et même le gros Zola. Cependant, aujourd'hui, les personnages ne s'habillent plus. Ils ressemblent au jury du Festival de Cannes ; sous la présidence de monsieur Kusturica, on aurait dit un gang de Roumains allant arroser ça. Mais oublions Cannes. Restons à Granville. À Granville, les robes de Christian Dior regardent la mer. Elles n'ont rien à se dire. On dirait des héroïnes de roman. Elles n'osent pas bouger, persuadées d'être parfaites. Mais il n'y a personne dedans. C'est très joli mais c'est mort. On dirait un auteur qu'on ne lit plus et qui, au lieu de finir au placard, s'ennuie sur une étagère. »

Paris, 12 juin

Il y avait de la vodka chez le président Paucard et du tarama de toutes les couleurs. J'avais écrit : « Sa conversation est plus appétissante que sa table. » Ça reste vrai malgré une amélioration notable de la qualité des blinis et des fromages. De toute façon, le président Paucard ne mange pas, une tranche de saucisson pour accompagner son vin rouge lui suffit. Le président Paucard ne boit que du vin rouge, c'est un prolétaire souriant et râleur qui lit Karl Marx et Léon Bloy avant de s'endormir, un homme cultivé qui connaît le tour de poitrine de toutes les actrices de cinéma des années cinquante et la marque des porte-jarretelles de Viviane Romance.

Il arborait hier soir une chemise noire brodée de motifs rouges et blancs du plus bel effet.

– Un authentique modèle *country*, nous dit-il en bombant le torse.

Elvis Presley est son dieu, le maréchal Staline son idole. Nous avons dîné sur nos genoux en écoutant du rock and roll et l'hymne national de l'ex-République démocratique allemande. On disait la RDA au bon temps de ce bon monsieur Honecker. Sublimes, la musique et les chœurs.

Paucard n'en finit pas de regretter l'ordre du monde d'avant, de la chute du mur de Berlin. Il est inconsolable. Serge T. l'a photographié le poing levé, chantant en allemand une émouvante marche militaire dédiée au camarade Staline.

Porte de Vanves à Paris, au sixième étage d'un immeuble construit en 1957 (un immeuble et non pas une HLM comme j'avais eu l'imprudence de l'écrire, on peut être prolétaire et chatouilleux sur la propriété), un homme déplore la grandeur perdue de l'URSS en sodomisant des filles de l'Est.

C'est un bon gars. Nous l'avons laissé vers 11 heures car il avait « rencard », justement, avec une « peintresse » russe dans le XIIIe arrondissement. Serge T., lui, était attendu par un joueur de tam-tam quai de la Tournelle. Quant à Jean-Noël M., admirateur inconditionnel du président Paucard, il est allé dîner « pour de vrai » à La Rotonde à Montparnasse. Un peu de tarama ne suffisant pas à le rassasier, c'est de choucroute et de steak-purée qu'il se nourrit, de livres aussi mais, nous le savions, la littérature ne nourrit pas son homme.

Vincent l'Alsacien m'a fait livrer des fleurs rouge sang, un genre de pivoines non identifiables, pour s'excuser de ne pouvoir venir ce soir à ce rendez-vous qu'il espérait depuis des mois. « Un contretemps idiot, une histoire de voiture restée à Strasbourg et que je dois ramener à Paris plus tôt que prévu. » Nous nous verrons demain.

L'Europe encore ! Dans son éditorial du *Journal du Dimanche*, Jean-Claude Maurice reprend au vol une phrase de meeting lancée par Jean-Luc Mélenchon à son public surchauffé : « Nous n'en n'avons rien à foutre de la Lettonie. »

Le pire, écrit-il, « est que M. Mélenchon, qui n'est ni raciste ni xénophobe, traduisait un sentiment largement partagé : les Français n'en ont "rien à foutre" de la Lettonie. Ils n'ont d'ailleurs "rien à foutre" de personne, c'est bien le drame. On comprend que nombre de Français se sentent dépassés, impuissants devant une Europe s'élargissant à l'infini sans qu'on ne les ait consultés, qu'ils redoutent les ravages sur l'emploi de travailleurs venus d'ailleurs sans être assujettis aux mêmes règles. On n'en est pas moins stupéfait de la réaction d'un homme de gauche concernant l'aspiration d'un peuple lointain – c'est où, la Lettonie ? – à rejoindre le rêve européen. Si on rejette déjà le Letton, qui appartient à notre continent, imaginez l'ostracisme frappant un Burkinabé, cet "étranger de l'extérieur", qui n'a même pas l'excuse d'être plombier ! ».

Bien vu. « Les Français se sentent dépassés, impuissants devant une Europe s'élargissant à l'infini. »

Trop c'est trop, en effet.

Paris, 13 juin

Dîner avec Vincent l'Alsacien qui m'assure que j'ai changé sa vie.

– On peut même dire que vos livres m'ont sauvé...

C'est un garçon plus râblé que je ne l'imaginais, plutôt catcheur dans la démarche, très fin par ailleurs dans l'expression de ses sentiments. Il veut m'emmener à Montmartre sur son scooter. Nous n'y sommes pas.

Paris, 14 juin

Je viens de parler au téléphone avec Georgette Plana, quatre-vingt-huit ans aux cerises. Elle se remet peu à peu de l'infarctus cérébral qui la terrassa en novembre dernier, le jour même où je lui remettais la Légion d'honneur. « J'aime tellement les hommes, me dit-elle, j'ai tellement besoin d'eux que, si j'avais été un garçon, j'aurais été perdue... trop tard, c'est la fin de la vie... j'en ai profité, fais comme moi, profites-en, tu es jeune encore. » Jeune !

Plus aucune nouvelle de Julien depuis quinze jours. Que fait-il, mon grand garçon, de ses jours et de ses nuits loin de moi ? Il est jeune, lui, très jeune. Qu'il en profite. Il me reviendra, comme rentre un chat de gouttière, se faufiler entre mes jambes, c'est le plus probable, ou il aura choisi sinon de m'oublier, de se passer de moi. Les passions violentes ne sont pas faites pour durer ; qu'elles nous brûlent le ventre longtemps après les jours heureux est déjà beau. Je ne suis pas malheureux, aucune absence ne m'est lourde à porter que celle de Stéphane.

J'avale tous les matins un demi-comprimé de Paroxétine, un médicament que ce bon docteur E. recommande aux « toqués ». Il n'a pas dit ça, mais comment appelle-t-on les victimes de « tocs », de troubles obsessionnels du comportement ? Je dors moins bien, ma libido est un souvenir, mais je me sens mieux.

Va-t-on régler ce problème de dents qui n'est pas un problème de dents et me torture depuis deux ans et demi ?

Paris, 15 juin

Michael Jackson acquitté ! Celui qui fut la plus grande star du monde est un ange, nous le pressentions, nous en sommes sûrs maintenant. Il était temps que cesse ce lynchage planétaire, l'humiliation vicelarde d'un homme par d'autres hommes qui ne jouiront jamais que par procuration. C'est la nausée que nous inspirent ces juges, ces journalistes, ces procureurs de partout, excités par la chair fraîche, ces frôlements louches avec l'enfance qui les renvoie à leurs propres turpitudes. Ils n'ont pas débandé pendant des mois. Ils devront se terminer seuls. Michael Jackson est acquitté. Ac-qui-tté.

Et cette mère de famille éplorée quant à l'honneur de son fils, sa vertu outragée qui se chiffre naturellement en dizaines de milliers de dollars, elle est condamnée à quoi exactement ? Faux témoignage, subornation de témoin, tentative de proxénétisme aggravé sur la personne de son cher garçon, ça vaut combien à Hollywood ?

Que Michael Jackson rechante et danse, s'il le peut encore, mais qu'il nous épargne désormais ses jérémiades sur la pureté des enfants. Ce sont des monstres, comme nous.

Paris, 16 juin

Deux boxeurs brésiliens pour moi tout seul. Des garçons de très bonne humeur, disposés à tous les jeux. De passage à Paris, ils dansent nus sur le bar d'un haut lieu de la gaieté parisienne. Ils sont venus répéter leur show ici la nuit dernière pour moi tout seul, spectateur privilégié de leur insolente santé.

Ils ont vingt ans et quelques arguments à faire valoir, on ne voit pas très bien pourquoi ils nous en priveraient.

Roberto et Gianni ne parlent pas un mot de français, ni moi de portugais, nous nous sommes pourtant bien compris.

Morterolles, 18 juin

Le drapeau européen flotte encore au fronton de la salle des fêtes. « Salle des fêtes » est un bien grand mot pour ne pas dire « cantine du troisième âge », mais bon, on y danse, la femme du Duc et ses copines y jouent au loto, et certains dimanches on vote là. La dernière fois, il y a moins d'un mois, les gens d'ici ont dit « non » à l'Europe, ses commissaires et ses cabris, et nous allons devoir supporter leur drapeau sur nos édifices publics. Il faut croire que la salle des fêtes de Morterolles entre dans cette catégorie grandiose. Avant de déranger le maire pour lui demander pourquoi tant de gloire, je vais téléphoner au secrétaire de mairie qui n'en pourra mais... et me dira sans doute que personne ne s'est ému.

Vu le docteur E. qui me trouve en pleine forme. Hum ! Sa mère elle-même a remarqué que j'avais moins de tics à la télévision. Bon. Je dois admettre que son médicament contre les tocs semble me réussir. Je viens d'ailleurs de le prescrire à Marco qui s'arrache les cheveux, « celui que je prends, me dit-il, ne me fait rien ». Entre toqués, on se comprend. Je ne lui ai pas dit que ce médicament miracle avait des effets secondaires (enfin pas tellement secondaires) sur la libido, sur la mienne en tout cas. Le docteur E. prétend que c'est une impression. Hum ! Une bien mauvaise impression. J'attends que Marco me raconte.

Un jour ou l'autre, les héritiers vendent. Il suffit d'être patient. Je viens d'acheter le petit bois de chênes et de châtaigniers en bordure de l'étang du haut de ma propriété.

Les héritiers ne veulent pas de bois à la campagne, ils leur préfèrent de beaucoup des piscines à La Grande-Motte.

Morterolles, 19 juin

Les Anglais viennent de faire capoter le sommet européen en ne cédant rien des privilèges et avantages que les autres partenaires de l'Union leur ont toujours accordés. Ces gens-là n'en font qu'à leur tête. Ils auraient tort de se gêner. Les Anglais se foutent absolument de l'Europe, tous les premiers ministres de Sa Très Gracieuse Majesté ont défendu et défendent d'abord les intérêts de leur pays. On sourit que cela scandalise les gouvernements français qui devraient savoir que l'égoïsme est une qualité quand on est attendu à la table des mendiants.

Les Anglais ne voulaient pas de l'euro, ils ont gardé la livre sterling, la loi commune n'est pas pour eux. La France complice ne doit pas se plaindre aujourd'hui de l'arrogance du premier ministre britannique, un homme adorable au fond, délicieusement croqué ce matin dans *Le Figaro Magazine* par Joseph Macé-Scaron.

« Tony Blair est moins un navigateur qu'un caboteur. Il n'est ni européen, ni souverainiste, ni atlantiste, ni thatchérien, ni socialiste, et, s'il est royaliste, c'est tendance Lady Di. »

Et l'on s'étonne qu'il ait tant de succès.

Morterolles, 21 juin

État d'alerte dans de nombreux départements, la terre hurle de soif, les vignes crèvent sur pied, la forêt brûle, ça pue les vacances, les autoroutes puent le goudron et la mort, couscous parties dans les campings, les maisons de retraite sont des saunas. On appelle ça l'été, ce bonheur.

L'anniversaire de Lulu. Vingt-sept ou vingt-huit ans ? Je le vois toujours comme un bébé. Je viens de laisser un message sur son répondeur où chante Vanessa Paradis. Pas un mot de lui depuis trois mois. Pas un signe non plus de Julien. Mes garçons ont des chagrins plus grands qu'eux, ils ne veulent ni avouer ni mentir. Ils se cachent.

C'était tellement prévisible que je ne suis ni étonné ni déçu. Juste inquiet.

En finir avec le jour le plus long de l'année. Demain commence enfin la descente du soleil vers l'automne.

Morterolles, 22 juin

« Ce que j'ai à dire est très important. » Dix fois par jour à la radio, à la télévision, nous sommes menacés du discours péremptoire de gens assez contents d'eux pour qualifier d'« important » le chapelet des platitudes qui tombent de leurs bouches.

On interroge n'importe qui sur n'importe quoi. Le folklore d'abord.

Un rappeur du 9.3, une pisseuse de (ce qu'on appelle abusivement) la télé-réalité, un ex-porte-parole des Verts (on se demande au passage ce que pense le tenant du titre dont l'avis n'intéresse apparemment personne). Ex-porte-parole des Verts ! comme si c'était une qualité donnant droit à tous les micros et pourquoi pas à l'Académie française ? N'importe qui, vraiment, ayant un avis sur tout.

A-t-on jamais entendu Jean-Paul Sartre, Françoise Sagan, Alain Finkielkraut, François Mitterrand, Claude Lévi-Strauss ou Jacqueline de Romilly, des imbéciles patentés parmi tant d'autres, les a-t-on jamais entendus nous menacer de leurs lumières ?

Le secrétaire général de la mairie, un homme pondéré, tenu au devoir de réserve, m'a répondu à propos du drapeau européen sur la salle des fêtes qu'il n'était là que pour commémorer l'appel du 18 juin 1940. Suis-je bête.

Le ministre de l'Intérieur a dit qu'il fallait « nettoyer » la Cité des 4000 à La Courneuve des assassins d'un petit garçon de onze ans. Il a dit « nettoyer », il l'a même répété trois fois de suite au cas où les âmes sensibles ne l'auraient pas compris. Scandale assuré. C'est quand même incroyable, un ministre de l'Intérieur qui prétend faire régner l'ordre et mater les sauvageons ! L'ex-porte-parole des Verts s'en étranglait encore hier soir sur i-Télévision où l'on rencontre pourtant beaucoup de gens sensés.

« Nettoyer » ! Bonne idée. Les malheureux qui souffrent à La Courneuve n'attendent que ça.

Morterolles, 23 juin

La débandade s'éternise. Si, comme le prétend ce bon docteur E., son médicament n'est pas en cause, l'affaire se complique. Attendons sagement qu'un ange passe par ici ; un ange, c'est une façon de parler, un démon conviendrait mieux. De là à envisager que les boxeurs brésiliens prennent leurs quartiers d'été à Morterolles...

16 heures. Vent tiède, ciel lourd, orage désiré. Serge T. a mis une chemise de Jean-Louis Barrault, plus légère que celle de Roger Peyrefitte qu'il portait hier. Sur la terrasse où il s'est installé avec son fourbi, je le vois découper des photos de grands nègres avantageux en vue d'un collage sur Jean Genet.

Cet homme-là ne s'ennuie pas, il découpe des grands nègres. J'aime le savoir là, occupé à ses marottes. Il fascine les jardiniers qui n'ont jamais vu un tel spécimen. Christiane raffole de ses façons proustiennes. Christophe, le nouveau jardinier, n'en revient pas de l'avoir vu faire danser les chevaux. Ainsi je peux rester tranquille dix heures par jour dans mon bureau climatisé, Serge T. n'attend pas que je l'amuse. Il s'amuse très bien tout seul. La femme du Duc nous a apporté un panier de cerises, je vais descendre en manger quelques-unes avec lui.

Morterolles, 24 juin

« J'ai jeté à la poubelle, sans même prendre la peine de le feuilleter, le livre que vous m'avez envoyé. Il faut ne pas m'avoir lu pour imaginer que je puisse m'intéresser ne fût-ce qu'une seconde aux élucubrations des moines bouddhistes, et pourquoi pas aux témoins de Jéhovah. À l'avenir dispensez-vous de me faire ce genre de cadeau inutile pour moi et je le crains, nocif pour vous. »

La femme à qui j'écrivais cela avant-hier, et qui se pique d'être la plus attentive de mes admiratrices, me répond ceci : « Pardon de vous avoir agacé mais voyez-vous j'ai horriblement peur de la mort et les bouddhistes me rassurent quand ils me jurent qu'au bout de six semaines on se réincarne, je pensais que ça vous rassurait aussi. »

Toujours la même histoire. La nôtre. Un peu pathétique, avec des moines autour, des imams, des prêtres, des rabbins, des pasteurs qui nous en proposent une autre, parfumée à l'encens, arrosée de vin de messe, éclairée de cierges. Une histoire à dormir debout dont les hommes ne sauraient se passer. Faut-il les plaindre ?

Madame Aubenas s'amuse de notre candeur, notre compassion l'étonne. « On me regarde comme une sainte, dit-elle, alors que je suis une peste, c'est fou ça ! » Si elle le dit.

Morterolles, 25 juin

Rien n'est vrai que dans l'instant, la suite ne dépend pas de nous. Quand Lulu m'écrivait des lettres brûlantes, que je viens de classer comme on classe une affaire, il était d'une sincérité absolue. Son silence aujourd'hui les rend caduques.

À quoi servent des mots tendres empilés dans une

boîte en carton ? Tous les Lulu se ressemblent. Je reste stoïque face à la fatalité.

Visite au marbrier dans son atelier pour en finir avec l'agencement de la stèle, sa forme et l'emplacement des noms de mon père et de Stéphane. Des enfants riaient en sautant dans une piscine de jardin, tandis que nous interrogions gravement leur père, Serge T. et moi, centimètre en main, sur la bonne mesure de l'écartement, la grosseur des lettres de bronze. Je plaidais pour que « Stéphane 1963-1998 » s'inscrive sur le bord droit de la stèle.

– Oui, m'a dit le marbrier, dubitatif, c'est possible mais permettez-moi de vous faire remarquer que... le plus tard possible naturellement... quand il faudra ajouter votre nom en dessous, il y aura un décalage, ça ne fera pas joli...

Morterolles, 26 juin

Ce monsieur Lefort, prêtre saint et martyr, qui voyait des pédophiles partout, jouissait de les traquer et de livrer à la police ceux qui lui tombaient sous la main, a été pris la main dans le slip de jeunes Sénégalais. Huit ans de prison. Cela lui laissera le temps de réfléchir à ceux qu'il a dénoncés.

Jacques S. est arrivé. Il passera deux jours et deux nuits avec nous. Évidemment quand il sourit, et il sourit beaucoup, on peut s'emballer. Si les femmes du canton le voyaient allongé nu au bord de l'étang comme je le vois, depuis mon bureau, j'en connais plus d'une qui se jetterait à l'eau. Lui, son genre de beauté, ce serait plutôt le premier ministre en personne.

– Une classe folle et très sexy, tu ne trouves pas ?

Non, je ne trouve pas, mais bon, on fait plus moche que monsieur de Villepin. Jacques n'aura pas d'ennui pour détournement de mineur, seuls les hommes de plus de cinquante ans l'émoustillent ; les ménagères, quel que soit leur âge, n'ont rien à espérer de lui.

Pas de nouvelles de Julien.

Morterolles, 27 juin

Où en suis-je avec mes assurances-vie ? En bavardant avec la femme du Duc que ces questions passionnent, je me suis demandé ce qu'il allait advenir de ces placements mirobolants et pourquoi, pour qui ? Assurance. Vie. Deux mots lumineux séparément qui assemblés nous renvoient à notre mort et à la fête qui s'ensuivra.

– Dans vos contrats actuels, s'il vous arrivait quelque chose, le plus tard possible naturellement, mais enfin, me dit le banquier en se tortillant sur sa chaise, mieux vaut prévoir. Le rendement est, disons, correct et vos héritiers ne seront pas imposés. Je peux vous proposer d'autres contrats plus avantageux mais, dans ce cas, ils auront des droits à verser à l'État...

Mes héritiers ! Ce pluriel me glace le sang, un seul m'aurait comblé. Je lui aurais tout laissé, à lui qui ne voulait rien que dormir dans mes bras.

Je n'ai pas relu mon testament depuis trois ans, je suis découragé par avance d'avoir à le raturer, à barrer des noms, à préciser ceci ou cela selon l'humeur du jour et l'attitude de certains. Je crois me souvenir (maître D. me le confirmera) que les associations humanitaires ne paient pas d'impôts sur les dons. Mes assurances-vie tomberont donc en pluie dans quelque désert où les enfants crèvent de soif au soleil, et sur l'Assistance publique en France, pour la recherche médicale et le personnel hospitalier si mal considéré, y compris par la gauche « citoyenne et solidaire » qui préfère les éboueuses et les pompières aux infirmières.

Oui, je me répète, mais ces problèmes-là m'obsèdent. Je vais reprendre mon testament sur les conseils de maître D. que ces choses ne sauraient étonner.

– J'en ai tant vu, cher monsieur, si vous saviez...

Morterolles, 28 juin

« Je ne suis pas partisan de la Gay Pride, c'est le moins qu'on puisse dire, mais il faut reconnaître, et nous en réjouir, que c'est la seule manifestation populaire avec des mots d'ordre très réac : oui au mariage, oui aux enfants, à la famille... Il ne manque plus que le travail et la patrie. »

Paucard, mon faxeur fou, a encore frappé, il a raison comme souvent. « C'est devant la parade le type qui n'est pas d'accord », pour reprendre le mot fameux de Desnos à propos de Berl, qui nous va bien à tous les deux. Paucard se trompe cependant sur un point qui n'est pas de détail, semble-t-il, pour les paradeurs empanachés : on ne dit plus Gay Pride mais « Marche des fiertés ». Une plume quelque part : « Vive la France et le céleri rémoulade ».

Je ne me moque pas des hommes et des femmes qui défilent, ils ne font de mal à personne, je dis seulement qu'ils n'ont aucune raison d'être fiers, et de quoi d'ailleurs ? Ni honteux. On est un peu fatigué d'avoir à le répéter.

Il fait toujours bon à Aurillac dans le Massif central. Je veux dire meilleur que n'importe où ailleurs en France. Les cartes de la météorologie que nous présentent les chaînes de télévision à toutes les heures du jour et de la nuit en témoignent. Les températures les plus fraîches, donc les plus agréables à vivre, sont toujours pour Aurillac. La canicule ne passe jamais par là où l'on rêve d'aller plus souvent. Ce gros village sera bientôt une terre promise pour qui ne voudra pas crever dans la torpeur des étés à venir qu'on nous promet mortels. Pourquoi Aurillac ? Je n'ai pas entendu le début d'une explication de ce privilège accordé par le ciel à une poignée d'Auvergnats bienheureux.

Il y a deux feux rouges sur l'ancienne nationale 20 qui traverse Morterolles. Pour être précis, disons plutôt feux de signalisation hors d'usage dont l'un est placé sous la fenêtre de la chambre où coucha une nuit de 1814 Sa Sainteté le pape Pie VII.

Comme je m'interrogeais sur l'utilité de ces engins de ferraille et la raison de leur maintien sur la voie publique, il m'a été répondu que ces feux étaient là pour signaler aux automobilistes la sortie des écoles. Cette affaire est gravement préoccupante quand on sait qu'il n'y a plus d'école à Morterolles depuis quinze ans et que les voitures sont des tracteurs.

Pas une scène chaude, pas la moindre tentation érotique dans le dix-septième volume du *Journal* de Renaud Camus, presque rien sur ses démêlés bancaires et fiscaux qui nous passionnent tant, quelques problèmes domestiques mais trop peu à notre goût.

Tant de pages pourtant, denses et tenues d'une plume haute, impitoyable. Une langue, un monde, un château en ruine, de la musique classique et des musées. France Culture et Pierre, prince charmant s'il en est, héros prometteur des cahiers posthumes du seigneur de Plieux.

Midi trente. Serge T. qui vient de se lever se promène vêtu d'un vieux pyjama de soie brodé de feue Madeleine Renault, le visage barbouillé d'un jaune d'œuf. « Pour rester jeune. » À soixante-treize ans, il est plus jeune que moi.

Morterolles, 29 juin

Si tous les plombiers polonais ressemblent à celui dont *Le Parisien* publie la photo ce matin, alors oui, nous sommes partisans des délocalisations. Laissons venir à nous les plombiers polonais... sera notre mot d'ordre. C'est à bras ouverts que nous les accueillerons et s'ils ne savent pas où dormir, on pourrait s'arranger. Saluons-les en attendant l'humour des services de propagande du gouvernement polonais qui nous proposent là une très alléchante alternative à la xénophobie. Puisqu'il y a xénophobie, paraît-il, à redouter les plombiers polonais. Nous les espérons, au contraire.

Le maire de Saint-Pardoux, la courtoisie même, prend la peine de m'informer par écrit que sa commune vient d'acquérir, après d'âpres discussions, le petit bois de sapins attenant au cimetière. Ce petit bois saccagé par la tempête de décembre 1999, je souhaitais l'acheter à l'époque avec l'intention d'en faire une halte paisible, un lieu de méditation, entre la tombe de Stéphane et l'étang en contrebas. Les propriétaires m'avaient vu venir.

– Ils abusent de votre chagrin, m'avait dit maître D. Ne donnez pas suite.

Je ne le voulais pas pour moi, ce petit bois ; je l'aurais laissé ouvert à qui aurait aimé s'y attarder. C'est fait. Monsieur Lardillier veille à l'environnement de sa commune. Nous pouvons mourir tranquille.

Un sondage, à paraître demain, place Jack Lang en tête des candidats de la gauche comme étant le mieux placé pour battre Nicolas Sarkozy à la présidentielle. Me voilà bien.

Téléphone (suite). À la veille de partir à Singapour défendre la candidature de Paris aux Jeux olympiques, Bertrand D. n'a rien de mieux à faire que de s'inquiéter de ma santé.

Lulu, rien.

Morterolles, 30 juin

La lettre d'un jeune homme décidément pas comme les autres, si bien élevé, si propre : Julien. J'attendais plutôt Lulu dans ce registre-là, c'est Julien, calme. Émouvant.

Trois semaines de silence et puis cette lettre et d'abord quelques mots sur un petit paquet-cadeau, papier à fleurs, bolduc rouge. De ces paquets pour Noël à nos pères. « Caractère : un nom de parfum qui te colle à la peau. C'est le mien. Un peu de moi sur toi. Ton lascar qui t'aime. »

Le flacon Daniel Hechter est sur mon bureau, le petit mot glissé dans mon carnet d'adresses. Je n'ai pas ouvert la lettre aussitôt, elle date du 19 juin à La Baule. Je crains les explications d'amoureux, elles n'arrangent jamais rien. Je me répétais : « ton lascar qui t'aime » et je souriais de moi, si bêtement sentimental.

« Ton lascar qui t'aime », ça me suffisait bien. Je ne suis pas sensible aux effusions. La meilleure façon de me prouver qu'on m'aime, c'est de ne pas bouger, d'être là. Julien n'est pas Stéphane, il est Julien, un ange au bord des larmes :

« Le mercredi 2 juin, je t'avais appelé et tu m'avais dit que tu me rappellerais dans la soirée : tu ne l'as pas fait... Est-ce vrai que tu penses toujours à moi ?... Même les jours où ce n'est pas ma fête ?... Dans tes livres, tu dis souvent que tu t'attaches seulement aux gens qui se soucient de toi, c'est la même chose pour moi, ceci est la véritable définition d'intimes, de proches, ou d'amis au sens pur.

« J'écris ces lignes en écoutant des musiques déprimantes, j'aime bien... écouter des musiques tristes ou chanter mes tourments, c'est peut-être ce qui me correspond le mieux, après tout. Tout sauf la joie. Je me sens transporté par ces notes de piano, ces cordes de violon frottées, ces hautbois, ces guitares pincées... Un océan de tristesse.

« J'arrive quand même à me concentrer, j'ai quand même des années de philosophie derrière moi !

« J'ai pu retourner à la faculté dernièrement pour aller voir les notes d'anglais qui étaient affichées... J'ai eu 16 à l'écrit et 13,5 à l'oral, soit la meilleure moyenne de ma promotion ! Il a fallu en effet que je travaille dur en anglais pour essayer de rattraper les autres matières, car les partiels de ce semestre-ci étaient très difficiles... Bref, on verra bien.

« Il a fallu que j'aille faire des radios des dents car j'ai eu une infection dans la bouche... Cela me fait un peu mal... Mais je ne vais pas geindre car je pense que tu as été plus à plaindre de ce côté-là...

« Aujourd'hui, c'est le 19 juin, la fête des Pères, et comme tu es mon Miam, mon papa Miam, je ne t'oublie pas. »

Julien m'écrit en écoutant « des musiques déprimantes, un océan de tristesse ». Il me fait remarquer que c'est moi qui ne lui téléphone plus depuis le mercredi 2 juin, et ce n'est pas par hasard s'il a choisi le jour de la fête des Pères pour revenir vers moi.

« Des musiques déprimantes », Julien est aussi un adolescent comme les autres. Il m'appelle : Miam. Papa Miam parfois. Notre secret.

Morterolles, 1er juillet

Un jour avec, un jour sans. Sur la recommandation du docteur E., je ne prends plus qu'un jour sur deux le demi-comprimé de Paroxétine qui perturbe mon sommeil et ma vie sexuelle, mais donne par ailleurs du côté de mes nerfs des résultats appréciables.

Je suis un peu moins toqué puisque c'est ainsi (depuis que je l'ai décidé) que l'on appellera désormais les patients qui souffrent de tocs.

– Ça agit sur le cerveau, ce truc-là, m'avait dit le docteur. Tu verras, ça doit marcher...

Pour voir, j'ai vu. Ma vie sexuelle ces jours-ci à Morterolles étant réduite à sa plus simple expression, pas le moindre garçon de ferme avenant dans les parages, je peux sans risquer l'humiliation me conformer aux prescriptions optimistes du docteur E. Julien me demandait la nuit dernière par téléphone si j'avais toujours envie de faire des « câlins » avec lui. Je l'ai rassuré. Pour les câlins, ça ira.

Si Serge T. n'était pas là, mes ânes s'ennuieraient. Il va leur parler tous les après-midi, après que nous avons bu du thé vers 15 heures 30, puis il s'en va faire danser les chevaux. Quand ils ne veulent pas, il est déçu ; cet homme-là ne vieillit pas parce qu'il a des joies simples d'enfant.

Lulu m'a téléphoné hier au soir, j'étais déjà en ligne avec Julien. J'ai été un peu sec. Il me rappellera s'il le veut.

Il est beau le bébé tout bronzé dans les bras de Son Altesse sérénissime le prince Albert II de Monaco. Les photos que publie *Match* sont éblouissantes de sérénité. De bonheur.

– De quoi vous plaignez-vous, Monseigneur ?

Morterolles, 2 juillet

J'oublie toujours de demander à Bertrand pourquoi son grand ami Jospin ne l'a pas nommé ministre en 1997, à la Culture par exemple où il n'aurait pas eu de difficultés à faire mieux que madame Tasca. Il inaugurait hier une place Loulou-Gasté dans le XVIIe arrondissement. Il s'envole ce matin pour Singapour et, s'il décroche la timbale, alors il sera roi de France et son sacre est inévitable.

Renaud Camus lapide Dalida à coups de mots durs comme des pierres, Dalida et l'idolâtrie, le culte que lui vouent les jeunesses d'aujourd'hui et pas seulement les jeunesses. Nous-même ne sommes pas insensible aux souvenirs de nos vingt ans.

On se demande en quoi ces « icônes », écrit-il dépité, regardent ce cher Renaud que la chansonnette dégoûte profondément. Sur les quinze mille pages de son brillantissime journal, pas une ligne de perdue pour les saltimbanques. À peine un bougonnement devant l'émotion française à la mort de Charles Trenet. Renaud ne comprend pas du tout que l'on chante ailleurs qu'à l'Opéra. Il avait pourtant l'air sincèrement impatient de venir m'entendre à Agen où je devais me produire le mois dernier. J'étais, moi, très intimidé d'avoir à faire le mariole devant lui. Par chance, ce spectacle a été reporté. J'évoque Dalida sur scène et mon sang se glace à l'idée que, au premier rang de mes spectateurs, ce cher Renaud aurait pu s'étrangler.

13 heures. Fête champêtre chez le fils de la Baronne. J'aime beaucoup Jean et sa femme, mais il y aura trop d'enfants hurlant et sautant entre les tables. Je ne suis pas en état de faire bonne figure au milieu de cent cinquante invités venus s'amuser, boire et danser. Serge T. me représentera. Il est bien plus sociable que moi. Ma sœur Jacqueline, qui l'adore, l'emmène avec ma mère. Ma mère, pimpante ce matin, en extase devant mes parterres de fleurs. Elle passera l'été chez sa fille, à quelques kilomètres d'ici, où elle croyait bien ne jamais revenir.

Morterolles, 3 juillet

13 heures. Stéphane a chanté à la télévision. Son sourire, ses lèvres gourmandes qu'il a posées si souvent sur les miennes, sur mon ventre. Sa bouille de marlou. Mon bel amour qui passe, tellement là, tellement loin. Quelques milliers de téléspectateurs et moi, seul face à lui. Nous deux dans sa chambre, mon bureau au pied de son lit, vide, vidé. Je ne pleure

pas, je ne jouis plus. Sec, je n'ai plus de larmes ni de sperme.

Morterolles, 4 juillet

Si on veut avoir une idée du genre de déclaration que nous servira le petit Besancenot dans vingt ans, on peut écouter mon ami Renaud, pas Camus mais le chanteur, l'anar de mon cœur, le bouffeur de bourgeois : « Je suis moins con qu'avant. Plus tolérant, plus ouvert. Aujourd'hui, il y a des gens de droite que j'aime bien, Villepin, François Baroin, Simone Veil, des gens intelligents, honnêtes. Je suis allé à Cuba par passion pour Che Guevara et les havanes. Quand je pense que les spécialistes des droits de l'homme comme Danielle Mitterrand soutiennent ce régime... C'est un dictateur communiste de la pire espèce. Cuba est fliquée comme nulle part ailleurs. Ignoble. Heureusement la médecine est gratuite. »

Ouf ! « la médecine est gratuite », on a eu peur ! Cent fois nous avons entendu Danielle défendre Fidel, son école, ses hôpitaux, ma mère aussi était enchantée de ça. Deux femmes honnêtes pourtant. Respectables. On ne les changera plus... À leur âge, tout est dit. Mais le petit Besancenot, ce joli révolutionnaire en peau de lapin, a du temps devant lui pour devenir moins con. Il finira bien par admettre que si les prisons de Pinochet ne furent pas follement démocratiques, celles de Castro ne sont pas exactement des succursales du Club Méditerranée. Le petit Besancenot prendra du ventre, Cohn-Bendit lui expliquera comment on fait pour tutoyer les ministres et les présidents après leur avoir promis l'échafaud.

Je rentre à Paris pour vingt-quatre heures, réunion de travail, coiffeur, dentiste encore. Et dîner dans mon île avec Drucker et nos amis de France 2. Jack nous rejoindra au dessert. Nous referons le monde qui en a bien besoin.

Paris, 5 juillet

Jean-Noël m'a livré à l'heure dite, la nuit dernière, un copain des boxeurs venu les rejoindre à Paris où l'on s'amuse tant... Rodrigo est professeur d'éducation physique à São Paulo et, accessoirement, lieutenant parachutiste des écoles militaires du Brésil. Une baraque d'un mètre quatre-vingt-dix, les yeux noirs d'un orage d'été, un tatouage assez discret sur l'épaule. Droite ou gauche ? Rodrigo est hétérosexuel, on s'en doutait (j'ai eu droit à la photo de sa femme et de sa petite fille). Hétérosexuel cependant très bien disposé à notre égard. Je ne me lasserai décidément jamais des grands garçons dans son genre, qui se recrutent gaiement dans les casernes de pompiers, de CRS, dans les salles de gymnastique ou de boxe. Ailleurs aussi, dans leurs camions, là où les bonnes gens ne peuvent pas les imaginer. Les hétéros conciliants sont partout et plutôt là où on ne les attend pas. Oui, la vie est inimaginable, je me répétais cela en voyant Rodrigo envoyer valser son slip et ses baskets et se présenter, triomphant, à la seconde même où je l'espérais. Que ces bons garçons en veuillent parfois à nos sous n'explique pas comment ils font pour tenir une si belle forme devant nous ou qui voudra.

Les femmes accommodantes n'ont pas de ces problèmes. Depuis Ève c'est le même cinéma, elles simulent l'extase et tous les Rodrigo y croient. Mais nous, les hommes, devons à nos partenaires un minimum de rendement visible au premier coup d'œil. Rodrigo a été à la hauteur des promesses de Jean-Noël, c'est moi qui suis resté en plan juste avant le dernier acte. J'ai eu l'air malin. Un instant, Rodrigo a douté de son pouvoir de séduction, son regard noir s'est assombri encore. J'arrête demain le médicament miracle du docteur E.

Morterolles, 6 juillet

13 heures 49. Stupeur et tremblements. Paris n'a pas les Jeux olympiques. C'était « plié », la fête pouvait commencer et boum. Paucard et Béglé ont gagné, Paris a perdu, ils sont ravis. Le peuple en liesse n'est pas leur tasse de thé, ils la laissent aux Anglais. Je pense à Bertrand d'abord, je suis déçu pour lui qui a mis tout son cœur et l'énergie dont il est capable dans cette folle aventure de concorde nationale. Je pense à Bertrand. On reste quand même sidéré de ce spectacle planétaire où l'on voit des ministres, des présidents, des rois, des reines, des dictateurs et des voyous s'humilier pour complaire à une bande, pour quémander des voix, toute honte bue.

Le sport a toutes les excuses, les foules lui pardonnent tout, il est splendide souvent, mais c'est en son nom aussi que l'on fracasse l'adversaire et les arbitres, que l'on siffle *La Marseillaise*, que les seringues portent la mort, que l'on joue au foot sans état d'âme sur les cadavres du *Heysel*. Non, décidément, la clique des piliers de bistrot devant la télé, le monde en short et en sandales n'a rien pour me plaire. J'ai été passionné moi aussi par Zidane et Killy, par Christine Caron et

Alain Mosconi, mais le sport n'a pas tous les droits, toutes les vertus. Les jeux sont faits, rien ne va plus. Si, tout va très bien. On ne va quand même pas se taper la tête contre les murs du Stade de France.

Lulu ne m'a pas rappelé. S'il veut jouer au plus malin avec moi, il a perdu d'avance.

Morterolles, 7 juillet

J'ai aimé le bleu comme tout le monde. C'est banal à pleurer d'aimer le bleu, c'est la première idée des faiseurs de chansonnettes, « le bleu du ciel, de la mer et de tes yeux mon amour ». Assez ! Je ne peux plus le voir en peinture le bleu, ni dans le ciel, ni dans « tes yeux mon amour » ; et d'ailleurs les yeux de mon amour étaient verts.

Avec le Rouge Baiser des femmes d'avant, je veux du vert, anglais, Empire, tilleul (non, pas tilleul, trop fade), le vert des wagons d'avant, de mes sapins, tous sauf le vert pisseux des écolos, ces zozos. Si, comme le prétend Thierry Séchan, le vert est la couleur du diable, alors je suis le diable.

Je viens de lui faxer ces quelques lignes qu'il m'a soutirées en me faisant le coup du charme. Je refuse généralement de préfacer des livres, je suis fatigué d'avance à l'idée de me livrer à cet exercice périlleux. Je n'ai pas de temps pour ça, mon journal m'occupe trop. La moindre distraction m'est fatale. Je m'épuise ensuite à rattraper les mots qui m'échappent.

J'avais expliqué cela à Thierry pour justifier mon refus de préfacer ces *Textes verts et divers* que publieront les éditions du Rocher à la rentrée.

– Je te les envoie quand même, tu verras bien.

J'ai vu, j'ai lu et, finalement, quelques mots me sont venus. L'odeur sucrée du Rouge Baiser de ma mère et le vert imprenable des yeux de Stéphane.

Morterolles, 8 juillet

Lily est venue reprendre sa place au bout de mon bureau, près de la fenêtre. Un châle sur les épaules, elle s'occupe à des mots croisés, elle lit *Nous deux* pour se reposer de Guy des Cars. Je ne l'entends même pas respirer. Elle qui a fait toutes les javas du monde sait se tenir tranquille huit heures d'affilée, me laissant écrire sans me poser de questions. Il y a quarante-cinq ans que nous nous connaissons. Stéphane naissait. Elle relit ce matin *La Vie sans lui* en édition de poche. J'ai voulu l'en dissuader :

– C'est trop triste, Lily, lui dis-je.

– Je sais, m'a-t-elle répondu, mais il était si beau...

Ma mère aurait pu se fâcher, me reprocher d'avoir fait changer le marbre de la tombe à Saint-Pardoux pour de la pierre plus austère et plus noble. Francis, mon beau-frère, m'assure au contraire qu'elle a été émue ; elle si peu sensible pourtant à tout ça l'aurait même trouvée belle. Elle a aimé la rose en bronze que nous avions choisie Serge T. et moi. Au détour d'une conversation, elle me le dira peut-être. Rien n'est moins sûr.

Le trousseau de clés de Stéphane n'ouvre plus aucune porte ici, ni les portails du parc ni les granges. Je voulais l'offrir à Christophe, le jardinier, en gage de confiance, comme un flambeau de la jeunesse. Trop tard.

Morterolles, 9 juillet

Minuit 20, la nuit dernière.

– Tu me racontes le prof de gym brésilien ?

Julien veut des détails, il se régale de mes amants dans tous leurs états et de moi dans les miens. Il ne l'avoue pas, mais ces affaires-là l'excitent, il dit que ça le fait rire, il s'écrit « ah bon ! », jouant l'innocence outragée. Et il en redemande...

– Explique-moi bien les positions, ce qu'il te disait... et tout ça...

– Enfin Julien, pourquoi es-tu si curieux ? Je croyais qu'il n'y avait que les filles qui te faisaient bander ?

– Oui, mais ça m'amuse, mon Miam, ça m'fait quelque chose quand c'est toi qui m'racontes... et puis tu racontes bien...

Pour ne pas le décevoir, j'enjolive un peu, comme les pêcheurs marseillais de Pagnol. Mes poissons ne sont pas toujours aussi frétillants que le professeur de gymnastique.

– T'as fait quoi hier ? T'étais avec qui ?

C'est sa première question chaque fois qu'il me téléphone. Julien est persuadé que je suis un irrésistible débauché, que ma vie est un lupanar.

– Allez dis-moi, le mec qu'on voit sur Internet derrière toi à la soirée du ministre du Budget, tu te l'es fait ?

Julien rêverait que je puisse lui raconter jusqu'au bout de la nuit des histoires affolantes de sexe. La seule chose qui passionne vraiment les adolescents. Il n'est pas jaloux de mes étreintes ; ce qu'il ne veut pas, c'est qu'un autre que lui me dise « je t'aime ».

J'allais me coucher. Je venais d'éteindre les abat-jour et souffler la bougie de Stéphane quand le téléphone sonna...

– Tu me racontes le prof de gym brésilien ? Tu me l'as promis...

Je n'étais pas très flamboyant. Lily dormait, l'heure n'était pas à l'érotisme et Julien est venu me chercher sur le fauteuil où je le basculais l'an dernier.

– Et puis tu sais quoi, mon Miam ? Y a trois filles qui m'ont coincé dans les toilettes de la fac, une Russe aux cheveux rouges super-canon, et deux pouffes marseillaises.

– Et alors ?

– Ben, je m'suis laissé faire. Les filles elles sont chaudes par ici, pire que les mecs, surtout les Russes et les beurettes.

– Donc tu t'es fait violer par trois filles, raconte-moi...

Julien à son tour m'a allumé, je devrais dire rallumé. Il y avait des semaines que le feu ne m'était pas monté aux joues, mon ventre s'est creusé, le sang dans mes veines s'est réchauffé. Du vertige qui s'ensuivit, j'avais perdu le goût.

– Est-ce que tu m'aimes ? m'a demandé Julien.

Je pouvais aller me coucher. J'ai repris un livre de Jean-Claude Pirotte. Une autre ivresse, celle des mots qui consolent. Je me suis endormi rassuré d'être vivant.

Morterolles, 10 juillet

Serge T., resté à Paris, m'annonce, comme si cela devait m'impressionner, qu'il a pris un verre sur le boulevard des Italiens avec Rinaldi. Insupportable mondain, il tient à ses mauvaises habitudes. S'il savait ! En post-scriptum de la lettre saignante que j'adressais l'hiver dernier au bel Angelo, coiffeur pour dames au *Figaro littéraire*, j'écrivais ceci qui aurait dû l'alerter : « Que Serge T. cesse de faire l'andouille avec vous, il sait votre duplicité, vos manigances. »

Comme quoi, rien n'y fait. On a beau prévenir les malheureux qu'on va les prendre pour des cons, au café du Commerce ils sont si seuls qu'ils boivent avec n'importe qui.

Si je notais ici ce que ma chère Lily, qui vote socialiste depuis le congrès de Tours, pense des attentats à Londres, de ceux qui nous guettent à Paris, et la solution radicale qu'elle propose à tous les ministres de l'Intérieur pour venir à bout des « terroristes présumés », si je rapportais mot à mot ce qu'il faut en faire de « ceux-là qu'on attrape », nous tomberions évidemment, elle, moi et mon cousin Vincent qui l'approuve, sous le coup de la loi Gayssot.

La démocratie est obligatoire au Luxembourg où l'on vote aujourd'hui par référendum pour ou contre la Constitution européenne. Comme en Belgique, en Suisse et ailleurs, il faut y aller sous peine d'amendes sévères. De prison bientôt.

Au fond, les peuples ont si peu le sens civique qu'il faut faire « leur bonheur malgré eux ». Les gens de l'Est, par exemple, ne se ruent pas vers les urnes. Ils sont restés des moujiks nostalgiques. Partout et pas seulement en Europe, le « c'était mieux avant » prévaut. Les Iraniens ne nous l'ont pas envoyé dire. La démocratie est une vaste rigolade qui tourne mal parfois, la démocratie obligatoire porte en elle la bêtise et la perversion. Vive le roi ! s'écrient les Bulgares.

Morterolles, 11 juillet

Le quotidien *Le Soir*, de Bruxelles, se demande si je suis « génial ou insupportable ». Que la question se pose me fait sourire. Il m'avait semblé que tous les génies étaient insupportables, par principe. C'est leur gloire, leur privilège. Il y a, en revanche, beaucoup de gens insupportables qui n'ont pas l'excuse d'être géniaux. Ils paradent pourtant, parlent pour ne rien dire, téléphonent à leurs chiens dans le métro. Pis, ils font des enfants.

Bon, admettons que je sois génial. Pierre Vassard qui signe ce portrait critique, plutôt flatteur – « un phénomène », écrit-il –, évoque « mon regard agité, celui d'une bête traquée, ce qui le rend touchant ».

Ce jour-là, au bar de l'hôtel Amigo où eut lieu l'interview, j'étais défait, rongé par l'angoisse. Les diagnostics concordants des médecins, dentistes, stomatologues sur mon cas ne suffisaient pas à me rassurer. « Vous n'avez rien, monsieur, vos gencives sont celles d'un jeune homme, les racines de vos dents impeccables, votre bouche parfaitement saine. » Je comprenais bien qu'on ne peut pas soigner un malade qui n'a rien. J'avais mal, pourtant, ce jour-là, au bar de l'hôtel Amigo, comme tous les autres jours depuis plus de deux ans. Une douleur indicible, lancinante. Inexplicable. Je n'allais pas embêter les journalistes avec ça, ni encombrer ce journal de mes gémissements. Il m'a fallu l'énergie du désespoir, parfois, devant les photographes et les caméras, plus encore pour écrire. Août 2003. Un cauchemar.

Élise, ma dentiste des Capucines, et le docteur E. m'ont peut-être guéri.

Suis-je génial ou pas ? J'aime assez que le journaliste reprenne, pour m'en donner acte, quelques saillies et autres commentaires bienvenus, que l'on peut juger pertinents et, par là même, insupportables comme moi.

« Même dans les passages les plus emportés de son journal comme il n'est pas modeste – il laisse cela à d'autres qui n'ont pas le choix, écrit-il et quand il use du "nous", il précise qu'il s'agit d'un pluriel de majesté, et non de modestie –, il assume avec agacement. L'homme, par exemple, n'est pas grand défenseur du scrutin démocratique : "Tout le monde ne devrait pas avoir droit à ces plaisirs démodés", écrit-il. Et le projet européen n'a pas l'heur de lui plaire non plus : "Il faut voir l'impayable Mme Guigou dans *Istanbul, mon amour.* C'est une partouze qu'on nous promet. Oui, ça va comme ça, j'en ai ma claque de l'Europe, des peuples et des pipeaux. Du pipeau !" assène-t-il, péremptoire. Péremptoire (ce ton péremptoire que je me reproche parfois, convient-il), Pascal Sevran ne peut s'empêcher de l'être. Pour de petites choses parfois, mais aussi à propos d'opinions dérangeantes. Extrait : "Mais enfin, mon cher Gide, tous ces enfants sur vos genoux, ces petits marchands de pistaches, quand même... – Ne vous inquiétez pas, cher Jouhandeau, mon prix Nobel me protège !" Ah, l'heureux temps où Gide pouvait se vanter dans son journal de ses cabrioles tunisiennes sans craindre les ligues de vertu et autres professeurs de morale ! (...) Ce que personne n'osa jamais reprocher à Gide (...) ferait traîner en place publique, voire en cour d'assises, le premier qui entreprendrait aujourd'hui de rapporter par le menu ses ébats singuliers et charmants à Sidi Bou-Saïd ou ailleurs.

« Interrogé sur ce passage, l'auteur le défend sans

l'ombre d'une hésitation. Il plaisante, racontant que, lorsque les très jeunes éphèbes dont aimait s'entourer Gide lui demandaient son nom, celui-ci leur répondait en chuchotant : "Je m'appelle François Mauriac." Puis ajoute, cassant : "Ces enfants savaient très bien ce qu'ils faisaient..." »

Le journaliste du *Soir* de Bruxelles a les yeux bleu pâle. Ça l'intéresse, ces affaires de petits Tunisiens. Il pense lui aussi, et cela l'amuse, qu'ils étaient très dégourdis les petits Tunisiens. Gide d'ailleurs s'en émerveillait, ne nous privant d'aucun détail dans son journal. Pourquoi devrais-je me scandaliser un siècle plus tard de ces jeux charmants de plaisirs partagés ?

Comment ai-je pu porter de ces gilets bariolés façon perroquet, de ces vestes violettes aux poches assorties, avoir les cheveux jaunes et me trouver fringant ? Stéphane aurait dû m'interdire ces excentricités qui n'ont d'excuses que la jeunesse.

France 2 rediffusait avant-hier, avant le journal du soir et pour la centième fois, des séquences d'un de ces bêtisiers qui font la joie des téléspectateurs à nos dépens. Je ne l'aurais pas regardé si Philippe ne m'avait pas alerté, hilare de me voir éructant tel un de Funès de kermesse. Je jouais ma caricature. J'en rajoutais pour les chansonniers. Les caméras tournaient, je le savais, je faisais le fou, j'étais heureux. Insupportable ?

Morterolles, 12 juillet

Mes rêves sont des cauchemars, depuis l'enfance je me bats contre eux. Mon visage porte les traces de ces combats perdus.

Je ne veux plus me voir au réveil, il n'y avait que Stéphane pour me trouver beau à cette heure-là. Et Julien.

– Enlève les mains de tes yeux, me hurlait-il en sautant sur mon lit, t'es beau, mon Miam, même le matin.

C'était l'été dernier ici, dans cette chambre où je mourrai, si les choses arrivent aussi gentiment que possible.

Il m'aura fallu trois mois pour ouvrir et lire deux lettres de Philippe. Elles sont datées des 5 et 7 avril à Paris. Je n'allais pas mieux que lui.

« De Paris, le 5 avril,

« Comme si la fatigue me rattrapait, pour finir. Comme si le corps payait ses excès, ses trop nombreux voyages et que je ne savais plus quoi en faire de ce corps-là, sinon le confier au hasard, à nouveau. Comme si ça lâchait, dans des profondeurs vertigineuses. Un passage à vide, un peu effrayant. La nécessité absolue, impérieuse, de me tenir dans la solitude, dans le silence. Ces plongées mystérieuses ne sont pas nouvelles, je sais d'où elles viennent. Et puis je remonte à la surface. On remonte toujours. Pardon de t'avoir inquiété, pendant ces jours de mutisme. Mais si j'avais parlé, tu aurais été plus inquiet encore. Merci pour ton affection, jamais prise en défaut. Je t'embrasse. »

« De Paris, le 7 avril,

« Le jeudi, je n'ai pas vraiment eu peur. J'ai pensé : c'est la fatigue. Oui, ce sont des choses qui arrivent quand on est fatigué. Ça arrive à tout le monde, pas juste à moi. Tout de même, j'ai jugé plus prudent de ne pas prendre l'avion, le lendemain. J'avais bien le droit de faire faux bond, moi qui tiens toujours mes engagements, moi qui suis à l'heure tout le temps. Le vendredi, ça a recommencé. Le saignement de nez. Mais beaucoup plus fort, celui-là. Beaucoup plus long aussi. Je me suis souvenu d'autres hémorragies, en un autre moment de ma vie. Je me suis souvenu que le sang coulait et qu'il fallait longtemps avant que ça s'arrête. Je me suis souvenu que ça m'avait pris six mois de ma vie, que ça m'avait fait cheminer au bord d'un précipice. Alors j'ai pris peur. Et c'était la même peur qu'avant, celle de ne pas se relever. J'ai raconté cela dans un livre, j'ai toujours prétendu que j'avais inventé cette histoire, sauf à toi à qui j'ai appris la vérité, un soir à Limoges. Je me suis souvenu de l'affolement de ma mère, quand le corps lâchait devant elle. Tu connais cela par cœur, je n'insiste pas. J'ai eu peur pendant trois jours. Lundi, en fin d'après-midi, j'ai su que tout était normal. Que ma peur était infondée, irraisonnée. J'ai pu remonter à la surface. Le corps a pris du repos, les saignements ont cessé, tout va bien. Il n'y a rien à craindre, crois-moi. Voilà, je t'écris ce que je n'ai pas pu te dire. Je t'embrasse. »

Morterolles, 13 juillet

Sur une plage quelque part du côté de Soulac-sur-Mer, Pierre S. relit Proust, qu'il connaît par cœur, en attendant la deuxième partie du *Privilège des jonquilles* que Marie « saisit » sur son ordinateur. *À la recherche du temps perdu*, les pieds dans l'eau, le nez dans le sable. Proust à la plage, je n'y aurais pas pensé. Pierre S. qui se « tape » toute l'année des manuscrits de poétesses ardéchoises ou de paysans corréziens, saisis eux aussi par la débauche, a bien le droit de se détendre un peu. Et qu'y a-t-il de plus reposant que madame Verdurin qui vaut bien la femme du Duc, et Combray, Morterolles ?

Le titre provisoire de ce journal s'est imposé d'emblée, cette unanimité m'inquiète. Et si *Le Privilège des jonquilles* était trop printanier ? À ce jour, je n'ai pas trouvé mieux. Nous verrons bien ce que m'inspireront les rouges de l'automne à venir, ou les matins glacés de novembre, ma belle mélancolie.

« On veut toujours être plus vieux d'une saison, on a tort », disait notre mère aux enfants impatients que nous étions.

Les mêmes qui, hier encore, vénéraient Bertrand, reprennent sans pudeur le petit refrain à la mode ces jours-ci : « Il n'aurait pas dû dire ça, ça ne se fait pas de dire ça comme ça sur ce ton-là », etc.

Il n'aurait pas dû dire quoi, au juste ? Que les valeurs de l'olympisme n'ont pas été le seul critère de sélection à Singapour ? Qui le nie ? Quel imbécile n'aurait pas compris ?

D'accord, Bertrand a perdu, il ne sera pas roi du monde (prince de Paris, ce n'est déjà pas si mal), il devra l'admettre, ses opposants se chargeront d'ailleurs de le lui rappeler à chaque occasion, et comment le leur reprocher ? Mais que l'on cesse de l'embêter ; le fair-play des Anglais est une ruse, un truc de supporters de football. On ne nous fera pas croire à leur angélisme, ils se foutent du monde dans les grandes largeurs, de l'Europe surtout, ils n'en font qu'à leur tête, ne comprennent que leurs intérêts. Ils auraient tort de se gêner puisque nous nous couchons devant eux. Si j'étais anglais, je voterais Tony Blair.

Morterolles, 14 juillet

Les chevaux ne vieillissent pas. Je me disais cela, qui est faux, en voyant courir Tarzan dans le grand pré où Stéphane a dû l'abandonner un matin de l'été 1998. Les chevaux n'ont pas de mémoire, est-ce pour cela qu'ils ne changent pas ?

Julien, qui ne doute de rien et me croit tout-puissant après Dieu, me demande de lui présenter la chanteuse Madonna sous prétexte qu'il la trouve « super-bandante ». Il ne se paye pas ma tête, il est simplement un peu exalté, surtout la nuit au téléphone.

Avant de s'installer devant son ordinateur, Marie me demande quelques précisions quant à l'orthographe du nom des écrivains de ma liste du 28 mai. Pudlowski et Houellebecq, cela ne va pas de soi j'en conviens.

– Je voudrais les saisir correctement, me dit-elle.

Allons-y, saisissons-les. Comme une viande, une perche ou une plaisanterie... Nous avons le choix. Ma répugnance à employer ces verbes dévoyés par les nouvelles technologies est vraiment démodée. Même Renaud Camus, qui fait un drame du point virgule et du baragouinage ambiant, trouverait que j'exagère. Ai-je recommandé aux amateurs éclairés de la langue française et, accessoirement, aux instituteurs chargés de l'enseigner et que cela pourrait intéresser, de lire d'urgence *Du sens*, une suite lumineuse de mots remis à leur place, dans le bon sens, le bon goût ? École, instituteur, ces mots-là ont-ils encore un sens ? Sait-on qu'il y a des lycées Pierre-Perret et pas une cantine Paul-Léautaud ? Le chanteur devrait s'en émouvoir.

Ma mère craint qu'une main malveillante n'arrache la rose de bronze que j'ai fait sceller sur la tombe. Elle est très contente (et me l'a quand même dit) de ce que j'ai fait changer à Saint-Pardoux. Puis elle relève, mine de rien, que tout cela est mieux entretenu depuis que Francis, son gendre, s'en occupe.

Je n'en reviens pas d'aller si bien.

Morterolles, 15 juillet

Je croyais avoir jeté la photocopie de ma lettre au bel Angelo R., datée du 22 mars, et je la retrouve en vidant mes tiroirs déjà vides, en fouillant mes dossiers de banques, d'assurances périmées et autres notes de lecture. Ma douce folie du ménage est un plaisir, presque une joie, dont je ne me lasse pas. Un besoin impérieux.

J'avais photocopié ces quelques lignes espiègles dans l'intention de les faire lire à Serge T. Il les découvrira en lisant ce journal. Je les publie pour le voir rire jaune :

« Oui, mon cher maître, j'ai dit des choses déplaisantes sur vous à notre chère Cécile, des choses déplaisantes que je ne lui ai pas interdit de vous rapporter. Hier encore, je ne voulais pas entendre ce qu'on dit de vous à Paris, de votre mesquinerie, de vos petitesses, de la jalousie morbide qui vous ronge. Philippe Besson a raison : il faut vous plaindre un peu. Hier encore, je vous défendais de mon mieux avec mon cœur et mes pauvres mots, ceux que vous m'avez vivement encouragé à publier dans mon journal 2004. “Ça restera”, me disiez-vous, avec un enthousiasme pour mon œuvre qui m'a amusé. Bien amusé. “Ça restera.” Je n'ai pas besoin de vous, mon cher maître, ni de vos conseils, ni de votre bénédiction.

« Je vous prie de croire, malgré tout, à mes bons sentiments désolés. »

Bertrand au téléphone cinq minutes avant de recevoir le président Lula, pour prendre de mes nouvelles et me donner des siennes. « J'ai dit ce que les Français pensent en majorité... Il y a d'ailleurs dans *L'Équipe* de mardi un papier remarquable de précision sur les manœuvres de couloirs à Singapour et qui va encore plus loin que mes discrètes allusions, alors bon, finalement, je ne regrette pas. »

« Est-ce que vous parlerez de moi dans votre prochain journal pour me prouver que vous m'aimez (un peu ?). J'aimerais tant que vous me kidnappiez à Morterolles. Nous serions seuls. Je ne veux pas vous partager. Vous pouvez m'appeler Anthony puisque c'est mon prénom. » Il a de la suite dans les idées, le jeune homme. Je l'avais baptisé Martin l'an passé pour ne pas le gêner. Sa lettre commençait joliment par cette question charmante : « M'en voulez-vous de vous aimer ? »

Qui nous aime vraiment ? La lancinante question des hommes.

Et comme un écho à nos doutes, ceci dans les *Carnets* de Paul de Roux du 2 septembre 1991 : « On parle toujours comme si on était seul au monde. Qui vous y oblige, si ce n'est votre situation même ? Et c'est parce qu'il est seul au monde que le lecteur se découvrira dans ce que vous écrivez. On est seul au monde à lire et à écrire. »

Il y a des garçons et des filles qui nous aiment à notre âge, avec nos blessures, un peu défaits, et ce kilo de trop à la ceinture, et ces rides à nos yeux qui nous donnaient autrefois ce petit genre Robert Redford qui bouleversait Stéphane. Oui, il y a des garçons et des filles qui nous aiment comme ça, et c'est miraculeux. On appelle ça l'amour, parfois. Et puis, il y a les autres, des garçons et des filles à qui l'on donne cent euros, une poignée de dollars, parce qu'ils les valent et que ça nous simplifie l'existence. On appelle ça le sexe, et c'est très bon pour la santé.

Morterolles, 16 juillet

D'abord on se frotte les yeux, on se dit qu'on est sûrement mal réveillé ; on fronce les sourcils, signe chez nous d'une intense réflexion, et l'on relit une troisième, puis une quatrième fois ce titre triomphant, vraiment inespéré : *Le Havre classé au patrimoine mondial de l'humanité.* On s'écrie : enfin ! On bondirait de joie si ce n'était le plateau du petit déjeuner ; on est au bord des larmes de bonheur. Les gens de l'Unesco (ce sont eux qui décident, nous l'apprenons) ont eu cette audace qui les honore : classer Le Havre au patrimoine mondial de l'humanité. Ils ont osé cela qui nous surprend au saut du lit.

Bêtes comme nous sommes, nous n'y aurions pas pensé, c'était pourtant l'évidence même, elle nous a crevé les yeux ce matin en ouvrant le journal. La photo qui illustre l'article si beau du *Parisien* nous confond. Autant le reconnaître sans barguigner : à côté du Havre, Venise est un genre de bidonville entouré de caniveaux. Le Havre mon amour. Ville martyrisée d'où partirent pour l'Amérique les plus beaux paquebots du monde, nous y pensons parfois. Nous l'aimons pour ses ouvriers des chantiers, ses marins affolants, ses amoureux sur les quais que Ferré chantait autrefois. Oui, Le Havre des chansons et des passagers clandestins, et nous étions triste pour elle de tant de malheurs. Nous n'avions pas compris que le bétonneur armé chargé d'effacer les horreurs de la guerre, l'Auguste Perret, avait réalisé un chef-d'œuvre qu'il faut regarder désormais avec le respect que l'on doit au pont du Gard, au Mont-Saint-Michel, au château de Versailles, classés eux aussi, on se demande pourquoi, au patrimoine mondial de l'humanité. On imagine la déception, l'humiliation que doivent ressentir les bienheureux locataires de la Cité radieuse à Marseille, de celle des 4000 à La Courneuve, d'autres ailleurs tout aussi adorables. Il faudra réparer cette injustice au plus vite et nous comptons sur les gens de l'Unesco. On peut leur faire confiance. Mais où habitent-ils ?

Petite revue de presse, suite.

Il y a des matins comme ça où la bonne humeur se faufile partout. Je ne sais pas ce qui m'a pris de lire la longue interview de Catherine Rollet, démographe émérite, que publie *Madame Figaro.* A priori, l'état du monde en 2100 me laisse froid, et pourtant comment ne pas sourire en apprenant « qu'il a manqué

102,2 millions de femmes sur terre, qui auraient dû naître en l'an de grâce 2000, et que dans le nord de l'Inde il y a des villages entiers composés uniquement de garçons » ? Est-ce si grave ? N'y a-t-il pas assez d'enfants malheureux sur terre ? On relève d'ailleurs dans cet article fort sérieux que les Chinois maintiennent « la politique de l'enfant unique », ce qui nous réjouit mais inquiète Catherine Rollet car les Chinois ne veulent pas de filles. Ils savent pourtant que sans fille, pas de garçon. C'est une affaire qui remonte à la nuit des temps. Ne nous affolons pas.

Morterolles, 17 juillet

L'institutrice très pointilleuse quant à la ponctuation de mes livres, aux fautes d'imprimerie qui peuvent s'y glisser, m'adresse trois fois par an des lettres pertinentes et drôles. J'envie ce don-là, que je n'ai pas : écrire des lettres. Cinq pages, ce matin, serrées de commentaires et de considérations littéraires, une précision sans importance : « Je ne suis pas lilloise mais niçoise », et puis ceci :

« Votre ami Serge T. est un original. L'affection qu'il vous porte nous le rend sympathique. Si je n'avais pas l'âge que j'ai, j'aurais volontiers demandé à voir ses collages japonais. Mais il faudrait quand même que quelqu'un lui dise qu'il est contraire aux bonnes mœurs de déposer une rose en tissu sur la tombe d'un aventurier qui a pris la précaution de mourir jeune afin sans doute d'échapper à notre décadence. Une fleur en tissu... Et pourquoi pas un slip en nylon, des tongs en plastique ou un hamburger ? Non. Pour Rimbaud, qui ne devait pas faire une fixation sur la durée, il fallait une rose du jardin. Une fleur vivante avec, en son cœur, en guise de rosée, une larme. La rose aurait duré ce que durent les roses et les poètes : l'espace d'un matin, ou une éternité. »

Ai-je écrit quelque part que Serge T. réalisait des collages japonais ? Lui qui ne jure que par les tirailleurs sénégalais, qui déteste autant que moi ce qui de près ou de loin touche à l'Asie, ses couleurs, ses coutumes, ses mœurs. Les manières doucereuses de ces gens-là ne lui inspirent que méfiance, les gros bouddhas, les geishas soyeuses, les chinoiseries le font s'enfuir. Nous sauverons les supplices et la cuisine. Raffinés.

Je suis ignare comme il n'est pas permis. Pierre S., que je croyais épater en lui vantant le génie de l'Auguste Perret, m'a répondu aussi sec que le théâtre des Champs-Élysées, « ce n'était pas si mal ». Paucard, qui bouffe de l'architecte comme d'autres les curés, m'apprend que l'Auguste ne fut pas le pire des bétonneurs.

– Ça te donne une idée des autres, me dit-il.

Est-ce la canicule parisienne ? Je l'ai trouvé un peu mou au téléphone, mon cher Paucard, un président des ronchons résigné au sacre de la laideur, au Havre comme partout.

Quant à Philippe, bobo enchanté par principe de mes indignations (qu'il feint sournoisement de ne pas toutes partager alors que...), il pense, pour les avoir vues, que la grande muraille de Chine et les pyramides d'Égypte ne tiennent pas la comparaison avec Morterolles qui pourrait prétendre, selon lui, à cette gloire universelle, « le patrimoine de l'humanité » et, en particulier, la devanture du salon de coiffure, chef-d'œuvre d'harmonie qui vaut le détour, en effet. Pour l'éviter.

Morterolles, 18 juillet

Ce journal qui se traînait au printemps s'emballe, me semble-t-il. Plus que de raison ? À me relire, je souris de moi, de mes idées simples et finalement de cette franchise qui me vaut tant d'amour et d'inimitiés. Je suis joyeux car je n'ai pas envie de séduire mes ennemis. C'est de les faire enrager qui m'amuse. Ennemis, un mot trop gros pour moi. Un gros mot. J'écris pour mettre mon grain de sel sur la queue des oiseaux. Autant en cmporte le vent.

Je ne peux plus supporter ces discours qui commencent, continuent et finissent par « les Françaises et les Français », ces braves gens de la Résistance et de l'épuration, ce peuple admirable. Sa bonté, son courage. La courtoisie, la propreté, le sens du devoir et pour tout dire le génie des « Françaises et des Français ». Assez !

Je n'en peux plus de les entendre radoter, les présidents et les ministres, les secrétaires du parti socialiste, le facteur de Neuilly, le paysan du Larzac, le maire de Paris et ses copains. « Vive les Parisiennes, les Parisiens », « Vive les Françaises et les Français », ça va. Ça rime à quoi cette démagogie pleurnicharde, ce sexisme à l'envers ?

Nous ne sommes pas complètement idiots, nous avons bien vu qu'il y a en France des femmes remarquables et qu'elles ne comptent pas pour rien. Elles sont médecins, ingénieurs, écrivains, peintres, procureurs ; elles sont nos mères. Alors, de grâce, qu'on nous épargne ce féminin superfétatoire. Les Françaises sont des Français comme les autres.

Le Havre encore. Paucard poursuit par fax mon éducation piteuse.

« Perret ce n'est pas mal (le théâtre des Champs-Élysées, le Conseil économique et social, le Mobilier national), mais la grande connerie fut de ne pas comprendre que les immeubles du front de mer servaient de pare-vent. Maintenant, les Havrais s'envolent dans de larges avenues courant d'air. »

Ce que ma chère Christine Clerc m'a confirmé en me rappelant opportunément qu'elle est native du Havre et qu'elle en garde un souvenir atroce et mélancolique, un goût d'enfance inoubliable aussi.

– Une architecture des rues et des immeubles façon La Rochelle aurait été mieux appropriée, plus élégante bien sûr, mais que veux-tu, si cette distinction peut rendre un peu de fierté aux Havrais, j'en serai contente. Rufenacht a bien joué...

Cet homme-là, en effet, mérite d'être réélu à vie. Quand on réussit un tour de force pareil, on est Merlin l'Enchanteur. Le rire de Christine me console. Paucard, que la gaudriole ne laisse pas indifférent, me précise que Perret eut une maîtresse en commun avec Paul Léautaud : Marie Dormoy. Il ajoute en post-scriptum cette pensée d'un penseur de ses amis, Nicolás Gómez Dávila : « La société moderne s'avilit si rapidement que chaque matin nous contemplons avec nostalgie l'adversaire d'hier. Les marxistes commencent à nous apparaître comme les derniers aristocrates de l'Occident. »

Morterolles, 19 juillet

Le docteur E. en a pris son parti, il s'installe à mon bureau et il m'écoute. En somme, c'est moi qui mène la consultation. Je le bombarde de questions, je lui suggère des solutions à mes maux insolubles. Je parle assez vite pour ne pas l'impatienter, mais clairement afin qu'il me comprenne bien, qu'il réalise que mon cas n'est pas banal, voire désespéré. Il m'écoute, je vois bien qu'il m'écoute, mais comme il peut faire deux choses à la fois, il regarde la photo de Brigitte Bardot, éclatante de beauté, accrochée à mon cou. Il s'extasie puis il me dit que maintenant, malgré tout, il préfère Monica Bellucci. Je le supplie de se concentrer sur mon cas, bien plus intéressant et, finalement, je lui tends mon bras.

– 12,7, impeccable !

– Comment ça, impeccable ? D'habitude j'ai 13,8...

– Oui, mais ce matin c'est 12,7.

– C'est grave ?

– Oui, très grave...

Julien a enfin reçu son passeport, son premier passeport. Il n'a l'intention d'aller nulle part si ce n'est à Morterolles et encore, ce n'est pas certain, mais il rêvait d'un passeport. Il est déçu car « ils ont osé marquer Union européenne avant République française ». La folle envie d'Europe de la jeunesse.

Morterolles, 20 juillet

Le taulier du cabaret de la rue Fontaine faisait passer les auditions aux filles dans son bureau encombré de plumes d'autruche et de soutiens-gorge à paillettes. Il ressemblait à un taulier, moustache libanaise, cigare mâché, bagues et dents en or. Un film.

– Déshabille-toi ma petite... entièrement... la culotte aussi, tourne-toi, marche un peu, pas trop vite... Bon ça ira, tu commences ce soir, tu feras une libellule au deuxième acte...

Je ne me lasse pas d'entendre Lily me raconter depuis quarante ans ses débuts au music-hall, avant la guerre et pendant, rue Fontaine à Paris.

– Fallait bien bouffer, dit-elle. Fallait pas la ramener. On se marrait quand même...

On les appelait les « petites femmes de Paris », le taulier était un genre de médecin du travail, en somme. Lily était libellule en 1942, elle a fini bleuet à la Libération, après elle a chanté dans les cours.

– Je peux dire que j'ai eu une belle vie...

Souvent Lily dit cela. À la veille d'être centenaire, elle pourra se réjouir encore d'avoir eu une belle vie en buvant du porto à notre santé.

Morterolles, 21 juillet

Comment un homme qui associe Central Park à l'idée même du bonheur (pas le bois de Vincennes, non, Central Park), et si possible écrasé de chaleur, ou La Havane figée dans sa « splendeur coloniale », un homme qui « craque » pour les chats, qui les « adore » même – c'est la pose obligatoire du grand écrivain –, que l'odeur du tabac froid après une nuit de palabres et peut-être d'amour enivre ; comment cet homme-là, qui s'ébaudit de la « malice » des chats, a-t-il pu un jour se décider à lire mes livres, et par quel dérèglement à les aimer beaucoup, à me le faire savoir et, finalement, à devenir mon ami, mon frère ?

– Je suis dans *Elle*, m'a-t-il dit, je crois que la photo te plaira puisque tu m'as expliqué cent fois que seule la photo compte, que les bavardages on s'en fout. Donne-moi ton avis...

Oui, la photo est bonne. Philippe se ressemble assez, les bras croisés, sage comme à l'école à Barbezieux il y a trente ans, le sourire fripon. Mais les bavardages de Philippe ne sont pas des bavardages... Durassien, un rien exténué parfois... Certes, mais il dit pour vanter Buenos Aires qu'il trouve très européenne : « Et puis il y a le tango, des vieux couples qui dansent près du cimetière, c'est magique. »

Il trouve « magique » aussi *Les Âmes grises*. « Magique », c'est parler comme les bonnes... l'adjectif lui aura échappé. Oui, comment un homme si follement cosmopolite, qui est « heureux » à New York, peut-il vivre à Châtelaillon-Plage en Charente-Maritime, si loin de Central Park, et me suivre au cimetière de Saint-Pardoux ?

Philippe veut plaire et, comme il est très plaisant, il plaît et, s'il faut faire encore mieux, il n'hésitera pas à rajouter un cendrier qui déborde dans le décor et un chat noir sur ses genoux.

Philippe me tue.

Il ne fume pas, il n'a pas de chat et si Delphine Seyrig, « cette femme aux contours imprécis, évanescente », le fait frissonner de désir, il a « de très beaux souvenirs des garçons de La Havane », et il a peur avec moi de ce que « la ville deviendra si elle est livrée un jour aux bétonneurs américains ou espagnols, donc à la laideur, à la modernité ».

Ouf ! Sur ce ton-là nous nous retrouvons, Philippe et moi. Les dictateurs ont cela de bien qu'ils nous laissent des monuments grandioses et qu'ils sont très conservateurs. Oui, que Castro protège la « splendeur coloniale » de La Havane et nous lui pardonnerons beaucoup.

Philippe me tue.

Bertrand gagne six points d'opinions favorables dans un sondage du *Point* qui le place en tête de toute la classe politique. S'il avait remporté les Jeux olympiques, il aurait été élu président de la République par acclamations. Ses petits copains de la rue de Solférino n'en ont pas fini avec lui.

Jeanne Moreau s'est fait couper les cheveux. Il était temps.

Brigitte Bardot étouffe à Saint-Tropez. « Ce soleil de merde, ce vent chaud, je n'en peux plus... », me dit-elle, tandis que je la regarde danser le mambo infernal qui fit tant rêver le docteur E. La télévision rediffusait *Et Dieu créa la femme*, « la fille du soleil et du vent », comme disaient les journaux, attend l'automne.

– Dès que j'aurai fait réparer mes hanches, je vous promets de venir à Morterolles inaugurer mon square...

Morterolles, 22 juillet

Un journaliste au téléphone : « Donc vous vous ressourcez à Morterolles tout l'été ? »

Non, je ne me ressource pas, je me repose de la vie parisienne, je me détends si l'on veut, je m'apaise mais je ne me ressource pas. Je ne peux plus entendre ce mot-là qui m'écorche les oreilles, ni le lire dans les journaux qui nous veulent du bien.

C'est un mot français, ce n'est pas une raison pour le mettre à toutes les sauces de barbecue. Se ressourcer... et pourquoi pas dans le Gersse ? Il y a des mots comme ça qui font fureur au camping des Flots bleus, on se ressource à la queue leu leu, en famille. Partout on se ressource. « Ils l'ont même dit à la télé. »

J'ai dû me fâcher pour que Christophe veuille bien mettre une casquette quand il fait près de quarante degrés au soleil. De quoi je m'occupe ? En quoi me regarde la tête de lard d'un jardinier, si charmant soit-il ? Ce côté protecteur que l'on me réclame, on me le reproche parfois. Ceux-là prennent un risque : ma capacité à l'indifférence est à la mesure de mes enthousiasmes. Il faut s'en méfier ou s'enfuir.

Morterolles, 23 juillet

16 heures. Julien appelle ça des bêtises.

– J'ai rendez-vous avec Irina, l'étudiante russe de la fac. Elle me colle mais bon, elle est bien gaulée.

Il a dit « gaulée ». Mon père le disait aussi.

– Comment ça, des bêtises ?

– Ben oui, tu vois bien c'que je veux dire, un garçon de dix-neuf ans pendant les vacances avec une rousse assez chaude ? Et en plus tu sais quoi ?

– Non.

– Elle veut un bébé tout de suite. Tu te rends compte ? Elle est folle !

Oui, les filles sont folles de vouloir faire des bébés avec des garçons qui sucent encore leur pouce. Julien ne cédera pas, il appartient à la génération caoutchouc obligatoire et n'a pas du tout envie de l'enlever pour faire un bébé à une étudiante un peu pressée. En attendant, qu'il s'amuse, c'est de son âge en effet, et qu'il me laisse écrire.

– Je t'rappelle ce soir, je t'raconterai...

Julien est un bébé.

Quand on est aussi inculte que je le suis, on pense que le Kazakhstan est une danse follement entraînante, un genre de french cancan que l'on danse chez Raspoutine rue Bassano, à Paris, en poussant des cris de moujik, où l'on s'accroupit en tapant du pied pour rebondir dans le verre de vodka du spectateur de la première table. Du folklore. On se trompe. Le Kazakhstan existe, c'est même un pays, « le nombril de l'Asie centrale », précise *Le Figaro Magazine*, photos à l'appui. Magnifiques, les photos, preuves éclatantes s'il en est que, décidément, les dictateurs ont un goût très sûr en architecture. « Dans la plus pure tradition stalinienne », le ministère de l'Énergie dégage une énergie, justement, une sombre grandeur. La capitale du Kazakhstan se nomme désormais Astana (je recopie *Le Figaro Magazine*), une ville à la gloire du président Nazarbaev. Son palais est un miracle d'harmonie, de force, les logements sociaux des tours vibrantes, pas des cubes empilés. Messieurs Nouvel et Castro pourraient prendre là-bas une leçon d'humilité et revoir leurs plans foireux. Que viennent à nous les bâtisseurs kazakhs repenser nos villes, nos bidonvilles et nos opéras, nos ministères des Finances et, s'il leur reste un peu de temps, la place de l'église à Morterolles.

Le Kazakhstan donc, « nombril de l'Asie centrale ». On ne tardera pas à nous expliquer que ce nombril-là est le cœur même de l'Europe.

19 heures. Une dame brune de mes amies d'autrefois, une autre Christiane qui chanta sur des bateaux en Norvège, se fiança à Helsinki avec quelque attaché d'ambassade. Elle était avec nous le dernier été de Stéphane, elle est revenue ici où tout a changé. Je l'emmène au cimetière. Stéphane l'aimait bien, mon père aussi.

Morterolles, 24 juillet

Je suis humilié de porter un prénom de fille, portable aussi par des garçons mais qui résonne d'emblée au féminin. Je suis puni d'avoir cédé à la mode de ces années-là, pour faire le mariole. Mes parents n'auraient jamais eu l'idée de me baptiser Pascal. Il faut être dérangé pour donner à son fils le prénom d'une fille. Oui, je suis humilié et c'est bien fait pour le nigaud que j'étais à vingt ans.

On chercherait en vain chez moi la fameuse part de féminité qui fait jacasser les psys et les rédactrices de mode. Je ne suis pas de ces hommes qui se vantent de leur côté féminin, ce côté-là n'est pas le mien. Il faut laisser aux femmes ce qui fait leur différence. La première qualité d'un garçon, c'est d'être un garçon, justement.

Sur la pierre, on gravera Jean-Claude.

Peut-être ai-je déjà chanté ce couplet-là quelque part. C'est qu'il m'obsède.

Claire Chazal a dit au journal télévisé de 20 heures : « Madame le ministre de la Défense. » « Madame le ministre. » Claire Chazal est une vraie femme.

L'Association nationale pour la protection du ciel nocturne s'inquiète, la photosynthèse ne se fait plus normalement, de nombreuses espèces d'insectes disparaissent. Plus grave : « Les vers luisants ne repèrent plus les femelles qui émettent une lueur plus faible que les lampadaires. » On se doutait à regarder la télévision que le monde n'allait pas très bien, mais le triste sort des vers luisants, leur misère sexuelle, nous n'y avions pas pensé. Sans être mauvais bougre, on ne peut pas penser à tout.

Morterolles, 25 juillet

On ne déjeune pas à Morterolles. L'idée même d'une odeur de cuisine, d'un bruit de vaisselle tandis que j'écris en silence, oui, cette simple idée me dégoûte. La plupart de mes invités ne sont pas des travailleurs de force, ils se lèvent autour de midi. Christiane leur sert un copieux petit déjeuner, après quoi ils peuvent bien attendre le soir pour passer à table. Je suis avec eux de dix-neuf heures à minuit, souvent ravi de leur compagnie. Le reste du temps qu'ils se débrouillent. Il n'y a rien à faire à Morterolles, rien à visiter, rien à espérer sexuellement au camping. Alors qu'ils lisent, qu'ils parlent à mes ânes. Qu'ils réfléchissent, ce n'est pas interdit. S'ils s'ennuient, qu'ils partent vite. Les gens qui s'ennuient m'ennuient.

Les gens qui s'ennuient ici s'ennuieront partout, leur pauvre tête nous ferait pitié si nous ne savions pas que l'ennui est l'alibi des imbéciles. Et les imbéciles ne nous font pas pitié.

S'ennuyer d'une femme, d'un homme, d'un enfant, ce n'est pas s'ennuyer. C'est le vertige de l'amour.

Chardonne nous conseille sèchement : « Une parfaite indifférence pour l'humanité. Et puis chérir ce qui est admirable et rare, et la lumière du jour tant qu'elle vous est donnée. »

Comme toujours, Chardonne tombe juste. « Des phrases courtes, peu d'argent, pas d'ambitions », nous lance-t-il, péremptoire. Jean-Claude Pirotte, qui le vénère autant que nous, lui répond sous « plis perdus » : « Je suis d'accord avec les phrases courtes et le reste. Il n'y a que l'indifférence qui me gêne, ou bien ne l'ai-je pas encore conquise ? Quant à l'humanité, qu'est-ce donc ? Un mot creux, qui me révulse (une huître pourrie). Il n'y a que des hommes hélas. Je ne peux m'empêcher de les détester. Je ne peux m'empêcher de les aimer. Ils me débectent, ils m'attendrissent. Les salauds. Drôles de frères. »

Ne rien ajouter à cela.

Autre chose. De Marcel Arland, le doux fantôme de *La NRF* :

« Mon premier soin, me disais-je, quand je serai dictateur, ce sera, en attendant mieux, de faire pendre haut et court un psychiatre, de préférence un psychanalyste. »

Jean-Claude Pirotte, barbu mal peigné qui aime les femmes et le vin de Moselle, la pluie, a des références littéraires d'un chic fou ; ses livres où je cherche des ombres.

Marcel Arland, un nom qui claque un peu des talons, une silhouette derrière Jean Paulhan. Un écrivain français. Peut-être même qu'il vouvoie Gaston Gallimard et ça nous plaît, cette élégance d'autrefois.

On imagine qu'il s'habillait pour écrire, le débraillé n'était pas son style. On ne sait rien de Marcel Arland, ni même s'il fut de l'Académie, une maison feutrée. Comme ses livres, à voix basse. Berl me parlait de Drieu, beaucoup, de Cocteau, de Colette, de Malraux, de Simenon, de Barbusse, de Proust, de Gide très peu, de Jouhandeau jamais, de Marcel Arland encore moins...

« Il m'aura manqué un faux certificat d'homosexualité que Cocteau me refusa », nous disait-il en riant de son infortune.

Morterolles, 26 juillet

Ce sont d'abord les qualités physiques, intellectuelles, manuelles, un regard, une chute de reins qui attirent notre attention. Nos brèves rencontres, nos amitiés particulières, nos amours même n'ont pas commencé autrement. Dans l'emballement de la jeunesse, c'était à la vie à la mort, « croix de bois, croix de fer ». En avons-nous pleuré des infidèles et des salauds. La vie n'est qu'une suite de ruptures. Si nous l'avions su... Que cachent ceux qui nous séduisent en souriant si gentiment ? La plus belle fille du monde est-elle bête comme ses pieds qui sont grands et plats ? La conversation du maître nageur tient-elle dans son slip de bain ?

Avant d'écrire l'histoire, de rêver notre vie, nous poser quelques questions nous éviterait bien des désillusions. La première impression est la mauvaise.

Christophe travaille avec application, il répond poliment quand on lui parle, je veux croire qu'il soulève sa casquette (qu'il porte désormais) pour saluer les dames. Je me demandais ce matin, en le regardant depuis la fenêtre de mon bureau arroser les roses qui portent mon nom, ce qu'il a dans la tête, quel visage dur il pouvait bien montrer et dans quelles circonstances ? Tuer des poules, des lapins, des canards pour les manger ne lui déplaît pas, il y prend même du plaisir, a-t-il dit à Christiane qui ne s'en remet pas. Je n'aime pas beaucoup non plus la jouissance des hommes qui tuent. Le problème de Christophe est sans doute sexuel, il n'y a pas d'autre excuse à la cruauté. Peut-être aussi s'est-il vanté, c'est un défaut bien masculin. Il m'en a avoué un qui annonce tous les autres : il est natif des Gémeaux. J'aurais dû le pressentir pour en avoir rencontré beaucoup, aimé quelques-uns. Un surtout qui se reconnaîtra. Je ne vois pas chez un garçon de plus belle qualité ni de plus grave défaut que d'être né sous le signe des Gémeaux.

Des nouvelles de Paul-Marie Coûteaux, via Paucard, qui me faxe à l'instant quatre lignes du journal de celui-ci paru cette semaine dans *L'Indépendance*, la gazette des souverainistes, des parias de Bruxelles :

« Puis, me détournant de l'inquiétude, j'achève enfin, commencée il y a un mois, une lettre à Pascal Sevran, dont les messages de déploration véhémente et affectueuse sur le répondeur de mon portable (je ne lui fais pas signe assez souvent) avivent ma sympathie, au sens grec de ce mot, et mon scrupule. Ma lettre a réussi à me distraire encore un peu de mon tracas politique, mais vais-je seulement oser l'envoyer ? Dans le train pour Paris où j'écris ce journal, je m'aperçois que je l'ai laissée à Mirebeau... »

La recevrai-je un jour, la lettre annoncée par voie de presse, d'un homme fin et cultivé, mais par trop désordonné et, pour tout dire, désinvolte ? J'avais cru comprendre, quand il n'allait pas si bien, qu'un signe amical et fraternel lui ferait du bien à l'âme dans le monde de brutes où il vit. Ce cher Paul-Marie ne manque pas d'air, je ne lui ai jamais reproché de ne pas se passionner nuit et jour pour moi, je m'étonne simplement qu'il ne rappelle jamais, ne fût-ce qu'une fois pour accuser réception des bons sentiments qu'on lui porte. La politesse n'est pas un pari impossible à tenir.

Morterolles, 27 juillet

Si quelques bonnes dames des environs, leurs maris et les donzelles alentour voyaient, comme il m'arrive de le voir, le jeune entrepreneur qui s'attarde ici pour, disons, « se dégourdir les jambes et ne pas mourir idiot », selon la formule si pratique ; oui, les bonnes dames, leurs maris et les donzelles s'étrangleraient d'effarement, certaines en mourraient de jalousie.

Comment ça, lui, le don Juan du canton, nous faire ça à nous ? Elles n'en croiront pas leurs oreilles, les bras leur en tomberont quand elles sauront qu'il reluque mes copains au bord de l'eau et que, tout compte fait, il en croquerait bien un. Julien m'a dit qu'il le « chaufferait grave » la semaine prochaine. Nous allons nous amuser de lui et avec lui.

X, appelons-le X, XL même, si entreprenant avec les femmes mariées ou pas qui passent à portée de sa main, est un peu fatigué de tant de succès féminins. On le comprend. Voyager n'oblige pas à changer de pays définitivement.

Il reviendra dimanche soir.

Le Havre. Feuilleton de l'été. Christine Clerc m'informe qu'Antoine Rufenacht, le maire, va m'inviter à visiter sa ville classée. « On ira ensemble si tu veux. » Et Philippe m'apprend que celui-ci, emporté par son triomphe, a commandé une tour à Jean Nouvel qui en a, hélas, plus d'une dans son sac. « Je savais, me dit Philippe, que cette bonne nouvelle te mettrait d'excellente humeur pour la journée. »

Donnez-moi la capitale du Kazakhstan, le Stade de France, le viaduc de Millau et quelques banques à Montréal. Qu'il garde ses tours.

Je suis d'excellente humeur et ça m'inquiète.

Morterolles, 28 juillet

Léautaud nous interdit formellement les phrases qui commencent par « mais ». J'en avais fait la remarque à Renaud Camus qui avait admis qu'en effet cette tournure n'était pas possible. Son journal pourtant regorge de ces « mais » qui n'ont pas de sens. J'en vois partout. Tous les écrivains que j'admire, mes grands maîtres et les autres, en usent et en abusent sans retenue. Par inadvertance ? En trouve-t-on chez Proust ? Pierre S. saura me le dire. En relisant Jean-Claude Pirotte, dont la prose m'enivre aussi sûrement que les cognacs charentais dont il raffole comme moi, j'en ai compté parfois dix par chapitre. Faut-il écouter Léautaud ou s'en foutre ? Si Renaud C., auteur terriblement susceptible d'un remarquable répertoire des délicatesses du français contemporain, s'autorise ce relâchement incompréhensible, peut-être vaut-il mieux nous taire, nous qui n'avons aucun titre à faire valoir ?

Même couvert par Léautaud, on nous chercherait des noises sur les mots de travers qui nous échappent trop souvent. Point final ? Jean-Claude Pirotte a cette définition qui pourrait nous servir de conclusion si jamais nous en cherchions une : « Quand on dit d'un livre qu'il est bien écrit, il est temps que son auteur se méfie. Bien écrire ne signifie rien, c'est écrire comme tout le monde, avec la bénédiction des instituteurs. »

Philippe, à qui je viens de lire ces lignes de pêcheur inspiré, est d'accord avec ça. Nous ne voulons à aucun prix écrire avec « la bénédiction des instituteurs ».

Philippe bronze à Châtelaillon-Plage, c'est-à-dire qu'il s'allonge sur le sable, à côté de femmes aux seins nus dans la même position que lui. Il mate les joueurs de volley-ball et bronze comme un damné. Il a des joies simples. Je ne l'aurais pas cru capable d'un tel abandon, si peu compatible avec le statut du grand écrivain.

Imagine-t-on Proust et Léautaud étalant leurs serviettes de bain à Cabourg et se passant mutuellement de la crème solaire dans le dos ?

17 heures. Quarante degrés à l'ombre. Un chanteur de rock de passage « par chez nous » compose sur sa guitare bleue une chanson pour son meilleur ami « qui souffre de complications sentimentales avec sa femme ». Un chanteur de rock à côté de qui Brad Pitt ne ressemble à rien, sagement installé au bord de l'étang, qui boit de l'eau, se lave tous les matins et fait son lit au carré comme un militaire de carrière, est-il vraiment dans un état normal ?

Morterolles, 29 juillet

Sur la notice mode d'emploi du fameux médicament à la rubrique passionnante des effets secondaires, on nous propose, entre autres joyeusetés : un affaiblissement de la libido et des troubles du sommeil. À peine avais-je avalé un demi-comprimé que j'ai pu constater son efficacité. Impossible de dormir autrement que par intermittence ; quant à l'« affaiblissement de la libido », c'est de triomphe qu'il faut parler, je crois l'avoir déjà noté dans ce journal.

Si de ce côté-là les choses sont rentrées dans l'ordre une semaine après que j'ai cessé la prise du médicament suite au fiasco déjà raconté, en revanche je ne dors pas ou très mal, en proie à des cauchemars terrifiants.

Existe-t-il des potions, des poudres de perlimpinpin contre les cauchemars ? Quand vais-je retrouver des nuits calmes ? Le docteur E. me donnera son explication. Il viendra lundi matin me faire une prise de sang. Si j'ai bien compris que les effets (bénéfiques ceux-là) d'un antidépresseur se prolongeaient longtemps après l'arrêt du traitement et que, par là même, les « troubles » persistaient eux aussi, pourquoi ai-je repris si vite les armes du désir sans lesquelles les hommes se croient perdus, et non pas le sommeil ?

Le chanteur de rock a laissé sa guitare pour une canne à pêche qu'il est allé s'acheter à Intermarché. Je le vois (tandis que j'écris), torse nu sur l'autre rive de l'étang, un brochet à la main qu'il remettra à l'eau. Il ne lui aura pas fallu vingt-quatre heures pour prendre des habitudes ici, où j'étais sûr qu'il ne tiendrait pas en place.

Le rythme de vie si particulier qui est le mien, les rites, les codes auxquels je ne renonce pas quels que soient mes visiteurs ne sont pas, me semblait-il, de nature à emballer un chanteur de rock de trente ans. Je me demandais ce que j'allais bien pouvoir faire de lui à Morterolles où, on finira par le savoir, il n'y a rien à faire. Joseph a réussi son examen de passage, sans une faute de goût. Il s'appelle Joseph depuis hier où je l'ai présenté à la Baronne sous ce prénom-là qui lui ressemble, carré, sans équivoque. Un prénom de garçon pour me venger du mien.

Morterolles, 30 juillet

Regarder tous ces pays à la télévision et se dire que par chance on n'ira jamais. Il faut rester tranquille chez soi, le monde est dans nos mains.

Joseph est né sous le signe du Sagittaire. Il s'en va. Il reviendra à Morterolles, « si vous me voulez bien ». Il m'a demandé avant de partir de lui dédicacer deux photos, une pour son meilleur ami, l'autre pour lui. Mon empreinte sur son cou s'effacera, il perdra ma photo et sa femme fera semblant de n'avoir rien compris.

La prostitution. Ce mot-là à lui tout seul vaut son pesant de préservatifs. Il fait vendre les journaux et frétiller les « ratés de la bagatelle », comme le chantait si drôlement Patachou. *Le Nouvel Observateur* dénonce cette semaine « les nouvelles filières de la prostitution », ça ne mange pas de pain et ça plaît toujours. On se doutait bien que les choses n'allaient pas être simples à régler et l'angélisme du ministre nous amuse beaucoup. Nicolas Sarkozy aura beau faire le malin, il ne parviendra pas mieux que ses prédécesseurs à nettoyer les trottoirs, à « interdire la prostitution ». Quelle drôle d'idée ! On l'a connu mieux inspiré, le cher Nicolas. Qu'il passe par les armes tous les proxénètes qui lui tomberont sous la main, nous ne demandons pas mieux. Pour le reste, qu'il se calme.

Interdire la prostitution, et pourquoi donc ? Il faut la légaliser au contraire, rouvrir les maisons closes de si belle mémoire. La « pauv' fille » au grand cœur qui aura inspiré tant de chansons d'amour, de romans, de films, de fantasmes, il faut la mettre en maison, à l'abri des salopards qui la massacrent. Il faut nous garder les filles au chaud pour soigner nos cœurs blessés.

Il faut rouvrir d'urgence les maisons closes. Dans un même élan de générosité et d'amour, il faudrait rouvrir aussi les maisons de correction où l'on dressait si bien les mauvais garçons à coups de trique. Le bon temps que celui-là du tapin tranquille. On peut faire confiance à Genet. Il faut rouvrir les maisons de correction. Si l'on manque d'argent, on pourrait fermer les maisons de la culture où l'on joue des pantalonnades subventionnées par nous, où des troupes de gugusses intouchables se payent notre tête à nos frais.

Morterolles, 31 juillet

Au vol dans les journaux : de quoi sourire et s'indigner. « Qu'est-ce qu'il y a après la mort ? » demandait François Mitterrand à George Bush, comme si le pauvre homme allait lui répondre. Il posait cette question à tous ses visiteurs. Comme s'il ne s'en doutait pas. Il n'y a rien après la mort, évidemment. François Mitterrand le sait-il maintenant ?

« Je me sens citoyen du monde », déclare un footballeur charmant. On est content pour lui. Il y a des gens qui ne se sentent pas bien et d'autres qui ne perdent jamais une occasion de se taire.

Drame au zoo de Bremerhaven au nord-ouest de l'Allemagne. Philippe a tenu à m'en informer aussitôt de peur que l'affreuse nouvelle ne m'échappe, à moi l'ahuri qui ne lit plus (ma patience ayant des limites) chaque matin *Libération*, ce quotidien des jeunes d'autrefois.

Drame au zoo donc. Je comprends mieux les larmes de Philippe maintenant que j'ai lu la dépêche : « Les manchots mâles pas intéressés par les femelles. » La grosse tuile. Parce que le zoo de Bremerhaven s'était quand même fendu d'un billet d'avion pour quatre manchotes, amenées spécialement de Suède pour faire du gringue à six résidants mâles de l'établissement. Pour voir de quel bord ils étaient. On avait fini par se poser des questions : sur les dix manchots mâles du zoo, ces six-là formaient depuis longtemps ce qui ressemblait fort à trois couples homosexuels. La directrice s'est dit : ouh là ! mais ça ne va pas du tout ! Flanquons-leur dans les pattes des jolies manchotes, histoire de rompre la glace. « Il y a deux ans, un couple de mâles s'était séparé lorsque nous avions introduit une femelle », a plaidé la dame. Mais ces six-là étaient indécrottables. La presse s'est repue de cette histoire. Le *Spiegel* a titré sur deux pages : « Ils portent un costume et sont de l'autre bord. » Ils « doivent faire des petits », a exigé le quotidien *Tagesspiegel*.

« Pédé comme un manchot », titre *Libération* qui en était resté, comme nous, aux phoques.

Des tombereaux d'enfants morts de faim, de soif, desséchés au soleil, des enfants ou ce qu'il en reste : quelques os oubliés des vautours que des tracteurs et des bennes à ordures enseveliront sous le sable en feu. Le Niger. Safari-photo insoutenable. Des enfants, on en ramasse à la pelle dans ce pays (est-ce un pays ou un cimetière ?) où le taux de fécondité des femmes est le plus élevé du monde. Neuf enfants en moyenne par couple. Un carnage.

Les coupables sont facilement identifiables, ils signent leurs crimes en copulant à tout va. La mort est au bout de leur bite. Ils peuvent continuer puisque ça les amuse. Personne jamais n'osera leur reprocher cela, qui est aussi un crime contre l'humanité : faire des enfants, le seul crime impuni. On enverra même de l'argent pour qu'ils puissent continuer à répandre, à semer la mort. Nous devrions avoir honte de nos larmes de crocodile sur les cadavres de ces anges noirs qui régalent les mouches.

Morterolles, 1er août

« D'une plume élégante et venimeuse, Pascal Sevran est le Saint-Simon des fastes de Bertrand D. » Rien que ça ! Paucard, toujours à l'affût du moindre accroc à la tunique du maire, me faxe ce matin ces deux lignes drolatiques extraites d'une charge de cavalerie contre Bertrand, sa vie, ses œuvres. Le type qui a écrit cela ne doit pas me détester puisqu'il m'a envoyé son livre aimablement dédicacé. Je l'ai jeté aussitôt, sûr de n'y trouver que du mouron pour les petits oiseaux, des histoires de perroquet en play-back, de Paris-Plage et autres nuits blanches. Je m'en suis moi-même amusé. Les Parisiens en raffolent. Alors ça va !

Si l'on peut reprocher ce folklore à Bertrand, parler de fastes et donc d'une cour dont je serais le Saint-Simon prête à sourire. Rien de grave ni de méchant là-dedans. Paucard lui-même se dit déçu par ce pamphlet qu'il juge bien léger pour la cible. « Et puis, ajoute-t-il, il n'y a rien à espérer d'un opposant au maire de Paris qui le somme de signer dans les plus brefs délais des permis de construire des tours partout.

Être le Saint-Simon du maire de Morterolles et d'une « plume élégante et venimeuse » contraindre celui-ci à refaire les trottoirs, le passage défoncé qui mène au tennis par exemple, voilà qui arrangerait bien mes affaires ici. Je rêve de pouvoir m'écrier : « Que commencent les travaux de l'église ! » Et qu'ils commencent enfin. Je ne rêve pas, je délire. Il m'aura été plus facile de faire éclairer Notre-Dame de Paris que de faire sonner les cloches de Morterolles.

17 heures. Téléphone. Fax. Téléphone. Courrier.

Le banquier des Champs-Élysées, censé me conseiller au mieux de mes intérêts, voulait « simplement, sans me déranger », attirer mon attention au sujet des droits de succession de « mes divers placements à ce jour exonérés de toute fiscalité ».

– Hélas, me précisa-t-il, si vous persistez à vouloir transférer ces comptes en province, donc à les fermer avant échéance, je dois vous avertir que vos héritiers seront lésés, ils devront payer un impôt quand ils toucheront cet argent. Ce serait dommage...

J'en ris encore.

– En somme, lui dis-je, vous vous faites du souci pour mes héritiers, c'est bien aimable à vous mais, surtout, ne vous inquiétez pas, je m'occupe d'eux... pour l'argent, ils peuvent attendre un peu.

Le long jeune homme de la Société Générale est parti en vacances rassuré, devoir accompli. Il m'a prévenu.

Quand je prétends en rire, c'est une façon de parler vite. Disons que j'ai souri devant l'urgence de la situation : le sort de mes héritiers, donc ma mort. J'ai ce matin des projets, un enthousiasme bêtement juvénile et l'on voudrait me rappeler à l'ordre du temps qui passe.

Le notaire et le géomètre m'attendent au coin du bois et des prés que je viens d'acquérir pour en délimiter les contours. On appelle ça les limites de propriétés. Les limites, en effet.

Jacques Attali, qui sait tout, ne savait pas que les tocs pouvaient aussi faire mal physiquement. J'ai évoqué ce sujet grave entre tous avec le biographe de Karl Marx, non pas pour l'intéresser mais pour expliquer la raison de mon absence à ce dîner chez lui avant l'été auquel il m'avait convié.

– Élisabeth serait très heureuse de te revoir et j'ai un projet à te proposer...

La dernière fois que j'ai vu Élisabeth, c'était sur la Roche de Solutré en juin 1981, elle était enceinte de Jérémie.

Morterolles, 2 août

« Le beau Jacques », comme l'appelle Aïda avec des trémolos dans la voix, a le profil exact susceptible de plaire aux femmes de tous âges. Des jeunes filles aux veuves, il aurait le choix s'il voulait. Elles doivent se contenter de le regarder passer et sourire. Pourvu qu'il n'ait rien à payer – sa hantise –, Jacques sourit. De sourires, il n'est pas avare. Il est resté trois semaines allongé sur un long fauteuil de bois que l'on nomme aussi transatlantique, au bord de l'étang dix heures par jour, se baignant nu avec les carpes, sautant avec elles. On l'a vu aussi déambuler, un paréo rose noué au bas des reins, dans le parc, souriant à mes jardiniers. Affable, Jacques est affable naturellement. Vers 16 heures, il s'en allait rejoindre Aïda dans l'ombre fraîche de sa cuisine où elle avait préparé pour lui une soupe épaisse ou encore un gâteau bourratif. Jacques mange, il se lave les mains et il mange, il lit Jean d'Ormesson et il mange. À presque quarante ans, cette boulimie d'adolescent lui laisse le ventre plat. Jacques ne boit pas, ne fume pas, il mange mais surveille sa taille. Il est attendu ce soir dans le Luberon chez un ancien ministre de François Mitterrand et son épouse, ex-femme de Jacques Martin, la très pétulante Danièle Evenou. Il y a beaucoup d'anciens ministres de François Mitterrand dans le Luberon. Georges Fillioux est de ceux-là. Jacques connaît la terre entière et ses alentours, son téléphone portable explose de numéros secrets, une liste rouge, un outil de travail. Du vent, des bavardages. Mille numéros de téléphone, c'est 999 de trop. Un seul suffit. Celui-là qui vaut tous les autres, Jacques ne l'a pas trouvé.

Prise de sang : résultats. Ai-je réussi mon examen ? Ce n'est pas comme pour le bac, les biologistes sont plus sérieux que les instituteurs, ils ne notent pas selon leur humeur, au petit bonheur la chance. On distribue le bac aux ânes s'ils insistent un peu, le bon taux de cholestérol, il faut l'avoir mérité.

Je me suis tenu à carreau, mais je n'ouvre jamais sans appréhension l'enveloppe blanche des laboratoires biologiques du centre. Cent fois j'ai fait ce geste, la peur au ventre, les analyses de Stéphane n'étaient jamais comme il fallait qu'elles soient, parfois un chiffre moins brutal, un pourcentage plus proche des « valeurs normales ». J'ai raconté déjà les dizaines d'heures que j'ai passées à comparer des chiffres et des pourcentages incomparables pour qu'ils nous laissent un espoir. Ces « valeurs normales », elles m'auront obsédé. Ce matin encore, j'ai cherché l'erreur, en une seconde je l'ai trouvée au bas d'une enfilade de résultats plus normaux les uns que les autres, pile là où il faut, tous sauf un, celui des terribles Gamma GT : 60 en trop ! Ce n'est pas juste. Je n'ai pas fait d'abus, deux verres de vin à table, un doigt de cognac, deux les soirs d'euphorie, une bière même... Sont-ce là des excès ? Et pour si peu ? 60 Gamma GT en trop. Je refuse la punition.

Le docteur E. me conseille de boire de l'eau et de refaire une prise de sang dans un mois. Quel est le délai de survie avec 60 Gamma GT de trop ? Je vais téléphoner à Patrick en Italie, je crois me souvenir qu'il a survécu à 600 Gamma GT.

Compte tenu de l'urgence de la situation, le docteur T. me reçoit demain à Limoges pour une échographie du foie.

Morterolles, 3 août

Bertrand s'ennuie à Bizerte. Nous venons de nous parler. Il ne me l'a pas dit comme ça, aussi nettement, mais sa voix un peu lasse l'a trahi. Cette maison qu'il loue douze mois par an pour n'y venir que deux semaines ne lui va plus, et il a découvert en arrivant que son propriétaire faisait construire un immeuble devant ses fenêtres avec vue imprenable sur le jardin. Et puis Bizerte n'est plus Bizerte, notre enfance n'est plus là où on la cherche.

– Je vais rentrer, me dit-il. J'ai envie de Paris au mois d'août, de traverser Saint-Germain-des-Prés à l'aube et d'aller au bureau à la mairie en flânant... Et, si tu le veux bien, je viendrai passer une ou deux soirées à Morterolles...

Singapour, Bizerte, Paris, Morterolles. Le tour du monde.

Le premier ministre pense « qu'il n'est pas concevable qu'un processus de négociation puisse s'ouvrir avec la Turquie si ce pays ne reconnaît pas Chypre ». Enfin une parole fière ! Nous qui pensons qu'il ne faut rien engager du tout de ce côté-là du Proche-Orient, nous approuvons vivement ce sursaut de dignité tardif. Et s'il en était besoin, la réponse d'Ankara justifierait à elle seule notre intransigeance, notre opposition définitive à ce projet insensé. « Il n'est pas question, et il ne sera jamais question de reconnaître Chypre, quant au génocide arménien vous pouvez toujours courir. » En termes à peine plus diplomatiques, le gouvernement Erdogan vient d'envoyer sur les roses monsieur de Villepin qui ne doit pas espérer un mot de regret de « nos amis turcs », un geste de bonne volonté, rien. Génocide, quel génocide ?

Aussitôt les commissaires européens, les cabris de Bruxelles se sont couchés selon leurs habitudes. Ils ont tenu à rassurer « nos amis turcs ». Bruxelles ne posera aucun préalable aux négociations en vue de leur entrée en Europe, chez eux, en pays conquis. Autrement dit, le premier ministre de la France n'a qu'à siffler dans un violon, ça fera la même musique.

Le docteur T. me déclare en « pleine forme », les 60 Gamma GT le font doucement « rigoler ». Il est certain qu'ils sont la trace du médicament miraculeux du docteur E.

– Avec du vin blanc, le foie n'aime pas beaucoup les mélanges, mais ça passera, écrivez tranquille...

C'est la première fois en quinze ans que le docteur T. fait allusion à mes livres. Ce qu'il m'en a dit relève du secret médical.

Pas un souffle de vent. Les réverbères en bougies dans nos verres. Dîner sur la terrasse. Jean-Noël m'a ramené de Paris une biographie de Maurice Sachs écrite par le frère de la chanteuse Marie-Paule Belle. D. L., mon incorrigible Gémeaux, et F., son fiancé, sont de passage. Ils reviennent de Barcelone « capitale de la follitude ». Si j'ai bien compris, l'Espagne de ma mère et d'Isabelle la Catholique tourne mal.

Morterolles, 4 août

Le lavoir. J'évoque souvent dans ce journal un peu pompeusement le lavoir, situé devant le portail du parc, et ce qui fut la maison des morts, prochainement square Brigitte-Bardot.

En fait de lavoir, il s'agit depuis des lustres d'une remise, pas d'une noble grange qui sentirait encore le foin, ni même d'une bergerie datant de Marie-Antoinette, non, d'une remise aussi banale que possible. Lavoir, ce mot français d'avant tous les pressings est bien trop élégant pour désigner une remise. Les cantonniers y farfouillaient en début d'après-midi, cherchant quelques bidons de désherbant entassés là, parmi des pelles et des brouettes, des rouleaux de fil de fer barbelé et le corbillard qui justifierait à lui seul, selon le maire, l'hésitation du conseil municipal à me vendre ce lieu « sacré » : la remise qui sert de garage à un corbillard.

En saluant les cantonniers, qu'on appelle maintenant techniciens de quelque chose, j'ai enfin vu le corbillard, objet de toutes les convoitises. C'est un fourgon rouillé, à moitié désossé, recouvert de toiles d'araignées, les pneus crevés. Un tas de ferraille. Une misère. Son dernier enterrement doit remonter avant-guerre. Le Duc se souvient peut-être l'avoir vu passer sous les fenêtres de son école, sur le chemin du cimetière. S'il avait la moindre valeur, ne fût-ce que sentimentale, si quelques très anciens penchés sur leur canne réclamaient sa réhabilitation, alors, cédant à la passion populaire, le conseil municipal aurait beau jeu de le garder comme une relique ; mais chacun ici se fout du corbillard et du lavoir qui abrite sa dépouille, car cette remise fut bel et bien un lavoir où les femmes à genoux faisaient claquer le linge de la famille en chantant ou en pleurant, les doigts rougis par le gel.

On aurait pu, en souvenir de ces Gervaise du canton, le conserver en l'état, nous passerions devant, émus en pensant à elles, à leur courage. Lorsque j'écrivais le lavoir, je ne pensais pas enjoliver ni mentir à ce point, avec Stéphane déjà nous disions : le lavoir. En réalité, il n'y a plus qu'un fourbi, une remise. C'est ça !

Un autre conseil municipal, datant des funestes années soixante-dix, a voté sa destruction. Ces messieurs voulaient de la place pour les râteaux. De nombreux villages en France ont restauré leurs vieux lavoirs. Je garde le souvenir précis de celui où nous allions avec François Mitterrand, du côté de Solutré, à l'issue de notre randonnée de Pentecôte. Il y a des images filmées du président buvant à la fraîche fontaine. Mais la Haute-Vienne n'est pas la Bourgogne. Ici ils n'ont pas la religion des pierres, ni le respect du beau, ici on se contente de parpaings et de parkings ; les lavoirs du temps jadis, c'est bon pour les maniaques dans mon genre, des artistes un peu spéciaux. La malheureuse croix de Sainte-Anne, au nom de laquelle l'architecte des Bâtiments de France interdit toute initiative à moins de cinq cents mètres, est plantée face à une masure en voie d'éboulement et adossée à une remise. J'attends qu'il somme les propriétaires de faire raser la masure, la remise je m'en occupe. Sans son autorisation pourtant, me contentant d'une approbation boudeuse du Laurent de la mairie, j'ai fait repeindre couleur acajou la double porte de feu le lavoir de Morterolles. Un coup de force.

La littérature trompe son monde. J'aurai prévenu Vincent l'Alsacien qui vient dîner vendredi soir. Il sera déçu.

Je vais chercher Serge T. à la gare de La Souterraine au train de 19 heures 34. Il a reçu ce matin une lettre de Julien Gracq.

Toujours aucune nouvelle de Lulu.

Morterolles, 5 août

« Et Prudy, dont vous parliez souvent dans vos premiers journaux, que devient-elle ? » Mes lecteurs s'attachent à des hommes ou des femmes de ma vie qui passèrent à une époque donnée, et dont je ne sais plus rien pour certains. Ce n'est pas le cas de Prudy. Certes, elle n'est plus là, si proche, comme elle le fut longtemps. Ma sœur Jacqueline me donne de ses nouvelles. Elles habitent le même immeuble à Alfortville grâce à la bienveillance de feu Joseph Franceschi.

Le sort de Prudy intéresse donc beaucoup Michel,

le patron d'une boîte très courue à Paris, où une bande de lascars qu'on appelle gogos danseurs se trémoussent fesses à l'air sur le bar pour arrondir leurs fins de mois. Prudy, qui chanta pour les Guerini à Marseille, a toujours eu du succès avec les tenanciers un peu boxeurs, un peu barmen ; ce monde interlope fut le sien. Elle n'avait peur de rien, poings sur les hanches, elle ne cédait pas le passage facilement. Moi seul pouvais lui tenir tête, d'aucun autre elle n'aurait toléré la moindre réflexion. Je l'ai imposée contre leur gré à tous mes amis, à ma famille même. Un naufrage où elle s'est noyée. Mon père et Stéphane l'ont adorée et détestée. Elle était et elle reste probablement adorable et détestable. Un peu trop blonde, un peu trop ronde, elle fume comme un pompier et jure comme un adjudant, mais elle est enjouée et fut à mes côtés aux heures les plus terribles de ma vie.

Prudy me respecte et sans doute qu'elle m'aime encore. Elle peut : la maison que je lui ai cédée à Morterolles, où elle se plaisait tant, est fermée depuis qu'elle n'y vient plus, cela remonte au soir de l'enterrement de mon père. Reviendra-t-elle ? Je n'ai pas fait déplacer le moindre cendrier de cette maison où je n'ai pas mis les pieds depuis dix ans. Je la ferai détruire quand je serai certain que Prudy aura décidé d'aller mourir ailleurs, loin de moi et de ces années-là où elle jouait aux cartes avec Sheila et dormait sur le canapé du salon pour me garder.

Lulu est, avec Prudy, celui que l'on me réclame le plus souvent, comme à Guignol, mais Laurent T., le Julien de *La Vie sans lui*, Mathieu le livreur de pizzas, aussi.

Un feuilleton, finalement, que toutes ces vies mêlées à la mienne et je comprends l'attachement de ceux qui me lisent à leurs destins, voire il me touche.

Il m'arrive parfois, moi aussi, de me demander ce que devient tel ou telle de mes amis, de mes amants, de mes amours, mais je n'écris pas forcément les regrets qu'ils m'inspirent. Les remords ? J'en serais resté là avec Prudy si ce bon Michel ne s'était pas inquiété d'elle.

Morterolles, 6 août

Des garçons s'affairent sur le toit de la maison depuis huit heures ce matin. La couleur des tuiles de terre cuite posées l'automne dernier me déplaisait. Un rose, orange au soleil, qui manquait de discrétion. Trop provençal. Serge T. surveille la manœuvre avec l'œil avisé du photographe. Je viens de lui apprendre la mort de Françoise d'Eaubonne, sa voisine longtemps. Militante tempétueuse de la cause des femmes, une intellectuelle de gauche qui n'aurait pas aimé pour autant se faire traiter d'écrivaine.

– Nous allions prendre le thé chez Nathalie Sarraute, avec des gâteaux secs. Elle m'avait demandé de l'accompagner à l'enterrement de Sartre.

Serge T., qui pourtant ne doute pas de son immortalité, accuse le coup.

C'est *Le Figaro* de ce samedi qui nous apprend sur la même page la mort d'une autre femme, égérie d'un monde incompréhensible pour les moins de quarante ans. Dans l'album de famille, on aperçoit Annabel B., pull noir ras du cou et ballerines d'époque, quelque part à Saint-Germain-des-Prés entre Gréco et Sagan. Son mari était peintre, un génie qui se prenait pour Bernard Buffet. Je garde d'un dîner avec elle dans un restaurant chinois de la rue Jean-Mermoz, à Paris, le sourire attendri d'une femme sans manières, une épreuve d'artiste, la veuve de... Mais pas seulement, ça vous sautait aux yeux ce portrait trait pour trait, cette réplique en millions de dollars.

Pas seulement la veuve de... Une allure folle. Rien du tout, une brève très brève dans *Libération.* Ils se rattraperont avec Gréco.

Au mur de ce qui fut le bureau de Stéphane, à l'emplacement même d'une affiche de music-hall portant son nom, j'ai fait accrocher un crayon de Bernard B. Une place, un café, une église, des arbres morts.

Le premier ministre turc est « irrité » par les exigences de monsieur de Villepin. « Irrité », Philippe voulait être certain que l'adjectif ne m'avait pas échappé. Le premier ministre turc est « irrité », pauvre homme. « Ça lui passera avant que ça me reprenne », selon l'heureuse formule de ma mère, à laquelle on ne comprend rien, mais qui dit bien ce qu'elle veut dire.

22 heures 30. J'appelle Germaine toutes les petites filles, celle de Françoise a dix ans, elle se prénomme Laura, ce qui n'est pas possible. Germaine, donc, courait autour de la piscine chez sa grand-mère Françoise, superbe rousse, accessoirement propriétaire d'un moulin sur la Gartempe. L'été, après quarante-cinq ans, toutes les femmes sont des grands-mères.

Françoise avait cuisiné pour nous du saumon sauvage à l'orange et une tarte aux reines-claudes. Dîner de famille, c'était l'anniversaire des trente-deux ans de sa fille Virginie, une brune, plantée comme Sophia Loren dans notre souvenir. Regard de braise. Et rieuse avec ça. Son mari, Sébastien, un gars du Nord, est un perceur de coffres-forts serviable et doux. Leur fille, Germaine, s'est plainte que je lui fasse tourner la tête avec mes bêtises. Elle refusa même ma proposition de faire cuire son chien à la broche.

De Serge T., qui l'intriguait autrement que moi, elle dit à son père : « Le monsieur au grand nez, il est tout seul, il a pas de valise et pas de femme... le pauvre... »

Les petites filles ont une vision du bonheur que les pauvres vieux que nous sommes ne peuvent pas comprendre.

Pas de nouvelles des Berri en Corse jusqu'à la fin du mois. J'ai dispensé Nathalie de me rappeler. Je sais trop son tourment.

Morterolles, 7 août

Chaque nuit en soufflant la bougie qui éclaire sa photo sur la cheminée du salon, je dis « bonsoir mon amour », je murmure cela comme s'il m'entendait. Prière dérisoire. Toutes les prières le sont. Bonsoir mon amour.

Moins douloureux, moins batailleur, avais-je répondu à Paul Wermus qui m'interrogeait pour *France-Soir* sur l'humeur de ce journal 2005. Moins douloureux peut-être, pour ne pas me répéter, ne pas lasser. Moins batailleur ? À me relire, je n'ai plus cette impression.

Morterolles, 8 août

Les temps modernes. Des hommes, des femmes, des bébés phoques, Bardot qui brûle à Saint-Tropez.

Nos fils, leurs téléphones portables sous la douche, nos amants qui disent « ma copine ». Sont-ce les temps modernes ? L'air du temps, assurément. Bardot au bout des jumelles de tous ceux-là qui n'ont plus que des souvenirs. Des notes éparses prises au vol la semaine dernière, une musique désenchantée.

« Les hommes sont fous, ils ont tout déréglé, je fais comme vous, je range mes papiers, je tombe sur une lettre de vous, voilà c'est tout, je voulais vous embrasser. »

Delon soi-même. Sa voix plus sombre que jamais ne m'a pas trompé. J'ai dit :

– Alain.

– Vous êtes fort, m'a-t-il répondu.

J'écrivais le nom de Bardot quand le téléphone a sonné. Delon, inquiet, inquiétant, tendre.

« Pendant qu'agonise ainsi la moitié du monde, une équipe de chercheurs américains annonce avoir découvert la possibilité de retarder à l'infini la ménopause, c'est-à-dire d'en finir avec la stérilité féminine. Quelle est cette espèce animale qui multiplie les moyens de donner la vie tout en laissant mourir de soif et de faim l'essentiel de ses enfants ? Quel est ce monde qui permet, du Minitel à l'Internet et au portable, de communiquer à l'infini jusque dans les coins les plus reculés, tout en organisant l'indifférence, au point que nul n'a plus le temps d'écouter le clochard au pied de son immeuble ou la vieille dame oubliée dans son studio ? »

Ces bonnes pensées extraites du « Journal d'un kamikaze » paru samedi dans *Libération* sont de monsieur Étienne Evrard, écrivain réactionnaire plus connu sous le nom de Jacques Attali. Ma stupeur en lisant ça qui fait peur déjà au Niger. Enfin un allié à gauche que ne réjouissent pas les progrès de la science. Ceux-là précisément qui pourraient permettre aux femmes de faire des enfants indéfiniment. De gré ou de force. L'horreur programmée. Saint Jacques Attali à mon secours aussi contre les bobos, une race d'animaux exaspérants qui prolifèrent au parti socialiste, où nous comptons encore saint Jacques et moi quelques amis d'autrefois.

« Pourquoi tuerais-je des gens qui sont déjà morts ? Ils se prétendent révoltés ; ils ne sont qu'en colère. Ils font de grandes phrases sur le monde, mais ne s'intéressent qu'à leur RTT ; internationalistes sans cœur, même leur altruisme est intéressé. Ils râlent comme des beaufs et se prélassent comme des bobos. Je les appelle des “Bobofs”. »

Lorsque j'étais un jeune con insupportable de certitudes, plus gauchiste que Besancenot qui passerait pour un social-démocrate, Jacques Attali me disait : « Les choses ne sont pas si simples. » François Mitterrand avait compris cela bien longtemps avant nous. C'était un soir de juin au creux d'un chemin de vignes.

Ibrahim Ferrer, le crooner cubain, est mort. Nous ne savions pas, ignorant que nous sommes, qu'il était vivant. Sa mort nous désole naturellement, mais si l'on en croit les journaux et surtout la télévision, c'est la France à genoux qui porte son deuil.

Brigitte B. dénonce sans répit la cruauté des hommes envers les animaux, leurs minables saloperies. Elle a raison. De toute évidence, elle a raison. Il suffit de regarder autour de nous, ici les chiens qu'on laisse crever dans une voiture au soleil sur un parking de supermarché, là des moutons qu'on égorge gaiement, ailleurs des chevaux. Brigitte B. a raison, son écœurement du genre humain parfois nous le partageons. Mais la cruauté des hommes sur les enfants, leurs enfants le plus souvent. Ils jouent avec eux, en toute impunité, les laissent se noyer ou tomber par la fenêtre ; de cette cruauté-là, de ce sadisme couvert par la loi du silence, il faut parler.

À ces enfants martyrs, il manque une Brigitte B.

Ils ne le quittent pas des yeux, il est là, à portée de leur main, le moindre de ses soubresauts les met en transe, s'il ne vibre pas, ils s'affolent, le tripotent dans tous les sens, le secouent, le caressent aussi, le retournent au besoin. S'il sonne enfin, c'est l'extase. S'ils l'égarent, ils vont penauds ; si on le leur vole, ils tueraient. Il est leur sexe en promotion chez Darty. Il n'y a pas si longtemps les hommes, jeunes ou vieux, n'en avaient que pour leurs bagnoles, qu'ils astiquaient avec amour, ou leurs chiens qu'ils dressaient sans ménagement. C'est sur leur téléphone portable aujourd'hui qu'ils se vengent de n'être que des hommes.

Ils disent « ma copine » pour parler d'elle, qui les attend à la maison tandis qu'ils jouent au foot avec leurs copains. Ils l'épouseront peut-être, peut-être pas... Les garçons d'aujourd'hui disent « ma copine », ils ont quinze ans à peine qu'ils disent déjà cela à l'école, au stade, à la table familiale même. Les parents ne bronchent pas. « Copine » est un mot très ordinaire qui traîne dans les parkings de supermarché, peut-être aussi les vestiaires du bal des débutantes. Un mot d'époque. Dit-on encore « ma poule » que mon père disait si tendrement à ma mère ? Et « ma gonzesse » que Renaud chante si bien ? Gonzesse, c'est une promesse de poème voyou. Copine, une allusion pornographique.

Julien va mieux. On a dû lui extraire deux dents de sagesse qui le faisaient souffrir et risquaient de s'infecter. Mal de dents, mal d'amour ! Il n'a plus l'air très décidé à venir à Morterolles, son projet le plus urgent il y a quelques jours. Caprice d'enfant sans importance. Qu'il aille bien me suffit.

Le problème du jour, c'est la cabine de douche de la buanderie où les invités font leurs ablutions l'été venu. Elle ne ferme pas correctement, personne ne s'en plaint, mais je veux qu'on la change immédiatement. La semaine du 15 août en France, une partie de plaisir.

Morterolles, 9 août

On a chanté *L'Internationale* à l'enterrement de Françoise d'Eaubonne ce matin au Père-Lachaise. Serge T. aurait tant aimé joindre sa voix au chœur de la famille et des amis. « On n'a pas idée non plus de mourir au mois d'août », me dit-il, vexé, après que René de Ceccaty lui eut raconté les détails de la cérémonie. Si singulière.

– En ne vous voyant pas, je me suis douté que vous étiez à Morterolles... Vous nous avez manqué...

Pas de chance, en effet, sa sainteté Serge T., ordonnateur en chef des pompes funèbres et autres plaisirs démodés, est actuellement retiré en ces provinces limousines où les enterrements qui passent ne sont pas très singuliers.

Au temps de sa splendeur, Henri IV et Pie VII honoraient Morterolles d'une visite. On prétend même qu'André Verchuren y vint jouer de l'accordéon un soir de 14 juillet au début des si jolies années soixante. Aujourd'hui Morterolles ne figure plus sur aucune carte routière de la région, ni même de géographie. Ce n'est plus qu'une bourgade introuvable depuis qu'elle a abandonné sa souveraineté à un gros village du nom de Bessines où mon père servait la messe en 1930.

Morterolles, 10 août

11 heures 15. Téléphone.

La très charmante Marie Dormann, nièce de la méchante Geneviève, veut savoir si je souhaite ajouter un mot ou en enlever un autre à mon livre de souvenirs consacré à François Mitterrand qui paraîtra en édition de poche en décembre prochain. Une préface peut-être ? Non. Me relire est impossible et puis je ne sais pas, comme Philippe ou Renaud Camus dont c'est l'anniversaire aujourd'hui, écrire deux romans en même temps qu'une série d'articles sur Rimbaud ou Barthes, répondre au questionnaire de Proust, écrire une chanson, un pamphlet contre la dictature du prolétariat ou, à défaut, un essai sur la vie sexuelle des fourmis au siècle dernier. Non. Je n'ai pas ce don d'écrire à quatre mains, à quatre pattes, n'importe où, sur tout ce qu'on voudra et le reste. Je les envie. Mon *Mitterrand, les autres jours* sera publié en version originale, sans bonus, ce petit cadeau qui plaît tant aux enfants dans les paquets de lessive. En revanche, je pourrais le dédier à Lionel Jospin et sa clique d'héritiers indignes.

Me fait sourire encore et réfléchir un peu la réflexion effarée de la petite Germaine en tombant sur le grand nez de Serge T. au coin d'un bois chez sa grand-mère. Peut-être un homme qui n'a ni valise ni femme est-il à plaindre, en effet.

Quand on lit Claude Simon, ou que l'on essaie humblement de comprendre un traître mot de ce qu'il raconte, on comprend une seule chose, essentielle cependant, qui nous submerge de chagrin et de honte : nous n'aurons jamais le prix Nobel de littérature. Je me suis rendu à l'évidence la nuit dernière en tentant non seulement de lire, mais de m'intéresser à *La Chevelure de Bérénice* qui mériterait un coup de peigne, si j'osais cette remarque vaseuse de chansonnier. « N'osez pas », me dira Pierre S., qui n'aime pas me surprendre en flagrant délit d'inculture.

Une lettre émue de Vincent l'Alsacien après sa courte visite ici. Serge T., à qui je viens de la faire lire, insiste pour que je la publie :

« De retour à Paris, je prépare mon voyage au Népal. Encore une semaine et je retrouverai mes amis tibétains en exil à Jawalakhel, le camp de réfugiés situé juste à côté de Katmandou. Je donnerai des jouets à Tenzin, mon filleul, et je tenterai de rassurer la mère qui s'inquiète de notre visite chez le neurologue. Comme souvent en Asie, plus les gens sont tristes ou inquiets, plus ils sourient.

« Puis il y aura les homos de Katmandou qui risquent leur peau à chaque coin de rue. Je ne sais pas si j'aurai le talent pour rendre à l'image l'horreur de leur quotidien. Le défilé du 20 août n'aura rien à voir avec les cortèges folkloriques parisiens. Il y aura sans doute plus de mitraillettes que de participants !

« Voilà à quoi je me prépare. Je suis tranquille. J'aurais simplement préféré y être accompagné, mais je ne peux reprocher à quiconque de ne pas vouloir se jeter dans une sorte de fosse aux lions pour mes beaux yeux.

« Transition toute trouvée : les yeux. Les vôtres, encore plus bleus qu'à Paris. Comment l'expliquez-vous ? Voilà une partie de ce que j'ai emporté en quittant Morterolles à 22 heures 35, vendredi 5 août.

« Vos yeux, d'un bleu pas possible et le blanc de votre chemise. Le regard malicieux de Serge qui rappelle celui de Michel Bouquet. Une grosse carpe qui s'extirpe de l'étang et qui fait “floc” en retombant. Le parfum des légumes du jardin portés en ratatouille et le croquant d'une fleur de sel sur le thon parfumé. Le silence qui nous saisit, on ne respire plus. Vos sabots, leur bruit sur le gravier. Le puits plein d'eau de la petite maison et les étangs qui en réclament. La chaleur et la douceur des chevaux (jamais vu un cheval qui embrasse), votre émotion aussi. Plus loin votre sourire revenu à nous apprendre que le bois est à vous et qu'il y aura des marches par là... Le square Brigitte-Bardot sur la maison des morts. Les lampadaires allumés et celui qui ne l'est pas. Le choix de la photo de Serge pour le prochain “Poche”. J'aimerais embrasser Serge à travers vous. Il m'a appelé “mon petit” à deux reprises, ça m'a fait comme une caresse. J'aimerais que vous puissiez dire à Christiane le plaisir du gourmand, comblé par le thon et la part généreuse de clafoutis maison.

« J'ai compris les 20 heures 16, les 21 heures 10 et même les tristes 22 heures 30, quand le carillon d'une pendule rappelle que les chaussures attendent à l'extérieur, près du premier banc, à droite juste après la porte. »

Évidemment le Népal, où l'heure de la soupe est moins précise qu'à Morterolles. Ces enfants que la police tabasse et viole. Le cœur si fragile de Tenzin tiendra-t-il jusqu'à l'arrivée de Vincent l'Alsacien ? Notre impuissance face au malheur du monde. Et des Vincent, alsaciens ou pas, discrètement admirables.

Morterolles, 11 août

Dans le vague. Je suis resté trente-six heures comme étourdi, le temps que mon organisme élimine les traces du somnifère que je croyais inoffensif. Je me souviens pourtant l'avoir recommandé à l'un de mes collaborateurs il y a quinze ans, qui m'en remercie encore. Philippe me dit qu'il lui arrive d'en user sans dommage. Le docteur E., que je viens d'appeler d'urgence, m'assure que mon cerveau n'est pas atteint, que je ne resterai pas abruti définitivement comme je le redoute. Comment font-ils tous ceux-là qui écrivent sous l'emprise de substances chimiques diverses et variées ? Est-ce l'opium vraiment qui fait les poètes maudits ?

À la mort de Stéphane, je me suis endormi, assommé par le chagrin. Je n'ai pas touché un somnifère pendant les années terribles ni après. À vingt ans, j'avalais goulûment des cachets d'Imenoctal avec du whisky, j'aimais cette sensation du vertige si doux qui m'emportait. Le vertige, comme une drogue. À l'âge de tous les désirs, de toutes les impatiences, on avale ce qu'on veut, le corps triomphe de nos folies de la veille. Je me levais après midi, lentement. Le brouillard ne tarderait pas à se dissiper, j'avais l'habitude de ces réveils engourdis, ils ne m'inquiétaient pas, j'allais vite reprendre le monde en main. Ce matin, il se dérobe.

Les gens qui ne vous rappellent jamais ou quand ça leur chante, et s'étonnent de votre étonnement, s'excusent parfois. Toujours les mêmes, occupés à de grandes choses, beaucoup plus grandes que nous. On ne les savait pas aux prises avec la marche du monde. Pour un peu, on s'en voudrait de les rappeler à notre bon souvenir. Laissons-les.

16 heures 45. Jack Lang se rappelle au mien, longue conversation estivale. Il est au soleil dans le Luberon, il adore le soleil, termine un livre, en commence un autre et serait content que nous dînions ensemble début septembre pour mettre au point les divers scénarios de sa candidature à l'élection présidentielle.

– Nous ne sommes pas si nombreux à gauche à pouvoir tenir tête à ton ami Sarkozy...

La lettre promise de Paul-Marie Coûteaux n'arrivera pas avant de partir. Un jour, peut-être, au dernier courrier après l'orage, un facteur transi de froid viendra-t-il sonner deux fois ? Il sera trop tard.

Morterolles, 12 août

« Je me suis tenue le mieux possible, comme épouse et mère de famille. Je me conduis toujours comme si Dieu existait. »

Marguerite, qui répond cela à la journaliste venue de Paris l'interroger, a cent ans. Elle vit au bord de la Creuse, à Argenton, avec son mari, André, qui aura cent sept ans demain. Ils fêteront dimanche leur quatre-vingt-un ans de mariage, et le maire, peut-être même le sous-préfet viendront les embrasser. Il y aura des photos dans le journal. Ces romances interminables émeuvent, on se demande quelle grâce a touché Marguerite et André ? Tant de guerres, de haines, de trahisons depuis leur premier baiser. La journaliste de Paris n'a pas résisté à la question fatale, celle à laquelle aucun centenaire n'a jamais pu répondre : « Quel est votre secret ? » Et Marguerite a dit : « Je me suis tenue le mieux possible, comme si Dieu existait. »

Je me répète cela qui n'est pas de n'importe qui. La prudence de Marguerite. La dignité d'une femme.

« Se tenir le mieux possible, comme si Dieu existait. » Inscrire cela au fronton des écoles.

Nous serions pacsés. Stéphane l'aurait voulu. Pour la beauté du geste, sa fierté de moi, la mienne de lui. Tout serait en ordre, mon testament irrévocable.

Ce journal ne paraît qu'une fois l'an, *Paris-Match* tous les jeudis, Gilles Martin-Chauffier a l'avantage. Il a dégainé le premier, feu sur Le Havre.

Il ne rate pas sa cible, elle est énorme. Je viens de l'appeler pour le féliciter d'être du même avis que moi. Il croyait que c'était pour son anniversaire.

– C'est Rufenacht, me dit-il, qui mériterait d'être classé au patrimoine mondial de l'humanité... Un coup pareil, chapeau !

Morterolles, 13 août

Tous mes manuscrits sont maintenant rangés dans des boîtes soigneusement étiquetées, placées sur trois étagères de ma bibliothèque en chêne clair, comme autant de petits cercueils vert foncé et bordeaux. Alignés de gauche à droite dans l'ordre de leur parution, du *Passé supplémentaire* à *Il pleut, embrasse-moi.* Sept cent huit pages celui-là, mille cinq cents environ pour l'ensemble. Les savoir là me tient chaud et m'effraie. Ces pages à la merci d'un feu ou d'un fou, qu'un simple coup de vent emporterait, je devrais les détruire ou les vendre. Combien valent-elles ? Bientôt trente ans de ma vie. Déjà ! Ce mot-là est le premier qui brûle nos lèvres. Déjà ! Que tout le monde a « déjà » dit avant nous. On a un peu honte d'être aussi désemparé devant le temps qui passe, de ne rien trouver de mieux à dire que « déjà » ! Il n'y a rien d'autre à dire. Cette exclamation désolée est celle de notre impuissance.

16 heures. La pendule du salon, le carillon de la cuisine, s'obstinent à sonner les heures avec cinq minutes de retard. Tandis que j'écris sur la fuite des heures et des jours, ces cinq minutes de gagnées devraient me réjouir alors qu'elles m'exaspèrent.

Le silence de certains, je sais trop ce qu'il cache d'orgueil et de désespérance.

« Le mépris est un sentiment paisible, différent de la haine, jalousie, rancune, qui ont toujours quelque violence ; le mépris est proche de la pitié. »

Quand on est fatigué des prix Nobel de littérature, trop intelligents pour nous, dépassé par la vilenie des uns, l'ingratitude des autres, Chardonne est là, si proche de nos tourments. Oui, le mépris est un sentiment paisible. Quand on est incapable de haine, le mépris la remplace avantageusement.

Morterolles, 14 août

« C'est marqué dans le journal. » Une dame très déterminée et un jeune athlète enthousiaste préparent un dossier pour la candidature de Paris aux Jeux olympiques gay de 2010. Outre qu'on est un peu lassé de ces sauteries, on ne savait pas qu'il en existait de plus gaies que d'autres. Si j'étais le maire, je refuserais qu'on me casse les pieds avec ces idées folles et, si j'ai bien compris, ségrégationnistes.

« Les Jeux olympiques des fiertés homosexuelles », mais quand vont-ils arrêter de nous saouler avec ça ? Leur fierté ? Mais enfin, où la placent-ils ? Que dirait-on d'un homme qui se vanterait d'être hétérosexuel et défilerait sous des banderoles avec des copains à lui, tous fiers eux aussi d'être hétérosexuels, et de chausser du 45 ?

De cet homme-là et de ses copains dans le même état d'euphorie, on dirait qu'ils sont des imbéciles heureux, des beaufs. « Indépassables », ajouterait Philippe. Ceux-là n'ont pas le monopole de la fierté, c'est un genre à la mode. On entend et l'on ne voit que des gens fiers d'eux. On se demande pourquoi.

Une photo dans le journal. La plage d'Agadir au Maroc.

Si j'avais eu la tentation de retourner là-bas, et je l'ai eue parfois, où je fus si heureux, la photo aurait suffi à m'en dissuader. La plage d'Agadir, c'était donc ça. J'avais rêvé. Je croyais me souvenir d'une baie infiniment déserte où j'allais jouer avec des garçons au goût de pain d'épice, sucrés, salés selon l'heure du jour. Il n'y avait que nous, Henri, l'autre Pascal, Guillaume et moi et les garçons qui descendaient de la montagne, Hassan, Mohamed, Karim, plus souriants et mieux disposés les uns que les autres, se battant pour jouer avec nous à tous les jeux que nous voulions. Tout était si simple, l'amour un jeu. Pas une construction en vue, un chameau, quelques chèvres. Notre jeunesse éblouie. Et ce matin, cette photo dans le journal : la plage d'Agadir au Maroc, autant dire n'importe où, à La Grande-Motte, à Rio, à Palavas, partout le même crime désormais depuis que nous n'avons plus vingt ans. Là où nous courions nus, insouciants et joyeux, des cubes de béton empilés où l'on empile des hommes, des femmes, même des enfants, qui adorent se faire empiler au bord de la mer. Il faut classer d'urgence Agadir au patrimoine mondial de l'humanité.

Morterolles, 15 août

Le pont du 15 août ! De cette calamité, ils rêvent toute l'année. Ils ont détourné à leur profit la fête catholique de l'Assomption en un bal des canards. Ils bronzent, de la confiture entre les doigts de pieds, de l'huile solaire dans leur sandwich. Ils ne prient pas, ils bâfrent. Et en procession cherchent les toilettes du camping. Ils disent : « On en profite. » C'est le mot. Il faut les voir, eux qui ne croient en rien, profitant jusqu'à plus soif du calendrier d'une église qu'ils ne reconnaissent pas. « Ni Dieu ni maître », disent-ils aussi, mais réclament les jours fériés de congés payés que le bon Dieu et le Medef, dans leur grande bonté, accordent sans discernement à tous les Français, quelle que soit leur religion. Ils pourraient au moins se tenir ces jours-là, comme si Dieu existait.

Déjà des taches de rousseur sur les feuilles des bouleaux pleureurs et des peupliers d'Italie qui bordent les étangs, quelque chose dans l'air va changer demain, l'été s'en va, ma mère en sera désolée. Elle va mieux, une résurrection. Elle avait mis une robe à fleurs et sur ses épaules le foulard de soie que Stéphane lui a offert. C'est elle qui me l'a rappelé. Ma mère ne me demande jamais comment je vais sans lui. Elle sait que je ne vais pas. Avant-hier, comme je me penchais pour l'embrasser, elle m'a dit : « Le foulard, c'est Stéphane. » Sur la terrasse où nous avons dîné, il y avait ma sœur Jacqueline et son mari, Françoise, la femme du Duc, Vincent mon cousin, le Baron et la Baronne, Serge T. L'illusion du bonheur. Ma mère a dit : « Papa aimait tant ces réunions de famille. » Stéphane aussi aimait recevoir ici ma famille, la sienne donc. « Il est bien plus sociable que toi », disait mon père. Mon père avait raison.

Depuis quarante-huit heures, je réponds à Julien que je ne suis pas là et lui raccroche au nez. Quand saura-t-il ce qu'il veut ? Ce petit jeu ne m'amuse pas, le savoir triste me chagrine. Je n'ai pas le choix. Les jeunes chiots veulent qu'on les dresse autant qu'on les câline.

Aucune nouvelle du chanteur de rock en vacances avec femme et enfants. Un garçon si bien élevé qui n'élève la voix que pour chanter et demande la permission d'allumer une cigarette, dans quel état d'abattement vais-je le retrouver ? Si je le retrouve...

Morterolles, 16 août

Que faisait-elle là, à promener un bébé blond dans sa poussette au milieu d'une petite foule de curieux venue visiter quelques écrivains régionalistes et moi par-dessus le marché ? C'était à Bétaille, à la frontière de la Corrèze et du Lot, dans une salle municipale que le maire avait eu la bonté de faire climatiser pour moi. On n'a vu qu'elle. Une jeune femme élancée qui ne cherchait pas à passer inaperçue. Elle m'a présenté Victor, son bébé blond. Des yeux bleus renversants. « Comme les vôtres », m'a-t-elle dit. À partir de là, tout devenait possible. Elle s'est penchée pour choisir le livre que j'allais lui dédicacer, elle avait des seins à damner un saint et la folle assurance des femmes pour qui la vie est une fête. C'est Victor pourtant qui m'a séduit. On a pu me voir faire risette à un bébé. Ce n'est pas impensable. La maman m'a dit qu'il était son dernier-né, qu'il avait deux frères aussi beaux et que le « papa » n'était pas mal non plus.

– Il est par là, vers les bandes dessinées...

J'ai vu le « papa » tenant ses deux fils par la main. Il m'a souri de loin, le sourire de Victor, les mêmes yeux bleus renversants. Avec ça, une dégaine de joueur de base-ball. Seulement voilà, le jeune papa de Victor n'avait l'intention de damner personne. Et sûrement pas moi. Il attendait sans impatience que sa femme en finisse avec moi, ma littérature et mes chansons. Il me souriait de loin. Le sourire même de Victor. Souvenir d'un 15 août. Au nom du père, du fils et du Saint-Esprit.

Morterolles, 17 août

20 heures. Le corbillard n'est pas simplement déglingué, c'est une épave. Les cantonniers avaient oublié de fermer la porte du lavoir ; j'ai donc vu de près l'engin de mort, parmi les pots de peinture. Le maire, qui arrivait sur ces entrefaites pour dîner avec nous, eut beau me faire valoir avec enthousiasme l'attachement des populations à ce vestige des funérailles d'antan, il ne m'a pas plus convaincu qu'il ne l'est lui-même. Je sais, moi, que les populations se foutent du corbillard, personne jamais ne demande à le voir et pourquoi faire d'ailleurs ? Sait-on même qu'il est là, inutile ? Je n'ai pas insisté, ni tenté de pousser plus loin mon avantage. Gâcher la soirée de Bernard avec des problèmes de corbillard et de lavoir massacré n'était pas dans mon intention. Sur la terrasse, où nous avons passé de longs moments cette année, j'avais convié aussi Christophe, mon seul voisin trentenaire qui ait lu des livres, Serge T. et Patrice, l'inconnu dans la maison, arrivé la veille avec ses raquettes de tennis. Un petit gars du Nord, journaliste à Roubaix, qui pour m'avoir lu voulait lui aussi voir Morterolles. Une folie ce bled ! Dîner d'hommes donc. J'ai reproché au maire ses lotissements et la zone industrielle et commerciale qui rongent peu à peu les prés et les bois. Je lui ai demandé de faire raser les bâtiments désaffectés de la Cogema. Il m'a répondu taxes professionnelles, emplois... Arguments imparables, l'alibi au béton censé justifier toutes les horreurs en béton, en plastique, en tôles multicolores d'un goût exquis que l'on voit de loin cernant nos villes et nos campagnes. Morterolles n'échappera pas à une autre grande surface, « à très bas prix », nous a

précisé Bernard, comme si c'était une victoire. Car rien ne le réjouit plus sûrement, ce bon Bernard, que de voir fleurir partout des entreprises, des entrepôts, des lotissements.

– Ne rouspète pas, me dit-il, j'ai sauvé la façade de l'école Jules-Ferry, ils voulaient la détruire. J'aurais fait rempart de mon corps s'il avait fallu...

Qui sont ces « ils » à qui le nom de Jules Ferry sur la façade de l'école des garçons où mon père apprenait à lire en 1930 ne dit rien qui vaille ?

Ils auraient préféré Coluche ou Gainsbourg, tu vois un peu...

Oui, je vois. Le quatrième acte de ma vie se jouera dans un monde de supermarchés à bas prix, d'écoles maternelles préfabriquées.

Dans le même genre :

Toutes les salles polyvalentes s'appellent Jean-Moulin. Les conseillers municipaux, qui sont des trouillards, ne vont pas chercher bien loin. Jean Moulin n'était pas un trouillard, faut-il pour cela donner son nom à tous les hangars de France ? Les salles polyvalentes sont des hangars où se croisent, selon la saison, des basketteurs et des majorettes surchauffées, des congressistes, des marchands de vin. On y crève en été. On y chante aussi sur des estrades improvisées entre les cuisines et les sanitaires. Pas de rideau rouge ni de loges, juste un petit coin dans les toilettes. La vie d'artiste.

Morterolles, 18 août

Il ne se passe rien en Suisse. Jamais. En voyant des avions s'écraser partout, hier en Grèce, la nuit dernière au Venezuela, je me disais cela : il ne se passe donc rien en Suisse. L'Espagne et le Portugal sont en feu, l'Irak est à feu et à sang, des enfants crèvent au Niger et au Sahel. Partout des barbus. À Londres, à Téhéran, à Gaza, à New York, ils allument des feux de Bengale. À Genève rien, ou presque. Si l'on excepte l'assassinat d'un banquier par-ci par-là, une conférence de rois nègres, rien. La Suisse porte en elle la paix du monde, le charme discret d'une grande bourgeoise qui ne s'allonge pas avec n'importe qui. On se prend à rêver d'elle qui ne fait pas d'histoires, sa lenteur nous fait envie, ses coffres-forts et son chocolat au lait aussi. Et puis ce petit air qu'elle a, justement, de se foutre du monde nous ravit. La Suisse veut d'abord qu'on lui foute la paix, qu'on ne s'occupe pas de ses affaires, le plus beau étant qu'elle y réussit parfaitement. Pour le reste, que l'Europe se débrouille sans elle. Genève d'ailleurs, au contraire d'Ankara, qui est comme chacun le sait le cœur même de l'Europe, Genève n'est nulle part. Il suffit de consulter une carte de géographie, la Suisse n'existe pas, c'est son bonheur et sa gloire. On en rêverait pour nous. Ces gens de là-bas, qui mettent des cloches au cou de leurs vaches laitières et des queues aux zéros des chèques de la mafia, doivent bien avoir un secret autre que bancaire ?

En rentrant, deux messages successifs du chanteur de rock, me demandant, des sanglots dans la voix, de le rappeler d'urgence « même très tard », ce que j'ai fait aussitôt. En vain. Son téléphone portable ne fonctionne plus. Dix fois la nuit dernière, j'ai tenté de le joindre.

Morterolles, 19 août

La longue lettre d'une jeune veuve se termine ainsi : « Juste un dernier mot. Stéphane est entré dans ma douleur. Désormais, si vous le permettez, j'aurai chaque jour une pensée pour lui, pas uniquement pour vous, car pour moi vous ne serez plus vous, vous serez lui, dans l'intégralité du "vous" qui vous unit au-delà de la mort. Excusez-moi d'avoir dérangé votre chagrin, je retourne au mien sur la pointe des pieds. »

Sous une tonnelle, dans un jardin en Touraine, une femme en deuil m'écrit que son amour perdu est le mien et que je suis Stéphane désormais pour elle. Elle m'écrit aussi : « Votre livre, par hasard, sur une pile dans un supermarché. D'abord la photo de la couverture trop belle... trop vraie... trop tout, cette silhouette marchant vers la mer qui se retire, la dernière image de mon homme sur une plage l'été dernier... votre Stéphane, le nôtre. »

Sans les femmes, pour qui faudrait-il encore écrire des livres d'amour ?

Jérémy signe sa lettre : « Votre grand blond aux yeux verts. »

« Je viens d'avoir dix-neuf ans, ce n'est rien dix-neuf ans, mais qui peut me promettre que je serai centenaire ? Alors, je veux profiter des êtres que j'aime, dans mes moments de solitude, c'est à vous que je pense. »

Jérémy pense à moi. Il est même un peu plus précis, mais l'idée d'ouvrir un de mes livres ne lui a jamais traversé l'esprit. Il brûle d'en savoir plus sur ma vie, « les choses de votre cœur », mais lire ne fût-ce qu'une ligne d'un livre, Jérémy ne voit pas du tout à quoi cela peut bien servir.

Je me suis bien gardé de lui suggérer une si funeste occupation. Sait-il seulement que j'écris ? Qu'importe, Jérémy n'a pas les yeux verts, il ne lit pas..., mais ses mots tendres ce matin, inattendus... On me dit qu'il a beaucoup de succès sur les podiums où il se produit cet été sur les plages et les places publiques du midi de la France. Les filles hurlent son prénom.

La femme du Duc me demande si c'est vrai ce que les gens du coin racontent. Si je vais vraiment acheter toutes les maisons du voisinage pour les faire raser ? Oui, bien sûr. La plupart ne valent pas mieux que les marteaux-piqueurs que je leur promets.

Morterolles, 20 août

La bêtise insondable de l'une, la pingrerie maladive de celui-là, l'ennui que traînent après eux ceux qui ne lisent ni ne tricotent... Il arrive un moment où je ne supporte plus ces défauts-là, graves entre tous. La pingrerie étant à mes yeux le plus sournois, le moins pardonnable.

S'il faut passer à nos proches leurs travers, eux font bien avec les nôtres ; un jour, malgré l'affection qu'ils ont pu m'inspirer, je préfère rompre sans explication. Il n'y a rien à expliquer à des gens si médiocres. Ils nous en voudront de toute façon de les avoir aimés.

Et ça recommence ! Après « les nouvelles filières de la prostitution », voici « les ravages du tourisme sexuel ». Décidément, les grands reporters du *Nouvel Observateur* veulent nous gâcher les vacances. Si le tourisme n'était pas sexuel, ne fût-ce qu'en rêve, on se demande bien ce que nous irions faire dans ces contrées impossibles pleines de moustiques ? Les temples, les musées, les charmeurs de serpents, le sirtaki, ça va bien cinq minutes. Après quoi, il faut passer aux choses sérieuses. Assez d'hypocrisie ! Nous n'aurions aucune raison de nous trimbaler de gare en aéroport, de braver des cyclones, de risquer pour le moins la mousson, de nous farcir de toute façon des palmiers, si nous n'avions pas l'espoir de quelque Lolita ou Lolito consentant à nous consoler du temps qui passe.

Les tour-opérateurs n'ont, hélas, pas de culture, ils proposeraient des forfaits André Gide, le tour serait joué. Avec la permission du *Nouvel Observateur*, de l'Église protestante, de l'amicale des anciens prix Nobel, nous partirions en voyage au Congo, à Manille, à Hong Kong, avec des bonbons plein les poches. Et en pèlerinage à Sidi Bou-Saïd, nous lirions *Paludes* à des garçons en djellaba.

Morterolles, 21 août

Presque midi. Si l'on cherche le maire de Paris, il est à Morterolles. Il porte le dernier peignoir de Stéphane, celui qui reste accroché à la place où il l'a laissé dans notre salle de bains. Bertrand vient de se lever, il tourne et vire dans la chambre de Stéphane. Midi ! Il y a trente ans que je ne me suis pas levé à une heure pareille ! Il pleut comme en novembre, je lis dans *Le Monde* la millième interview de Gréco, où elle répète les mêmes choses depuis un demi-siècle, avec ce ton enjoué de petite fille et ses airs de femme fatale qui la rendent unique. Bertrand adore. Il est là, devant moi, jambes croisées, pieds nus, svelte comme un jeune homme, mais fatigué physiquement. Déprimé, le contrecoup de tout ça. Diriger Paris n'est pas une sinécure. Il ne se plaint pas, il l'a voulu. Il n'empêche que ce matin sa déprime me gagne. Il me parle de ses copains, les jeunes rois du Maroc et du Cambodge. Nous sourions. La monarchie quand même, c'est plus amusant que la démocratie. Il ne me dit pas cela, il vénère la démocratie, Bertrand D. C'est moi qui ironise, l'homme politique préféré des Français ne peut pas se permettre de regretter Louis XVI.

Hier après-midi, nous sommes allés visiter des églises romanes, à Mortemart et Montrol-Sénard, les deux seuls villages présentables de la Haute-Vienne, ce département dont Bertrand ignorait l'existence. Il fallait nous voir penchés sur les cartes de géographie de la salle de classe d'une école communale du début du siècle dernier. Au tableau noir était écrit ceci : « L'élève doit le respect aux maîtres. » Imagine-t-on des sottises pareilles au programme d'éducation morale des classes du 9.3 ? Des touristes, surpris, ont vu le maire de Paris vaguement attendri devant des parterres de dahlias.

Cette promenade lente d'église romane en école communale, de cimetière en étang sauvage, avait un petit genre Solutré les dimanches de Pentecôte d'autrefois. La France éternelle et qui meurt pourtant, que l'on malmène sans ménagement. Les socialistes appellent cela : aménagements du territoire. Pas seulement les socialistes, les progressistes de tout poil veulent des usines partout, des centrales nucléaires, des tours, de la modernité !

Je n'aurais pas proposé à Bertrand une visite à Saint-Pardoux s'il n'en avait lui-même exprimé le souhait : « Allons-y, je veux approcher le monde émouvant de tes livres. Et puis Stéphane, je me souviens de lui à Montmartre. »

Beaucoup de souvenirs nous rassemblent Bertrand

et moi, je veux espérer que la politique ne nous séparera pas. Il devra se faire à l'idée que je m'opposerai à la clique de ceux qui tentent de faire main basse sur l'héritage de François Mitterrand, ce sont des nains et des dindes pour la plupart. Et sur l'Europe, je ne céderai pas. Je suis si furieux après ces gens, de leur arrogance, que je suis prêt à rompre avec qui voudrait me faire la leçon.

– Tu es hystérique sur la Turquie, me dit-il.

Je l'agaçais. D'autant qu'il sait que je n'ai pas tout à fait tort sur le sujet. Nous étions à Bessines dans le bureau du maire de Morterolles, une rencontre diplomatico-amicale que j'avais organisée en fin d'après-midi. C'était la Saint-Bernard, il y avait une bouteille de champagne au frais. Bertrand s'est intéressé aux tribulations des socialistes limousins. Bernard lui a révélé qu'il serait pour eux le candidat idéal pour les présidentielles. Bertrand n'a pas bronché. Et là-dessus, le maire de Morterolles a décoré le maire de Paris de la médaille de la commune sous le portrait de François Mitterrand. Un grand moment. Serge T. a immortalisé la scène, une photo officielle qui pourrait valoir de l'or.

Morterolles, 22 août

Michel Houellebecq se fout du monde et ça lui réussit très bien. Dans un bel élan de reconnaissance, la presse hebdomadaire et quotidienne de ces derniers jours lui consacre des dizaines d'articles en tout genre, illustrés de photos inénarrables. Sa déglingue très étudiée, sa crise de foie très Pacadis 70, font s'ébaudir les vieux gogo-boys du Palace. Son côté Gainsbourg, encore plus mal lavé que l'original, enivre les bobos qui n'en peuvent plus de se prosterner devant ce bouffeur de petites filles prépubères qui, par ailleurs, les vomit, les bobos.

Qu'il soit misogyne au-delà du raisonnable, réactionnaire à faire pâlir Maurras et moi, et quelque peu acoquiné à des gourous pédophiles, ne dérange pas, mais alors pas du tout, les pisse-copies des *Inrockuptibles*, un journal de « gôche » tendance « bobo Bové et compagnie », ni la délicieuse femme du monde Josyane S., qui raffole de notre Michou aux doigts jaunes. Quant à François Nourissier, il frôle l'orgasme. Laissons-le jouir en paix, il arrive un âge où l'on s'envoie en l'air comme on peut.

Houellebecq a donc bien raison de se foutre du monde, le bel Angelo coiffeur pour dames au *Figaro* a beau tenter de lui piquer les fesses avec ses ciseaux rouillés, il est seulement ridicule. En trépignant sur ses talonnettes comme un danseur de flamenco fatigué, c'est lui qui fait pitié.

À Michel Houellebecq, il faut beaucoup pardonner, son problème étant éminemment sexuel. Ce garçon bande mou. Il suffit de le regarder, l'œil penché sur sa braguette, espérant un miracle. On peut parier sans risque que la nature ne l'a pas gâté non plus de ce côté-là où les filles qui sont vicieuses passent la main pour s'assurer qu'il y a du répondant. Alors il écrit des livres pour se venger d'être si mal pourvu.

Puisqu'on l'aime ainsi à Paris, mal élevé, sale comme le peigne du bel Angelo, rusé comme une fouine, radin, libidineux, Houellebecq aurait tort de ne pas profiter de cette impunité inouïe qui lui permet de défendre des valeurs que nous partageons et de proférer des conneries sans nom qui l'amusent. Houellebecq n'est pas un con, il nous prend pour des cons.

Pour avoir été camarade de classe avec le fameux Raël, que j'appelais Claude, je confirme ici que lui aussi bande mou et qu'il se fout du monde avec un succès qui fait ma joie.

Morterolles, 23 août

À quoi ressemble-t-il ce monsieur Thénard qui traite Mick Jagger dans *Libération* de ce matin de presque vieillard ? S'est-il regardé dans la glace de sa salle de bains avant de promettre l'hospice à la star mythique de notre adolescence ? Sur la photo de une dudit journal, on le voit bondir comme une carpe en ce coup de reins dévastateur qui nous fait nous pâmer depuis notre première érection.

Si tous les « presque vieillards » de soixante-deux ans avaient le ventre aussi plat et le cul aussi haut placé que Mick Jagger, le monde serait plus gai et les maisons de retraite seraient des lupanars affolants.

Pas de chance. Il n'est ni trompettiste comme Louis ni cosmonaute comme Neil, il s'appelle Armstrong. Il est américain lui aussi, mais pour son malheur coureur cycliste. Les Français le détestent car ils en ont marre de le voir gagner le Tour de France chaque année depuis six ans. Ce qui est abusif. Cela cachait quelque chose. Le journal *L'Équipe* en apporte la preuve au monde ébahi : le beau Lance se piquait à l'EPO, un petit remontant interdit par les instances sportives qui ne badinent pas avec l'honnêteté des champions. Jamais Coppi, Bobet, Anquetil, Merckx, Hinault, Virenque et leurs copains n'ont pris de remontant. Ce ne sont pas des fillettes. Quant aux footballeurs, ils boivent de l'eau de Vichy, certains, moins sobres, préfèrent le Coca-Cola ; que quelqu'un ose en douter et il sera lynché.

Jamais nous ne verrons le roi Zidane faire pipi en mondovision.

Le piaillement des foules, des stades me saoule, je ne verrai ni les Stones ni Zidane. J'ai un besoin moral et physique de silence.

Morterolles, 24 août

S'il fallait s'en tenir à la parole des adolescents, nous serions à la merci de leurs toquades et autres crises de morosité ou d'excitation irrépressibles. Julien ne viendra pas à Morterolles cet été. Après m'avoir annoncé son arrivée imminente toutes les semaines, il tergiverse, il ne sait pas. Je viens de lui rappeler sèchement que je n'étais pas à sa disposition et que s'il débarquait à l'improviste comme il m'en menace, il y aurait peut-être quelqu'un dans sa chambre.

– De toute façon, tu ne pourras pas m'oublier. Tu ne trouveras jamais un gentil Miam comme moi...

Julien n'est pas rancunier. Chaque fois que je le rabroue, il me joue le grand air du bébé boudeur. Il fait cela très bien, et c'est moi qui suis malheureux de le savoir chagriné.

J'aurais été un père bien trop sentimental, mais Julien n'est pas mon fils. Il reste mon fiancé de la saison dernière, le dernier qui aura compté juste avant l'arrière-saison de ma vie qui ne saurait tarder. Ce n'est pas rien. Il m'aura donné autant de baisers qu'un homme peut en espérer de son fils ou de son amant.

Ce n'est pas du tout la même musique. Aurai-je

assez répété que les amours incestueuses me font horreur ? Julien n'est pas mon fils. Un jour, il épousera une fille de La Baule, peut-être même qu'il lui fera un bébé, mais rien n'est moins prévisible que les humeurs de Julien. Il se souviendra de moi le soir de ses noces, et moi de lui dans d'autres bras. Mieux vaut ne pas savoir à qui ou à quoi pensent parfois nos partenaires d'un moment, nos femmes ou nos maris. L'amour ne va pas sans mystère !

Morterolles, 25 août

Octobre 2003, l'automne tant attendu après la canicule. Une photo de la terrasse dans sa splendeur retrouvée, prise par Serge T. Vers 16 heures probablement, la lumière de ces jours-là ne me trompe pas. Une photo à mes couleurs. Ma vie en automne à 16 heures ici, quand la nuit ne tardera pas. La saison rouge et or. Le rouge cramoisi d'un reste de soleil, le rouge frais du tablier des bouchers de Jouhandeau, des théâtreuses des boulevards, celui des toreros blessés, le rouge des bordels à l'ancienne, celui des lèvres peintes de Lucienne Boyer qu'elle laissait sur les gobelets en plastique des cantines où elle buvait du mousseux tiède. Le rouge des femmes fatales. Après tant de coupes en cristal de vrai champagne frappé, j'ai vu mourir Lucienne Boyer accrochée à un rideau de scène. Rouge.

La photo de Serge T., que l'on trouvera bien innocente si elle paraît, a réveillé en moi des souvenirs de jeunesse et de coupables penchants. Elle dépasse finalement mon projet : en faire la couverture du *Privilège des jonquilles.*

La vigne vierge dégouline en cascade sur les rondins de bois d'acajou de ma chambre et du salon, le tilleul dessine des ombres sur les pierres de Saint-Yrieix et, piquées dans un bac de bois, des fleurs retombent en guirlandes sur une flaque d'eau : des bégonias. Personne ne s'en apercevra. La couverture d'un livre doit surtout faire joli sur les étalages des supermarchés. Pour le reste ! Quant à ceux de mes lecteurs qui savent la différence entre l'automne et le printemps, les bégonias et les jonquilles, ils souriront de mon espièglerie. De toute façon, ce journal traite assez peu de botanique.

Morterolles, 27 août

Bertrand se mord les lèvres pour ne pas pleurer, il prononce une phrase convenue, de celle qu'on attend d'un maire, d'un homme face à l'horreur, puis il tourne le dos aux caméras et s'en va, voûté. Ce qu'il vient de voir et d'entendre dépasse l'entendement. Bertrand D. n'est pas dépité par l'échec de Paris aux Jeux olympiques comme on le raconte. Il est déprimé. C'est pour cela qu'il se mord les lèvres quand il doit répondre de la folie des hommes.

Julien ne reviendra peut-être jamais à Morterolles, peut-être sera-t-il là pour Noël ? Avant ? Je n'organise pas ma vie autour de ses désirs, je ne finirai pas, minable, pendu à un téléphone qui ne répond pas. Il est dans la logique des choses qu'un jour le très jeune homme qui nous a aimé s'en aille aimer des filles ou des garçons de son âge. Il apprendra que toutes les passions meurent dans leur premier baiser. Qu'il revienne une fois encore se blottir dans mes bras ou me laisse tomber comme son premier ours en peluche. À Julien, je n'aurai rien à reprocher.

Morterolles, 28 août

19 heures. Ils ont commencé les travaux d'aménagement du petit bois de sapins qui longe le cimetière de Saint-Pardoux. Je vais appeler le maire pour l'en remercier. J'avais rendez-vous là-bas avec ma sœur, Jacqueline, et Francis, son mari, qui souhaitent que je leur cède un peu du terrain qui m'appartient pour s'y faire enterrer le jour venu. Leur vœu m'a surpris et touché. Ensemble, avec l'approbation de Serge T. qui m'accompagnait, nous avons choisi l'emplacement. Un instant grave, pas triste. Décider de ces choses-là ne fait pas mourir. Tout est bien !

Que mon beau-frère se débrouille maintenant avec les formalités et que nous n'en parlions plus ou le moins possible.

Morterolles, 29 août

Je devrais les faire interdire ces images pétaradantes de moi que j'ai trop complaisamment laissé filmer et diffuser partout. L'INA continue de les distribuer (ou de les vendre ?) sans mon autorisation à qui les veut. On appelle cela des bêtisiers. Maintenant ça suffit ! On a compris.

Ce décalage invraisemblable entre moi et moi, je n'ai plus envie de l'expliquer, ni de le justifier. Je suis ailleurs, loin de ce temps où je ne détestais pas me faire remarquer.

Paris, 1er septembre

Que Lionel Jospin s'apprête à faire don de sa personne à la gauche déprimée puis à la France haletante de désir pour lui, que cette hypothèse même ne scandalise pas, donne une idée de l'estime dans laquelle on tient sa parole. Que ses amis les plus proches envisagent son reniement avec impatience nous sidère, nous qui pensions naïvement que l'ancien premier ministre n'avait qu'une parole, justement. Comment peuvent-ils lui faire l'injure de le regarder comme le dernier des Noël Mamère ?

La rigolade n'est pas son genre, on ne voit pas sous quel prétexte, ni pour éviter quelle guerre civile, Lionel Jospin reviendrait aux affaires. L'homme de la rigueur morale, de l'honnêteté intellectuelle ne nous fera pas cela, il n'osera pas. Le pouvoir ne l'intéresse pas, c'est à l'avenir de la France qu'il pense le soir en s'endormant.

Paris, 2 septembre

L'écœurante démagogie sur la tête des enfants, le chantage aux bébés que nous tendent à bout de bras en guise de bouclier leurs pères fous, ces images de désespoir boulevard Vincent-Auriol, rue de la Tombe-Issoire. Ailleurs. Partout où l'on voudra. On ne sait plus très bien où. Dans tous les taudis du monde les mêmes drames annoncés, des anges noirs, si beaux, si tristes. Des anges noirs par millions qui vont mourir. Sur l'inimaginable légèreté des Africains, on ne peut rien dire sans risquer le banc d'infamie, la prison à vie pour incitation à la haine raciale. La haine, elle traîne plutôt dans les stades, sur les lèvres pleines de bière des supporters blancs comme la mort. M'obsède le sort des enfants de toutes les couleurs et je veux pouvoir le dire.

Par chance ce matin, Leonora Miano, jeune femme camerounaise qui vit en France, ne s'embarrasse pas de circonlocutions pour « dénoncer la barbarie » dans les colonnes du *Nouvel Observateur.* Son livre s'appelle *L'Intérieur de la nuit,* le cri d'une bonne fée dans un silence de mort :

« Il ne faut pas avoir peur de dire les choses, de dépasser le complexe lié à la colonisation. Il faut oser dire que les Africains commettent un crime contre l'humanité en tuant leurs enfants. Nous avons tendance en Afrique à désigner l'Occident comme le grand coupable de tous nos maux. Or l'Afrique est peut-être armée par l'Occident mais, que je sache, jamais un Occidental n'a dit à un Africain de découper ses enfants en morceaux ni à un dictateur de massacrer son peuple. On se plaint que la colonisation ait éradiqué nos cultures, en tout cas, elle n'a pas éradiqué leur côté obscur. Mon obsession, c'est le mal que les Africains se font à eux-mêmes. Personne ne leur demande d'envoyer les enfants faire la guerre. Ce sont parfois des gosses de cinq ans, à qui on fait croire que, s'ils mangent le cœur cru d'un ennemi, ils seront à l'épreuve des balles. Ils le font et, bien entendu, ils sont traumatisés à vie. Il y a aujourd'hui en Afrique des enfants qu'on traîne à la guerre et qu'on force au cannibalisme, d'autres qu'on tue à l'arme blanche. Je veux juste que ça s'arrête. »

22 heures. Dîner avec ma mère ce soir à Antony. Je n'ai pas aimé qu'elle me rapporte pour l'approuver une idée fausse de moi que lui a mise en tête une vague connaissance non qualifiée pour en juger. Qu'il se trompe passe encore, mais pas elle.

Paris, 3 septembre

De Jacques Rivière, Mauriac dit : « En amitié même, s'il ne cesse de chérir ses amis, il s'éloigne pourtant dès que semble être en jeu son intégrité. »

Rarement définition ne m'aura mieux convenu. Nous lisons des livres pour nous reconnaître, et j'étais là, la nuit dernière, à la page 226 de ces *Écrits intimes* de Mauriac où je m'enroule avant de m'endormir. Le chanteur de rock venait de se coucher encore ébloui par les scintillements de la tour Eiffel, étourdi de musique et de vin. Seul dans ma chambre (pour lire Mauriac, il vaut mieux être seul dans son lit), le corps apaisé, je reprenais Mauriac comme d'autres leur livre de messe.

Je m'éloigne, en effet, dès que semble être en jeu mon intégrité. Instinctivement, depuis mon adolescence, je m'éloigne. Quoi qu'il m'en coûte, j'ai la certitude qu'il le faut.

« Dure tâche que de s'accomplir ! Que de liens il faut briser ! Que de contacts il faut rompre ! Comme il est seul, l'homme en qui bouge le pauvre et impérieux devoir de créer ! »

Je suis cet homme-là, exactement. « Effroyablement autonome. » J'ai rompu dans ma vie, sans plaisir mais j'ai rompu. Je ne connais pas d'autres façons de sauver ma peau. Ces dernières semaines, j'ai rompu avec des hommes et des femmes qui ne le savent pas encore. Sans presser le pas, je m'éloigne. Le souvenir de certains me suffira, qu'ils me regrettent est possible. Je ferai avec ça : leurs regrets. Le chemin qui me reste n'est pas si long.

Du même Jacques Rivière, si pertinent par ailleurs, cette sottise en post-scriptum d'une lettre à Mauriac :

« Entre nous, il est bien difficile de défendre comme écrivain, comme romancier, quelqu'un qui n'aime pas les femmes. Gide ne sera jamais grand, faute de cet amour. »

La prévision était pour le moins hasardeuse et passablement risible. Si nous avons bien compris Jacques Rivière, c'est uniquement au lit des femmes que l'on ramasse les grands écrivains ? Nous qui ne savions pas que la première qualité d'un homme de lettres était de coucher avec des femmes, nous voilà bien embarrassés avec ce bon Marcel Proust et quelques autres qui, pour n'avoir pas de dispositions particulières à faire valoir de ce côté-là de l'amour, ont réussi, en dépit de ce handicap, deux ou trois livres plaisants.

Paris, 4 septembre

À propos d'un écrivain quinquagénaire quelque peu exalté, avec lequel il venait de déjeuner pour raisons professionnelles, Pierre S. que j'interrogeais sur le personnage a eu ce mot définitif :

– Il m'a fatigué, c'est le genre de type qui vous annonce la fin du monde pour mardi prochain...

Autrement dit, un cinglé. Si je ne déjeune jamais en ville, c'est aussi pour ne pas avoir à écouter de ces cinglés qui nous annoncent la fin du monde pour mardi prochain.

Le président de la République hospitalisé au Val-de-Grâce. Quel joli nom : le Val-de-Grâce. Septembre 1998, l'été jetait ses derniers feux sur les marronniers des jardins où je tournais comme un malheureux, attendant que Stéphane sorte peut-être du coma. On venait de lui transpercer le cerveau et j'attendais. J'ai attendu des heures, seul, suffocant de peur dans les jardins du Val-de-Grâce que mon Stéphane se réveille. La lumière aujourd'hui sur Paris est la même que ce jour-là, transparente et dorée. Mon chagrin le même aussi, mais sans espoir. Il était si beau ce temps-là où Stéphane allait peut-être se réveiller.

Paris, 5 septembre

Il aura donc suffi qu'un faux Jacques Chirac supplie, par téléphone, le vrai Zinedine Zidane de lui « faire un petit plaisir » pour qu'enfin les joueurs de l'équipe de France se tiennent à peu près correctement sur une pelouse pendant la diffusion de l'hymne national. On les aurait préférés au garde-à-vous, seule position admise en de si nobles circonstances, mais pour une fois qu'ils ne se tortillaient pas en mâchant du chewing-gum, on a failli être ému. Le geste de ces grands garçons pris soudain de respect pour *La Marseillaise* et l'écoutant, main sur le cœur, avait quelque chose d'impensable. On se disait que tant d'humilité n'était pas très catholique, cette brusque passion française nous laisse dubitatifs. Émus mais dubitatifs.

Il y avait de quoi. Nous aurions dû nous en douter. C'était un canular. Les joueurs, vexés, jurent qu'on ne les y reprendra plus ; ils ont honte de s'être bien tenus sur ordre présidentiel, croyaient-ils. Certains ont fait savoir que ce n'était pas leur genre d'obéir ni de chanter *La Marseillaise.* Les dieux du stade sont parfois des petits messieurs. Des guignols en playback.

Paris, 6 septembre

Rentrée des classes.

« Les folies d'ados ne sont pas absurdes. » Ah bon ! Dans le genre conneries solennelles, Pierre Bourdieu excellait. Nous qui fûmes des ados ni plus bêtes ni plus méchants que ceux d'aujourd'hui, nous ne savions pas que nos folies avaient tellement de sens, voire de valeur philosophique. On hésite entre le fou rire et l'extase.

L'orthographe ? Mais enfin madame, il faut arrêter de traumatiser les enfants avec ça... Mon amie Valérie, qui interrogeait l'instituteur de son fils de neuf ans sur son peu d'entrain aux devoirs de français, sait maintenant qu'elle est une marâtre.

Paris, 7 septembre

« On ne retient pas une femme qui s'en va, ne bouge pas... Demande-toi pourquoi elle s'en va, mais ne bouge pas... »

Je viens de conseiller cela à Jean-Christophe qui m'apprend, à l'instant même où j'écris sur les ruptures, que sa fiancée (il dit copine parfois) le quitte. Il a trente ans, le plus bel âge de la vie et, naturellement, il se consolera vite. Je me demande même s'il n'est pas déjà soulagé. L'idée du couple fait peur, sinon horreur, à Jean-Christophe, et comme les filles n'ont qu'un seul projet en tête, un mariage et des bébés, il ne doit pas s'étonner de les voir partir. S'il a raison de ne pas céder à ces pauvres petites, je lui reproche de prolonger par égoïsme et paresse le couple qu'il forme avec sa mère depuis l'enfance.

– Il arrive un âge, mon garçon, où ce n'est plus possible de rester dans les jupes de sa mère, lui dis-je.

– Je sais, tonton, ne crois pas que je ne me pose pas de questions... mais bon...

Si Jean-Christophe se pose des questions, ce ne sont pas les bonnes. La vérité est qu'il ne supportera jamais très longtemps chez lui aucune autre femme que sa mère. Cela, il ne l'avoue pas, il considère que les filles sont faites pour l'adorer et le laisser rentrer chez sa mère quand ça l'arrange. Seulement les choses ne se passent pas du tout ainsi. Berl expliquait cela très bien à Jean d'Ormesson qui le traitait de maniaque du mariage : « À mon époque, les filles ne voyaient pas d'autre issue, ou bien on se mariait avec elles, ou bien on les laissait tranquilles. Elles n'avaient pas tellement l'idée d'avoir des amants. »

Donc, il fallait y passer. Rien de changé ou presque depuis le début du siècle dernier, à cette différence près que les filles d'aujourd'hui ont tout à fait l'idée d'avoir des amants, sans renoncer aux orgues du mariage, aux risettes des bébés. Il y a des garçons très sérieusement hétérosexuels à qui ce genre de vie ne convient pas. Jean-Christophe renâcle. Berl déjà renâclait : « J'avais évidemment assez besoin d'avoir une fille avec moi, parce que les hommes, ça ne peut pas vivre tout seul, ça ne sait rien faire. Je n'ai jamais pu beaucoup me passer des femmes, c'est d'ailleurs une grosse faiblesse. »

Paris, 8 septembre

Dîner de rentrée hier chez les Berri. Claude, très aminci, le teint hâlé, attrape ses phrases au vol, et prend son élan avant de parler. Il parle peu. Ce combat contre les mots qui lui échappent est épuisant. Sans sa femme, Claude, muré dans le silence, aurait renoncé. C'est peu de dire que cet homme-là m'émeut, à peine suis-je arrivé qu'il s'inquiète déjà du retard des autres invités.

– On n'attend pas, dit-il en tapant sur sa montre, Pascal a faim...

Laurent B. n'est pas venu finalement, nous avons dîné sans lui. Claude a fait semblant, il est allé se coucher tôt. Dominique B. a posé à Jérôme B. des questions précises sur sa sexualité, celui-ci ne s'est pas démonté. Il a beaucoup insisté après cela pour je raconte mon chanteur de rock. Jérôme B. est très gourmand de mes turpitudes et Nathalie n'est pas en reste qui veut savoir, elle aussi, comment ça marche les hétéros quand ça marche avec nous, avec moi. Je passe en ce domaine pour un connaisseur. Cette réputation m'amuse, il faut savoir être léger quand on dîne en ville, et nous le savons, Philippe B. et moi.

Paris, 9 septembre

« Écrire comme tricotent les très vieilles femmes, elles ne veulent pas vraiment finir leur ouvrage : la mort ne survient pas au milieu d'un tricot. » C'est cela : « Écrire pour ne pas mourir », Anne Sylvestre l'a chanté très bien.

De ma lectrice corse (n'en ai-je qu'une ?), ce commentaire furieusement misogyne et drôle :

« Sarkozy s'en sort plutôt bien, malgré les épreuves qui l'accablent. J'ai toujours été hostile à la présence de Bobonne dans le débat politique. Les épouses ne sont pas fiables, et c'est souvent par elles que le scandale arrive. Pendant la guerre froide, Eleanor Roosevelt était la maîtresse d'un agent de l'ambassade soviétique. Quand on se souvient de son effroyable laideur, on peut s'interroger sur les intentions du diplomate. »

De Julien, pas de nouvelles. Sa voix à mon oreille, son souffle sur mon cou me manquent un peu.

Paris, 10 septembre

Vu Marco en fin d'après-midi, je pensais qu'il me boudait. Non. Il avait juste oublié de me rappeler avant son départ en vacances. Je me fais tout un mélodrame du silence de mes proches. Je redoute le pire, qu'ils soient morts, par exemple, ou pis encore qu'ils ne m'aiment plus. J'avais invité Marco à dîner à la maison le 5 juillet pour son anniversaire et il était parti sur une plage en Corse où les paparazzi l'ont piégé en maillot de bain. Il m'a paru plus flatté que fâché d'être filé comme un lofteur. Un lofteur qui l'a bien cherché, mais un lofteur vexé par les photos.

– Trop de ventre, me dit-il, la honte...

Il a décidé sur-le-champ de perdre cinq kilos, ce qu'il a fait. Marco voulait me montrer son bronzage et sa taille mannequin, me parler de lui.

– Tu me manques, m'avait-il dit hier au téléphone, comme si c'était moi qui étais parti en vacances. Si tu veux, je passe samedi...

De quoi parlons-nous, Marco et moi, lorsque nous sommes seuls, lui assis en tailleur dans un coin du canapé, moi dans l'autre ? De nos amours d'abord, de ce qui nous rend tristes ou conquérants, de nos amis ou ce qu'il en reste, et des gens de la télé qu'il ne peut plus supporter, mais qu'il supportera quand même plus longtemps qu'il ne le dit. Mais de nos amours d'abord, du mal de vivre parfois qui nous étreint. Il m'écoute plus sagement qu'il ne le fait à la télévision lorsque je cède à ses avances. On dirait même qu'il approuve mes vues, mon pessimisme sur le genre humain. Démaquillé, ce garçon est un autre. Sûr de son charme, il sait réduire la part de comédie. On serait surpris de nos connivences. Si un micro traînait entre nous, il serait indiscret.

Dîner chez l'Italien au coin de la rue de Bièvre avec Serge T. qui arrivait, essoufflé, d'on ne sait quel pince-fesses littéraire. Il raffole de ce monde qui s'empiffre aux buffets. Il est prêt à se damner pour un carton d'invitation, il frétille qu'on le reconnaisse à une exposition des peintures de Jacques Charrier à la mairie du XVIe, à une matinée dansante à l'église de scientologie, à une lecture de poésie pakistanaise en Seine-Saint-Denis. Pourvu qu'il soit invité, Serge T. est aux anges, son long nez pourrait servir de porte-manteau aux académiciens de préférence.

Morterolles, 13 septembre

Ma mère tricotait à la fenêtre de la salle à manger, un sécateur posé sur sa boîte à ouvrages, le journal de la télé ouvert à la page des programmes du jour. Dans la poche de sa blouse à fleurs, un mouchoir et ses lunettes « pour voir de loin ». Ma mère à sa place dans notre maison d'enfance, seule à petits pas, mais valide.

– Tu vois mon grand, je m'occupe. Et toi, tu repars à Morterolles ?

Elle m'a raccompagné au bout du jardin où meurent les dernières roses de l'été.

– Elles ont souffert de la pluie la nuit passée, il va falloir que je les taille... Les géraniums aussi commencent à noircir...

« Ta mère est intenable », me disait mon père, pas mécontent d'ailleurs qu'elle le soit pour lui qui, à la fin de sa vie, ne bougeait de son fauteuil que pour se mettre à table. Les femmes ne renoncent jamais vraiment, elles nous survivent pour cela. Elles taillent leurs rosiers quand nous n'avons plus envie de rien.

23 heures 15. N'être plus que de passage à Paris ; au-delà de dix jours, je ne supporte plus l'idée même

de la ville. Revenir ici le plus vite possible, le plus longtemps possible, loin du manège furieux des boulevards périphériques, de la sirène des ambulances hurlant à la mort, loin des défilés de rouspéteurs ou de la fête. Elle est en larmes, de toute façon, comme s'en va le répéter gaiement nuit et jour sur toutes les chaînes de télévision Jean d'Ormesson, aussi brillant, aussi beau que l'était Emmanuel Berl à son âge. Vieillir comme eux.

Bientôt minuit. La femme du Duc est en pèlerinage à Lourdes. Il faudrait un miracle à Morterolles pour que les morts se réveillent et que sonne de nouveau l'angélus place de l'église.

Morterolles, 15 septembre

Il m'avait fait promettre d'arrêter d'écrire au milieu de l'après-midi, vers 15 heures au plus tard.

– Comme ça on ira se promener dans la région, on pourra se baigner, visiter des églises et des châteaux...

J'avais négocié 17 heures, sans enthousiasme à l'idée de quitter le calme et la fraîcheur de mon bureau pour le suivre en baguenaude. Mon peu d'entrain à lui promettre des vacances « normales », aussi distrayantes qu'un jeune homme de dix-neuf ans peut les espérer, l'a déçu. Je suis parfois un monstre d'égoïsme. Je n'ai pas fait le moindre effort pour le ramener ici. Alors Julien n'est pas venu, il n'a pas voulu passer l'été à me regarder écrire, à attendre que je veuille bien le serrer dans mes bras. Je l'entends me supplier au téléphone début juillet :

– Si je viens à Morterolles, tu t'occuperas de moi, on fera des câlins ?

Je promettais du bout des lèvres, son impatience me perturbait. Je n'étais pas certain de trouver l'énergie nécessaire à retenir près de moi un garçon dans la force de l'âge.

Je lui ai préféré ce journal, la solitude dont j'ai besoin aussi. Ma solitude que Stéphane domine. L'impossible douleur qui me ronge. On ne peut pas tout vouloir et son contraire. Julien me manque, son rire, ses enfantillages et cette façon qu'il avait de me demander : « Tu m'aimes, mon Miam ? » On a ce qu'on mérite, ai-je coutume de dire à qui se plaint de ses échecs ou se réjouit de ses succès.

J'ai mérité que Julien m'aime, cette grâce m'a paru miraculeuse dès son premier baiser. J'ai mérité tout autant ma tristesse d'aujourd'hui. Julien voulait visiter des châteaux en Haute-Vienne. Il n'y a pas de châteaux en Haute-Vienne : je l'ai décrété.

Morterolles, 16 septembre

Les petites garces mineures qui ont mis le feu à l'immeuble HLM de L'Haÿ-les-Roses n'ont aucun souci à se faire, les psychiatres vont se bousculer au parloir de la prison pour les sortir de là au plus vite. Ils se pencheront, soyons-en sûr, avec bienveillance sur leur cas « douloureux ». Elles n'ont rien à craindre du jugement des hommes qui, dans leur grande bonté, leur accorderont le pardon.

Quant aux dix-huit morts, femmes et enfants compris, ils pourront toujours s'en remettre au jugement de Dieu, qui est bien aimable dit-on.

À peine avais-je terminé ma phrase que je tombais sur le discours que je prédisais. Celui de Boris Cyrulnik, psychiatre estampillé intouchable, touche au sublime, à l'ineffable :

« Cette rébellion fait peur, naturellement. Mais il faut comprendre qu'elle est la manifestation d'une société qui bouge. Les sociétés figées ne permettent pas la transgression. Elles n'autorisent pas l'adolescence. Dès que les filles atteignent la maturité sexuelle, elles sont engrossées. Et dès que les garçons ont la force nécessaire, ils travaillent. Ce n'est pas le cas dans les sociétés qui valorisent le progrès technologique et l'épanouissement individuel. L'apparition des bandes d'adolescents et de leurs “méfaits” est le signe d'une plus grande plasticité culturelle. Les incivilités – paradoxalement – permettent de faire évoluer la société. En bousculant la loi des aînés, elles manifestent, de manière parfois violente, un problème aigu – en l'occurrence les difficultés d'intégration de la jeunesse – et permettent à de nouveaux modes d'expression et de socialisation d'éclore. Quelque part, les transgresseurs sont “utiles”. Hélas, ces transgressions adolescentes peuvent avoir de graves inconvénients. Du fait de nos technologies modernes, elles peuvent même déboucher sur des catastrophes. Le geste des adolescentes de L'Haÿ-les-Roses (mettre le feu aux boîtes aux lettres) n'aurait pas porté à conséquence s'il n'avait été commis dans un grand ensemble. »

Le monsieur psychiatre est inénarrable, il appelle « graves inconvénients » dix-huit cercueils, et ajoute, au cas où nous n'aurions pas compris, que ce sont les « incivilités » de ce genre qui « font avancer la société ».

Morterolles, 17 septembre

– J'ai un mariage cet après-midi, venez un peu avant si vous le pouvez, je voudrais votre avis sur l'aménagement du sous-bois près du cimetière.

Le maire de Saint-Pardoux m'attendait à 15 heures, au milieu des troncs d'arbres qu'il a déjà fait abattre.

– Que pensez-vous de l'idée d'un de mes cantonniers de faire aménager une piste cyclable au bord de l'étang ?

– Et pourquoi pas des balançoires ?

Les hommes les mieux intentionnés ne rêvent que de terrains de jeux, d'espaces socioculturels, que sais-je encore. Des parkings. Les gens des mairies et autres conseils régionaux adorent les parkings. Mais j'exagère, le maire de Saint-Pardoux n'a pas de ces mauvaises intentions. Je lui ai suggéré le dépouillement, la nature, un chemin de terre battue, quelques escaliers en rondins taillés dans les sapins, peut-être un ou deux bancs de pierre... le contraire d'un parc d'attractions, un lieu de silence et de méditation interdit aux colonies de vacances.

Morterolles, 19 septembre

Ils veulent toujours plus de campings et des parcs d'attractions, des plages, des aires de repos, des repas citoyens, des noces et des banquets... la foire permanente. Ce monde-là qui cherche le bonheur sous la queue de Mickey me fait pitié. Écrire cela me fera passer pour un type impossible, mais je m'en moque. Je n'ai pas besoin de flatter le peuple, je ne suis pas candidat aux élections législatives. Les progressistes, et fiers de l'être, qui veulent notre bonheur sont bien gentils, mais leur rengaine date des années vingt. Nous savons maintenant que le bonheur n'est pas au péage des autoroutes ni même dans le pré de José Bové. En lisant dans *Le Figaro* l'interview de Finkielkraut, je croyais entendre Emmanuel Berl que sa méfiance du progrès rendait suspect aux yeux des bonimenteurs :

« Je ne suis pas apocalyptique, je suis mélancolique. Car je me heurte sans cesse à ceux que Renaud Camus a superbement appelés les "amis du désastre". Nous vivons aujourd'hui la mort du silence. Un bruit incessant vrombit de toute part. Or la droite et la gauche sont d'accord pour sponsoriser les rave-parties et les Techno Parades. Car on ne veut pas se couper de ceux des jeunes qui réclament leur droit au vacarme et à la fête. De même, je suis d'autant plus attristé par la disparition de la culture à l'école que ce désastre a énormément d'amis : les chercheurs en sciences sociales qui bâtissent le village Potemkine du "niveau qui monte", qui voient dans l'exercice de l'autorité et dans l'évaluation des élèves une insupportable humiliation, qui dénoncent enfin la violence symbolique d'une "langue normée" ; mais aussi les politiques qui, pour ne pas mettre en pétard les jeunes, les fédérations de parents d'élèves et les syndicats d'enseignants, ou simplement parce qu'ils sont intoxiqués par le mensonge ambiant, refusent de regarder la réalité en face. »

Morterolles, 20 septembre

Lily rêve en couleurs, elle voit « des fleurs formidables la nuit ». Elle boit du champagne à table, deux doigts de porto en apéritif et de l'armagnac hors d'âge avant d'aller dormir. Elle dort très bien.

Je la regarde vivre ici, seule avec moi depuis une semaine, silencieuse quand je veux me taire, primesautière si l'heure est venue. Lily n'est pas contrariante, j'envie sa nature heureuse qui lui vaut tant de rêves en couleurs. Tandis que je me débats dans mon lit aux prises avec mes cauchemars, « elle voit des fleurs formidables ».

Aurai-je un soir quatre-vingt-neuf ans moi aussi et des nuits paisibles enfin ?

Julien s'entête, sa voix au creux de mon oreille avant de m'endormir me manque. Il ne m'appelle plus par orgueil, je ne l'appelle plus par pudeur. Un homme raisonnable doit savoir se tenir et, d'ailleurs, je me tiens. Les chagrins d'amour sont des occupations de jeunesse. Je suis à l'âge du deuil.

Morterolles, 21 septembre

16 heures 30. Retour de promenade.

Un agent de la DDE, aimable comme une grille d'égout, est venu interpeller mes jardiniers et leur demander ce qu'ils faisaient et de quel droit, armés de pelles et de pioches, sur le trottoir qui longe ma propriété. Comme si ça le regardait, comme s'il était chargé d'inspecter les travaux finis. Il a bien de la chance de n'être pas tombé sur moi, à cinq minutes près, je lui aurais parlé du pays, je lui aurais expliqué à ce fonctionnaire mal embouché que mes jardiniers réparaient à mes frais les trottoirs défoncés que la DDE est chargée justement d'entretenir. En prenant l'initiative d'aménager le bien commun, je n'espérais aucun remerciement de personne, mais certainement pas devoir rendre des comptes à quiconque. On n'imagine pas, quand on habite en ville, à quel point ces affaires de travaux publics dans nos provinces sont amusantes et compliquées. On ne sait jamais qui, de la mairie ou du conseil général, est chargé de suivre et de financer tel ou tel projet, qui décide de quoi et quand.

Dans le meilleur des cas, ce sera à la Saint-Glinglin. Je n'ai pas le temps d'attendre aussi longtemps ; le droit je le prends et je signe le chèque. Mon impatience est à ce prix.

Morterolles, 22 septembre

Sa Sainteté Benoît XVI a signé un texte de loi (dit-on un décret ?) que le Vatican va rendre public cette semaine, où l'on apprendra avec soulagement que « la prêtrise sera désormais interdite aux homosexuels ». Enfin un peu d'ordre dans les sacristies ! Et si l'idée venait à Sa Sainteté d'interdire aussi la prêtrise aux hétérosexuels pratiquants, on pourrait faire dire la messe par des chômeurs de longue durée.

L'hypocrisie de l'Église catholique fait ma joie, il n'y a d'ailleurs pas de religions sans hypocrisie, c'est même ce qui leur donne tant d'attraits. Les musulmans, par exemple, ne savent pas du tout de quoi il s'agit quand on leur parle d'homosexualité. Le jeune Tunisien, vendeur chez McDonald's à Roissy-en-France, qui passe régulièrement boire un verre de whisky à la maison, m'a expliqué sans rire la nuit dernière que le Coran est beau :

– C'est Dieu qui l'a voulu, alors c'est normal.

Il y a des jours et des nuits où, Dieu merci, la normalité n'empêche rien.

Morterolles, 24 septembre

Seul. Lily est allée passer quelques jours chez sa belle-sœur en Normandie, elle rapportera du calvados et des cartes postales avec des vaches en couleurs pour sa collection. Serge T. a deux enterrements, une messe du souvenir en souvenir d'un légionnaire de ses amants d'avant-guerre, un vernissage à Beaubourg et il doit déjeuner jeudi à la cantine de la Cour des comptes où il a ses habitudes et des tarifs préférentiels. Autant dire que sa rentrée à Paris est un triomphe. Ce besoin qu'il a de se montrer partout est un peu vulgaire pour un homme qui ne s'endort pas sans Plutarque.

Je suis donc revenu seul ici regarder l'automne allumer d'or la forêt et reprendre ce que la mère de Jouhandeau appelait « le ronron des jours ». Je ne peux plus me passer très longtemps de cette musique-là si rassurante, douce à ma mémoire.

Seul ici, je ne le suis jamais vraiment, je cale mes pas sur ceux de Stéphane. Il est là, je l'entends rire dans la maison, je le vois traverser à cheval au grand galop les prés et les bois. À l'aube, le nez collé au carreau de ma chambre, il dessine sur le givre un cœur autour de nos deux prénoms.

Morterolles, 25 septembre

C'est fait. Mine de rien avec cette douceur terrible de sainte Nitouche qu'on lui connaît, madame Ségolène Royal répond que « oui, bien sûr », si les Français la sollicitent, si ses adorables camarades la désignent par acclamation, elle sera candidate à la présidence de la République. C'est aussi simple que cela ! L'affolement des grands dadais du parti socialiste qui s'y voyaient déjà fait pitié. Ils vont devoir s'écarter sur l'estrade pour laisser passer Madame, qui n'est pas du genre à « rigoler » tous les jours. Elle va les mettre au garde-à-vous, ils sont piégés, faits comme des rats. On ne bouscule pas une femme si gentille, et très émouvante avec ça ! Puisqu'ils sont féministes, ils seront servis. Des enfants de chœur vraiment que ces messieurs qui veulent gouverner la France et ne voient pas venir la femme qui va les manger.

Jack Lang ne pourra plus sourire de mes prévisions simplettes. Bertrand les balaye d'un revers de main, l'affaire est dans le sac à main de madame Royal. Il faut être naïf, voire même un peu neu-neu, pour ne pas avoir compris que l'avenir appartient aux mères de famille nombreuse. Madame Royal sera pour cela plébiscitée par les militants socialistes et l'on ne peut pas exclure que les Français, si farceurs, l'élisent présidente.

Quelques-uns de mes amis au téléphone ce matin, parmi lesquels des hommes politiques de droite et de gauche, me trouvent « très pessimiste ». « Elle ne tiendra pas, me disent-ils. Elle n'a pas l'envergure. » Ce sont les mêmes qui prédisaient des élections triomphales à messieurs Balladur et Jospin.

Morterolles, 1er octobre

À la veille de l'ouverture des pourparlers en vue de l'adhésion de leur pays à l'Union européenne, les Turcs menacent, oui, ils menacent, de ne pas s'asseoir à la table des négociations si on ose leur demander ne fût-ce qu'une parole aimable en signe de bonne volonté. Il n'en est pas question. Mieux, ils posent leurs conditions. Et, malgré cela, malgré la belle résistance de l'Autriche qui sauve l'honneur, le rendez-vous, hélas, sera maintenu. Nous céderons sur les principes, la morale et le droit des femmes, nous céderons sur tout, nous nous excuserons même, s'il le faut, d'avoir confondu génocide et bal masqué. Et les Turcs viendront, « sûrs d'eux et dominateurs », s'essuyer les pieds sur notre amour-propre. Les festivités commencent lundi prochain.

Notre lâcheté sera irréprochable. Au nom des droits de l'homme, nous nous assoirons sur la mémoire arménienne et l'humiliation des Chypriotes. Dans *Le Figaro* de ce matin, dernier numéro du genre historique donc, Alain Lamassoure, xénophobe bien connu, belliciste convaincu, relève l'évidence même. Indiscutable !

« Admettre la Turquie dont 95 % du territoire est en Asie mineure, c'est admettre implicitement que l'Union européenne n'aura pas de frontières, car au nom de quoi refuserait-on demain la Russie, l'Arménie, les pays du Caucase, Israël et le futur État palestinien, puis les autres riverains de la Méditerranée ? »

Au nom de quoi, en effet, refuserait-on d'accueillir ces peuples chamarrés ? Quel délit de sale gueule interdirait aux Israéliens et aux Palestiniens de se joindre à nous si l'envie leur prenait de participer bientôt à cette grande partouze qu'on appelle aussi Union européenne ?

Rien ne me déplaît comme d'avoir à commenter l'actualité politique dans ce journal qui n'est pas fait pour cela. Je résiste le plus souvent, mais je reste indigné par le spectacle du monde.

Serge T. est venu finalement reprendre son interminable conversation avec Christiane dans la cuisine où il se plaît tant à découper des magazines pour ses collages. « Surréalistes », dit-il. C'est lui qui est « surréaliste ».

J'ai demandé à la femme du Duc de le garder à dîner ce soir, elle est ravie mais inquiète d'avoir à le contenter tant il est difficile à table, « chipoteur », disait ma mère. Ils se débrouilleront. Christiane leur a préparé un panier-repas avec du rosé de Bandol, du jambon, des œufs et des cèpes ramassés ce matin par Christophe à l'orée du bois. Ils ne seront pas malheureux. On ne s'ennuie pas avec un homme pareil dont la bonne humeur confond et console le bougon que je suis.

Marco m'a annoncé hier qu'il arrivait ce soir à 20 heures en gare de Limoges. « Viens, lui avais-je proposé, c'est un bled perdu mais cela te changera les idées. » Quelque chose me dit qu'il en a besoin. J'ai mis Serge en pension chez la femme du Duc pour que nous dînions seuls.

Morterolles, 2 octobre

Lui ici, assis par terre en tailleur dans mon bureau, adossé à la bibliothèque sur des coussins de velours grenat, les journaux de ce dimanche étalés devant lui, des dossiers de presse en vue des interviews qu'il mènera à pleines dents la semaine prochaine, à la radio et à la télévision, et son téléphone portable. Son jouet. Il ne l'aura pas lâché du week-end, les yeux baissés sur le cadran où défilaient des mots en couleurs, des promesses de rendez-vous, des bisous, mais pas ceux qu'il attendait. Les yeux baissés, Marco n'a rien vu de Morterolles que son portable. Si triste en ce moment. Qu'il le cajole ou le malmène, il boude. Avant l'invention du téléphone portable, nos tourments s'éternisaient, on s'habituait à l'attente, le facteur prenait son temps, peut-être même que la lettre s'était perdue, « pas de nouvelles, bonnes nouvelles », disait-on. Les textos ne nous laissent aucun espoir, on peut rompre désormais en une fraction de seconde, au bout du monde, d'un mot. Adieu par exemple, qui n'engage à rien, mais produit son effet aussi sec. Marco m'a montré son cadran lumineux.

– C'est facile comme tout, je t'apprendrai, tu ne pourras plus t'en passer...

Me ferai-je piéger un jour moi aussi par les « je t'aime, reviens... je ne t'aime plus, adieu » ? Non, il est trop tard. Les chagrins d'amour sont un passe-temps pour la jeunesse, c'est toujours la même histoire, éternellement recommencée. Il y a un âge pour cela, je l'avais expliqué à Jean-Christophe, je l'ai répété à Marco. On ne retient pas quelqu'un qui s'en va en se traînant à ses pieds, jusqu'à « devenir l'ombre de son ombre, l'ombre de son chien ». Il n'y a que dans les chansons qu'on entend cela qui est grotesque. Marco m'a écouté. Les réverbères du parc allumaient des bougies sur l'eau noire des étangs.

Presque un anniversaire. Nous avons mangé des blinis au saumon et bu du champagne. Un dîner de garçons, à plus de vingt ans de différence. Lui et moi si différents et bien plus vulnérables que nous ne l'avouons. Marco trouve aussi que ça complique la vie d'être amoureux.

– Tu as raison, je coupe mon téléphone.

Puis il m'a suivi, lentement, place de l'église, là où je n'invite personne sur mes pas sinon ceux-là qui viennent ici pour me suivre un peu. Marco est venu quelques heures, j'ai enroulé autour de son cou l'écharpe en cachemire bleu marine de Stéphane.

Morterolles, 3 octobre

La ronde s'essouffle un peu, des mains se lâchent, des regards se détournent, beaucoup de ceux qui entrèrent dans la danse autour de moi au fil des années sans lui ont perdu de leur entrain. Je n'ai plus la force de les retenir. Leurs tourments irréprochables m'épuisent pourtant. Les garçons grandissent vite, les femmes qui les consoleront ne sont pas nées. Julien aura vingt ans bientôt.

« Se résoudre aux adieux », Philippe me demandait ce matin si ce titre pour son prochain roman me convient, si je le juge pertinent. Il sait bien que oui, se résoudre aux adieux est le seul triomphe possible avant la nuit.

Paris, 4 octobre

Ludovic, le fils espiègle d'une amie chanteuse, raconte avec enthousiasme ses maîtresses et ses amants. « Je suis un libertin », avoue-t-il. Va-t-on le pendre ? Mon copain Patrick S., la mèche blonde dans l'œil, la main au cul de qui passe, nous assure que l'échangisme est une pratique joyeuse et démocratique. D'une plume élégante et racée, le cher Frédéric M. livre sans trembler sa « mauvaise vie » aux populations reconnaissantes de sa franchise.

Passer aux aveux les yeux dans les yeux de Mireille Dumas est la plus douce façon de nous faire aimer. Que nous soyons en larmes ou sexuellement triomphants, on nous aimera. Passer aux aveux fait de nous des héros. Quand on songe à tous les pauvres types qui doivent se contenter la plupart du temps de leur main droite ou de leur femme, on se dit que la vie est trop injuste.

18 heures. Chanter cet après-midi à la mairie du IVe arrondissement, le mien. Un pont à traverser, quelques pas sur les quais, une promenade mains dans les poches. Bertrand a voulu assister au spectacle. J'aurais préféré qu'il me voie sur une scène plus confortable mais bon, il y tenait. La mairie du IVe est la plus proche de la sienne. Il est venu à pied lui aussi, après avoir déjeuné avec le président de l'Afghanistan. Quelques chansons populaires, le souvenir de Dalida et, dans l'ombre, le sourire tendre de Bertrand.

Je dîne ce soir place Beauvau. Ce n'est pas Bertrand qui me reprochera d'avoir des amis à droite. Et puis, je ne me lasse pas de l'entendre me demander :

– À propos, mon petit Pascal, comment va ton ami Sarkozy ?

Paris, 5 octobre

Nicolas S. a la migraine, il n'est pas allé au Conseil des ministres. Boude-t-il ou a-t-il vraiment mal à la tête ? La France retient son souffle, les agences de presse s'affolent.

Bertrand D., qui m'interrogeait avec malice, est fixé maintenant : Nicolas S. a la migraine. Il n'a pourtant bu que de l'eau hier à table, de grands verres d'eau, et grignoté du chocolat mais peut-être s'est-il couché un peu tard ?

Après dîner, nous avons chanté au coin du feu dans son salon privé jusqu'à onze heures passées. Ce n'est pas une heure déraisonnable, même pour un ministre d'État en exercice. Nicolas S. a une passion presque adolescente pour la chanson. Je n'en suis pas revenu de l'entendre chanter les succès du jour et ceux de sa jeunesse. Il dit : « J'adore la chanson » sur le même air connu que « j'adore la politique ».

– J'allais avec ma mère en matinée à l'Olympia, Hugues Auffray était l'une de mes idoles, et puis Sylvie et Dalida. Et Corneille, mon cher Pascal, n'est-ce pas un garçon formidable ? Et Chimène Badi, quelle voix, non ? Et tous vos petits jeunes le dimanche, ils sont impeccables.

Autour du feu, il y avait Pierre, son meilleur ami, si charmant qu'on aimerait qu'il devienne le nôtre, Mimi-Ma, Didier B., sa femme et moi. Pas la femme du ministre, non, celle du parolier de Sardou et de Julio Iglesias. Didier a chanté lui aussi, je reprenais en chœur du Ferré, du Trenet, du Ferrat. Nicolas applaudissait : « Une autre, une autre ! » Je croyais entendre François Mitterrand réclamer une blague pied-noire à Roger Hanin.

Sur Mitterrand, Nicolas laisse paraître son admiration.

– Je me souviens avoir visité beaucoup de cimetières avec lui lorsque nous étions en voyage officiel à l'étranger. Ça m'intriguait cette fascination qu'il avait de la mort...

– Donc de la vie, dis-je. Sa maîtrise des hommes et du temps.

– Oui sans doute... Il était très fort et puis son génie pour retourner des situations intenables. Remarquez, de ce côté-là, j'ai déjà beaucoup donné...

Nicolas S. était apparemment de la meilleure humeur possible, pas du tout grognon comme on le prétend. On ne pouvait vraiment pas prévoir qu'il aurait la migraine ce matin.

Paris, 6 octobre

Lily a le cœur fatigué.

– C'est normal, me dit-elle, il a beaucoup servi.

Lily ne s'affole pas pour si peu, elle ira demain passer un scanner dans une clinique du XXe arrondissement à côté de chez elle en se « promenant ». Une promenade de santé !

– Après, si tu veux, je viendrai te rejoindre à Morterolles. Ça va être la saison des champignons...

Moi qui me crois à l'article de la mort quand j'ai le nez bouché, je devrais avoir honte.

– Pourquoi se faire du mouron ? De toute façon, ils vont pas me changer le cœur maintenant, ils vont me donner des pilules et ça repartira pour un tour...

Ma mère a-t-elle oublié que papa est mort il y a trois ans aujourd'hui ? Je me garde bien de lui rappeler ce souvenir-là ; les jours anniversaires ne sont pas plus tristes ni plus douloureux que les autres. Nous les comptons en silence, ma mère et moi.

Julien ne s'appelle pas Julien et ne vit pas à La Baule. Quelque chose me dit qu'il m'écrira pour mon anniversaire.

Morterolles, 7 octobre

– Êtes-vous toujours de gauche ? me demande un journaliste éberlué d'avoir appris « de source sûre » que j'avais dîné place Beauvau.

Il en faut peu à certains pour être éberlués. Comme si être de gauche était une qualité intrinsèque qui interdisait de dîner en ville avec le ministre de l'Intérieur. Ai-je jamais été de gauche ? Oui, du côté de mon enfance, de ma jeunesse étourdie de bonheur entre mes parents communistes et des voisins, des cousins, des copains qui ne l'étaient pas moins. Nous étions communistes gaiement, c'était une occupation formidable, une façon d'emmerder le monde, de se croire intéressant. J'ai vendu *L'Humanité* le dimanche sur les marchés à Antony, trois fois. Je suis indéfendable. Je votais communiste avec ferveur, le cœur battant, je me croyais un héros de la classe ouvrière. La modestie ne m'a jamais empêché de croire en mon destin.

La télévision diffusait il y a quelques jours un document sur la mémoire du Parti, pleine de trous et de bosses, où l'on voyait ce bon gros Jacques Duclos, l'idole des masses populaires, éructant à la tribune du Vél' d'Hiv : « Il n'y a pas de pédérastes chez nous », sous l'œil de biche énamourée de Louis Aragon.

Quel temps heureux que celui-là où il n'y avait pas de « pédérastes » au parti communiste français. Car il disait pédéraste, le bon Duclos, ça ne faisait rire personne à l'époque. Pédéraste, les travailleurs tremblaient de peur à l'idée d'en rencontrer un la nuit dans le bois de Vincennes en rentrant de la fête de *L'Huma.* Autant l'avouer, il m'est arrivé d'en rencontrer plusieurs et de très bien m'arranger avec eux. Communiste ! Rien que ça vous lavait de tout. Mes parents m'ont bien élevé, je suis propre comme un sou neuf.

Louis Aragon est mort de honte, sous le masque d'un vieux clown blanc, la main dans la culotte d'un jeune homme qui n'a pas porté plainte. Affaire classée.

Suis-je toujours de gauche ? Cette question dans le bol de mon petit déjeuner ce matin ne se pose plus.

François Mitterrand est mort.

Morterolles, 9 octobre

Une association pour la protection de la famille, ou quelque regroupement du même acabit, veut faire interdire l'affichage dans le métro de photos où l'on voit s'embrasser des garçons entre eux et des filles entre elles. Les associations du genre parents d'élèves soucieux de leur progéniture, qu'elles soient catholiques ou cégétistes, se déconsidèrent s'il en était besoin en dénonçant les mauvais baisers, les mauvais penchants. « Ça risque de traumatiser nos enfants », disent-elles !

Il nous avait semblé pourtant qu'il leur en fallait un peu plus pour les traumatiser, leurs enfants. Le journal télévisé, les séries américaines suffisent. On sait bien à quoi jouent ces chérubins dans les cours de récréation. Les parents feraient mieux de surveiller d'un peu plus près les téléphones portables et les ordinateurs de leurs fils, et les textos que leurs filles de douze ans envoient au prof de gym. Et puis enfin, chacun le sait, c'est dans l'écœurante proximité des salles de bains familiales que se jouent le plus souvent ces affaires qui salissent les journaux quotidiennement. L'indécence est là, sous la douche, dans la baignoire où se frôlent des beaux-pères et des adolescentes.

Morterolles, 10 octobre

N'étant pas un repris de justice, ni un contribuable indélicat, n'ayant pas de temps à perdre, je refuse par principe les lettres recommandées que m'adressent toutes sortes de gens inconscients, avec l'idée de m'obliger à les lire. Il faut être bien mal éduqué pour déranger le monde avec ses jérémiades ou ses compliments.

J'avais donné procuration à Christiane, je viens de la lui retirer pour que la factrice ne la presse pas chaque matin sur un ton comminatoire de signer les reçus qu'elle lui tend sous prétexte justement qu'elle en a le pouvoir.

D'où qu'elle vienne, désormais, je n'accepterai plus une seule lettre recommandée.

Morterolles, 15 octobre

Vu maître D. afin qu'il expédie pour moi quelques affaires courantes. Maître D. n'est pas du genre expéditif, il est notaire ; aussi voulait-il m'entendre avant de rouvrir les dossiers que je lui avais conseillé de laisser traîner un peu sur son bureau parce que je n'aime pas beaucoup que l'on me force la main, ni que les escrocs me demandent des comptes.

– Vous n'allez pas raconter cela dans votre journal ?

Les notaires ont des prudences de Sioux. Moi pas. Je refuse de payer depuis trois ans le syndic d'immeuble de la rue Saint-Louis-en-l'Île, qui me réclame 5 950 euros d'honoraires et de charges pour mon garage à Paris, soit 170 euros mensuels. Je ne suis pas mauvais coucheur mais il se trouve que je ne dors pas dans mon garage, que je n'y donne pas non plus de surprises-parties. Alors – et sans doute suis-je obtus –, je ne vois pas très bien à quelles dépenses somptuaires j'entraîne la copropriété ? Je paie l'électricité, il n'y a ni ménage à faire ni ordures ménagères à sortir car, dois-je l'attester sur l'honneur ?, je ne dîne pas dans mon garage. Dans sa grande bonté, le syndic a bien voulu l'admettre et proposé que le coût de l'installation de l'antenne satellite de télévision me soit éventuellement dégrevé.

– Devons-nous les remercier ?

– Oh, cher monsieur, si vous saviez tous les trafics de ces gens-là...

Maître D., imperturbable et jovial, va s'occuper de ces gens-là.

– Nous irons jusqu'à la Cour européenne de justice s'il le faut.

Allons-y mon cher maître, allons-y. L'Europe à mon secours, un comble.

Je refuse également de solder la facture d'un poseur de tuyaux d'arrosage qui me réclame 3 719,56 euros pour l'intervention en mai dernier de deux manœuvres de son entreprise venus réparer le circuit automatique devant la terrasse. 3 719,56 euros pour deux jours de travail effectifs, auxquels l'entrepreneur ajoute trente-deux heures supplémentaires au même prix, sans préciser qu'il s'agissait là de reprendre les erreurs, les mauvais branchements de la veille. En détaillant la facture, on relève aussi, et avec joie, que les manœuvres de cette entreprise très sociale gagnent environ 180 euros nets par jour, ce qui arrondit leur fin de mois autour de 4 000 euros. Une misère dont se contenteraient les infirmières de l'hôpital public et le personnel hospitalier par exemple. Une misère vraiment !

– Oh, cher monsieur, si vous saviez !

Maître D. va voir ce qu'il peut faire. Je suis assez pessimiste car je crains qu'on ne puisse rien contre un chef d'entreprise qui paie ses ouvriers 4 000 euros par mois.

Troisième affaire courante, « hélas trop courante, cher monsieur ! », s'exclamera maître D. quand il saura le fin mot de l'affaire. Je refuse le devis d'un géomètre du canton qui évalue à 490,36 euros son éventuel passage sur les terres, les prés et bois que je viens d'acquérir, afin de « matérialiser et reconnaître les lieux ». Cela me paraissait déjà assez gentiment payé pour une promenade mais le plus beau est en toutes lettres : « Il ne s'agit pas d'une division foncière qui devra être envisagée par la suite, mais d'une position donnée approximativement. En d'autres termes, ce devis ne comprend pas les frais de travaux de débroussaillage qui pourraient être nécessaires pour accéder sur l'ensemble du terrain. »

Autrement dit : Cher monsieur, mon éventuel déplacement sur vos terres ne servira à peu près à rien et il vous en coûtera la modique somme de 490,36 euros.

Le géomètre « diplômé de l'Institut de topométrie » dépasse les bornes. Je devrais lui écrire cela, qui fait un peu chansonnier : Vous dépassez les bornes !

– Qu'en pensez-vous, mon cher maître ?

– Oh, cher monsieur, je vous en prie, trouvons plutôt un arrangement...

Je n'ai pas envie de m'arranger avec n'importe qui.

Toute la matinée, des fleuristes ont livré des bouquets rouges et ronds comme je les aime, ou des roses congelées, raides comme la mort, sans parfum. Je me suis fâché après cette même fleuriste qui ose me livrer et faire payer à mes amis des fleurs congelées. Des fleurs partout que Christiane et Serge T. disposent dans tous les vases de la maison. Des fleurs pour Stéphane et moi avec quelques heures d'avance.

Le 16 tombe un dimanche cette année, autant dire qu'il tombe mal. Il n'y a pas de courrier, pas de fleurs, pas d'enterrement, rien. Il faut les entendre parler du dimanche, de « leur dimanche » comme s'il était sacré, ce jour-là. Si je reprends pour la énième fois les lettres de Marie Jouhandeau à son fils, datées des années trente, c'est pour lire ceci :

« Mon grand. Dimanche 7 novembre. J'attends le facteur avec impatience, il ne tardera pas à me porter de tes nouvelles, le dimanche passera plus vite, je n'aurai pas le temps de m'ennuyer. Après je filerai à la messe d'enterrement de madame Quincalon, on l'appelait Maimaine, tu te souviens la veuve de ton professeur de français. C'est son tour aujourd'hui. »

Je rêve de ce monde-là où les facteurs sonnaient le dimanche aussi.

Morterolles, 16 octobre

Datés d'un autre 16 octobre, il y a sept ans, les mots tremblants d'un Baptiste : « Que vous dire sinon que je pense à vous, à Stéphane et que je vous aime ? » Des serments affolés, des promesses qui ne seront pas tenues, dictées par l'émotion. Des regrets éternels aujourd'hui. Un jour, il faut classer sans suite le petit courrier intime que nous gardions à portée de main par négligence et par superstition. Je viens de faire cela : classer sans suite une dizaine de lettres de tous les Baptiste et autres Lulu.

On s'abîme à relire des mots usés par mille siècles d'amours, des mots purs qui virent au mensonge à peine l'encre séchée. Sur nos lèvres, les « je t'aime » murmurés en jouissant, que valent-ils ?

En larmes, nous ne nous contrôlons pas mieux. Ce sont les jours d'après qui comptent, les mots d'après l'amour et la mort. Il n'y a de passions exemplaires que celles qui durent. Stéphane à lui seul les aura toutes incarnées, mes derniers mots d'amour seront pour lui.

À tous les Baptiste de ma vie sans lui : adieu.

Morterolles, 17 octobre

Les téléphones portables ne portent pas à Saint-Étienne-de-Fursac, un discret village de la Creuse, où je signais mes livres hier après-midi. Ça n'a aucune importance puisque je n'avais pas besoin de téléphoner. J'étais venu là en voisin pour la troisième fois, à l'invitation d'une dame de mes lectrices. Le 16 octobre. Un dimanche. Nous étions rassemblés dans le préau de la mairie où cavalaient des petites filles énervées, des sucettes à la bouche, des cheveux plein les yeux. Quelques petits garçons bâillant d'ennui. Comme je m'étonnais de la présence de tant d'enfants dans une réunion littéraire, il m'a été répondu qu'il fallait bien les amuser, donc les laisser cavaler au nez et à la barbe de vieux écrivains dans mon genre.

J'ai vu passer et repasser devant nous, sans même nous voir, des familles nombreuses, des bébés endormis sur le ventre de leur mère. Notre littérature peut bien attendre que les enfants grandissent, l'objet de leurs désirs ressemble plus à un DVD qu'à un livre.

Certains osent une question profonde, métaphysique : « Ça parle de quoi, c'bouquin ? » Nous qui n'avons pas de génie pour inventer Harry Potter, Tintin ou Astérix, sommes exposé au mépris des familles nombreuses. Par chance, il nous reste des femmes de plus de quarante ans et des grands garçons entre dix-huit et trente ans sans lesquels nos « œuvres » seraient lettre morte.

Il s'en est trouvé quelques-uns d'assez gentils pour s'approcher de la table en Formica où je me tenais, des dames surtout, sorties des bourgades alentour, venues me voir « en vrai » et me parler de Stéphane. Des dames qui lisent mes livres pour lui d'abord, et qui ne me demandent pas : « Ça parle de quoi, c'bouquin ? »

Pas de lettre de Julien. J'aurais parié qu'il profiterait de mon anniversaire pour m'écrire sinon des mots d'amour, des mots à nous comme il m'en a tant dit. Sur mon répondeur qui explose ce matin, rien non plus, des voix mêlées les unes aux autres, qui se répondent comme en écho, des voix de circonstance, des voix trop enjouées pour la saison, des voix amoureuses, mais c'est le silence de Julien qui m'assourdit. Un silence de mort.

Je me tiens prêt. Fier et misérable. J'attends de Julien le dernier baiser qu'il m'a promis.

La voix de Prudy, grave, un rien solennelle, pour m'assurer de ses bonnes pensées. Que puis-je en faire sinon mon deuil ?

Morterolles, 20 octobre

Pierre S., qui n'est pas homme à se scandaliser facilement, a failli s'étrangler en découvrant avec stupeur le jugement sans aménité que porte ma lectrice corse sur Eleanor Roosevelt.

– Elle était laide assurément, mais avant tout très intelligente, et elle avait un sens politique remarquable...

Pierre S. a raison, on ne doit pas réduire une femme à son nez, fût-elle Cléopâtre.

Femmes (suite). Ségolène Royal, qui ne manque pas de sens politique, on le verra, et dont la beauté pincée n'est pas discutable, m'effraie. Philippe, qui en pince pour elle (affinités charentaises obligent), ne comprend pas que je la redoute.

– Elle est aussi réac que toi, contre le mariage gay, le bizutage, le voile et le string à l'école...

J'avais oublié cela, en effet, qui n'est pas rien. Une

femme qui refuse que les pisseuses de treize ans aillent cul nu en classe mérite malgré tout quelques égards. Autant pour moi.

Femme. Modèle unique celui-là, Jane Fonda dans la splendeur de son âge, belle, si simplement belle qu'on reste un peu bête de ne pas trouver un adjectif moins convenu à lui offrir. Il faut voir ces jours-ci à la télévision les hommes qui la reçoivent, comme des petits garçons devant elle qui ne fait rien, presque rien, pas un effet pour séduire. Elle est la séduction incarnée. Un naturel à flinguer les misogynes militants. Elle dit : « Ted Turner avait vingt-trois propriétés, c'est vingt-deux de trop. Il ne tient pas en place, nous nous sommes beaucoup aimés... » Elle tend les bras comme il les lui tendait pour la tenir tendrement prisonnière. « À soixante-huit ans, je veux rester tranquille, ne pas bouger, mes enfants, mes petits-enfants sont là, tout est bien. » Et puis le souvenir de ses amants, de ses maris illumine son sourire si c'est encore possible. Sans remords ni regrets. Jane Fonda partagea l'un de ses maris avec Catherine Deneuve et Brigitte Bardot ; cet homme-là avait des femmes la même idée que nous.

Christophe a déposé un mot sur le rebord de la fenêtre de la cuisine : « Bon anniversaire, monsieur, et merci. Grâce à votre gentillesse, à vos humeurs aussi, on ne s'ennuie pas chez vous. » Un jeune homme que mes humeurs distraient tandis qu'il ramasse les feuilles mortes à la pelle a de beaux jours devant lui.

Paris, 25 octobre

Roland Dumas applaudit sans réserve à l'éternel retour de Lionel Jospin ; une comédie qui commence sérieusement à nous fatiguer. Le reniement en politique est un sport recommandé, mais là vraiment on touche le fond dans la spécialité. Je viens d'écrire à mon voisin l'ancien ministre, moins flamboyant quand la meute était à ses trousses :

« Mon pauvre Roland, tout ça pour en arriver là... quelle pantalonnade, quand on sait ce que pensent tes petits camarades de la rue de Solférino, ceux-là qui te tiennent pour un pestiféré, un résidu du droit d'inventaire, on a pitié de toi. Je ne regrette pas de t'avoir défendu contre eux. J'ai dans l'oreille encore les mots terribles que ces gens t'inspiraient il n'y a pas si longtemps un soir chez Lipp où, te voyant seul, nous t'avions invité à dîner. Je me souviens aussi de ton courage dans l'épreuve. Je ne pouvais pas imaginer, suis-je naïf, que tu finirais ta carrière comme président du comité de soutien de Lionel Jospin. Enfin, c'est moi qui te nomme président, tu n'as rien réclamé, de toute façon, même en queue de liste, ils ne voudraient pas de toi. »

Paris, 28 octobre

Si j'avais tenu le carnet de bord de ma tournée dans les mairies d'arrondissement, noté la qualité de l'accueil que les équipes municipales nous ont réservé, on trouverait aux premières places de la courtoisie les maires de droite (hormis celui du VIIIe). Tous, Jean Tiberi surtout, furent des hôtes empressés. Chaleureux. À gauche, pour sauver l'honneur, Georges Sarre, Michel Charzat, Pierre Eidenbaum firent de leur mieux. Ce palmarès devrait amuser Bertrand, certainement pas l'étonner. Si ça l'intéresse, je lui raconterai mes pérégrinations chez quelques-uns de ses « amis » politiques, leurs drôles de façons, mais laissons cela qui l'agacerait. Ce qui l'enchantera, en revanche, c'est d'apprendre que je suis interdit de séjour à la mairie du IIe ; il fera mine de découvrir que ses alliés verts sont de drôles de zigotos.

J'avais traité celui-là de freluquet, ce qui est plutôt gentil et s'applique parfaitement à un homme assez petit pour interdire sur les parquets de son hôtel de ville le bal des catherinettes et les banquets d'anciens combattants. Quant à *La Marseillaise* sur les lèvres des enfants des écoles, Jacques B. ne veut pas l'entendre. Freluquet ! avais-je écrit dans ce journal, en reprenant les déclarations de l'édile fraîchement élu, sur le ton insupportable d'arrogance de la gôche-bobo-baba qui ne m'intimide pas.

J'allais vraiment m'emballer quand une jeune femme de son cabinet m'expliqua, avec des mots très doux, que son maire était un brave garçon, fils exemplaire d'un militaire de carrière, et que la presse avait mal interprété ses propos.

Je n'en crois rien mais je cède facilement aux femmes qui me parlent gentiment. Pour elle, j'ai dû renoncer à rendre publique la prétention du maire du IIe qui exigeait que je retire le mot « freluquet » avant de paraître, ou de comparaître ? devant lui.

La vie parisienne est parfois amusante. Je ne retire pas le mot mais je suis disposé à inscrire *L'Internationale* à mon répertoire : c'est une jolie chanson.

Morterolles, 1er novembre

Dérégler nos pendules. Deux fois par an, dans la nuit d'un dimanche, nous devons dérégler nos pendules sur l'injonction de quelques technocrates hallucinés qui se voudraient maîtres du ciel. Qu'il fasse jour à minuit ne fera pas notre bonheur. Ils n'y arriveront pas mais qu'ils en rêvent suffit à nous exaspérer. Assez joué avec ça !

Il n'y a pas les heures de l'hiver et celles de l'été ; il y a depuis la nuit du monde l'ordre immuable des choses et du temps. Celui-là est le nôtre.

Morterolles, 2 novembre

Il fait tiède et gris, un ciel d'eau de vaisselle. Le vent du sud torture mes arbres, les sapins répandent leurs aiguilles rousses sur la terrasse, un peuplier d'Italie est tombé dans l'étang.

Lily tricote une écharpe bleu layette, demain ce sera une rose.

– Ça me repose des mots croisés et je les donne à une association du XXe arrondissement pour les enfants malheureux.

Je doute que les écoliers d'aujourd'hui, même les plus défavorisés, acceptent de porter ces petits bouts de laine qu'on appelait cache-nez quand j'allais en classe. On imagine d'ici la distribution. Les pauvres aussi veulent des tee-shirts américains, des bonnets de rappeurs, des joggings et des jeans bien larges, des baskets à trois bandes, et d'ailleurs ils en ont. Alors les cache-nez de Lily !

J'ai très mal au bas des reins, un genre de lumbago persistant depuis trois jours. Stéphane chante à la télévision, les mains tendues, ses belles mains qui me guérissaient de tout lorsqu'il les posait sur moi.

Morterolles, 3 novembre

Quel raffut !

Sa « sainteté » l'abbé Pierre vient de se confesser, il adore ça, dans un livre-testament, encore un, et devant Marco qui s'en léchait les babines.

Oui, il a succombé au péché de la chair avec un jeune homme qui chantait comme un ange, c'était avant l'invention de la locomotive à vapeur mais apparemment le vieil homme ne se lasse pas de raconter l'histoire si belle de ses dix-sept ans. Ces aveux les plus doux, il les avait déjà susurrés à l'oreille de François Mitterrand, il y a plus de vingt ans. Nous savions tout cela qui n'est pas grave. Finalement l'amour de Dieu aura été le plus fort malgré tout, son âme est sauvée. À tous les prêtres, archiprêtres, cardinaux écarlates qui se sont consumés de désir en baissant les yeux sur la nuque d'un enfant de chœur agenouillé devant eux, l'abbé Pierre donne l'absolution. Le cher homme, vénéré des Français, comprend les tourments de l'âme humaine. « Il a perdu la tête », déclare ce matin monseigneur Lustiger, effaré par l'audace de l'intouchable chiffonnier d'Emmaüs. On peut se poser la question en effet, mais dans quel état serons-nous à quatre-vingt-quinze ans, si nous sommes encore ?

Dans sa grande bonté, l'abbé Pierre propose aussi l'ordination des femmes, on ne lui en demandait pas tant, et l'adoption des enfants par des couples du même sexe, ce qui n'est pas impensable.

L'affaire est entendue, l'abbé Pierre ne sera pas canonisé.

Morterolles, 5 novembre

– En principe, me dit Lily, je suis contre la peine de mort sauf pour les assassins d'enfants et des personnes âgées.

Nous regardions brûler des voitures dans la nuit à Clichy-sous-Bois, un village autrefois quand elle chantait dans les rues les jours de marché. Des feux d'artifice. Les enfants s'amusent drôlement aujourd'hui. Sur les belles voitures rouges des pompiers, dont nous rêvions pour Noël, ils jettent des pierres, sur l'ambulance aussi, une fête foraine, des manèges fous.

Lily, qui n'est pas moderne ni militante associative, ne peut pas comprendre les réjouissances populaires. Elle dit :

– C'est pas pensable de voir ça, et les parents, qu'est-ce qu'ils foutent ? En principe, je suis socialiste, mon père était dans la Résistance, mais ça commence à bien faire leurs conneries, y a des coups de pied au cul qui se perdent...

Nous qui sommes de gauche, modernes et humanistes avec ça, nous n'oserions pas dire, ni même penser, des choses si méchantes.

Nous dirons qu'elle pousse un peu. Nous dirons

cela pour nous faire bien voir des instituteurs, mais nous n'en pensons pas moins. Comme nos voisins, nos parents, comme le petit peuple des quartiers, nous disons aussi tout bas de peur d'être entendus : « Y a des coups de pied au cul qui se perdent. »

Morterolles, 7 novembre

On partage un lit, un morceau de pain, on se protège sous le même parapluie, on avance comme on peut, seul le plus souvent. L'amour est une autre histoire qui ne se raconte pas aux petits enfants. L'amour des fleurs, des chats de gouttières, de la peinture à l'huile, des filles de joie, ce n'est pas l'amour mais sa consolation. L'amour de Dieu est sans espoir. Reste l'amour de Stéphane qui efface tous les autres.

Morterolles, 8 novembre

Les travaux de l'église n'ont toujours pas commencé, la messe de Noël aura lieu à Pâques ou à la Trinité.

Les gens de la DDE ne sont pas encore venus reprendre le goudronnage de la route départementale barbouillée n'importe comment, en vitesse sous la pluie un jour où je n'étais pas là. Tout va bien. Il y avait bal la nuit dernière à la salle des fêtes ; le monde ne va pas mal, au fond. C'est moi qui m'impatiente.

Morterolles, 9 novembre

Julien aura vingt ans quelques jours avant Noël.

DU MÊME AUTEUR

AUX ÉDITIONS ALBIN MICHEL

Le Passé supplémentaire
Prix Roger-Nimier, 1979

Vichy Dancing

Un garçon de France

Souvenirs particuliers

Tous les bonheurs sont provisoires

Je me souviens aussi

Mitterrand, les autres jours

JOURNAL

1. *La Vie sans lui*
2. *Des lendemains de fêtes*
3. *On dirait qu'il va neiger*
4. *Lentement, place de l'église*
5. *On s'ennuyait le dimanche*
6. *Il pleut, embrasse-moi*

Composition Nord Compo
Impression : Imprimerie Floch, décembre 2005
Éditions Albin Michel
22, rue Huyghens, 75014 Paris
www.albin-michel.fr
ISBN : 2-226-16979-2
N° d'édition : 23915. – N° d'impression : 64510
Dépôt légal : janvier 2006
Imprimé en France